D0294349

FIDÈLES TRAHISONS
est le deux cent sixième livre
publié par Les éditions JCL inc.

Données de catalogage avant publication (Canada)

Desbiens, Geneviève, 1949-

  Fidèles trahisons

  ISBN 2-89431-206-7

  I. Titre.

PS8557.E734F52 1999   C843'.54   C99-940984-0
PS9557.E734F52 1999
PQ3919.2.D47F52 1999

© **Les éditions JCL inc., 1999**
Édition originale: août 1999

Fidèles trahisons

Roman

Illustration de la page couverture:
DANIELLE RICHARD
Au bois de Coulonge
Acrylique (105 x 140 cm)
Collection particulière

© **Les éditions JCL inc., 1999**
930, rue Jacques-Cartier Est, CHICOUTIMI (Québec) G7H 7K9
Tél.: (418) 696-0536 – Téléc.: (418) 696-3132 – www.jcl.qc.ca
ISBN 2-89431-206-7

GENEVIÈVE DESBIENS

Fidèles trahisons

Roman

LES ÉDITIONS JCL

Merci à Marcel,
Frédérique,
Louise,
Anne,
Marc.

Nous reconnaissons l'aide financière du gouvernement du Canada par l'entremise du Programme d'Aide au Développement de l'Industrie de l'Édition (PADIÉ) pour nos activités d'édition. Nous bénéficions également du soutien de la SODEC et, enfin, nous tenons à remercier le Conseil des Arts du Canada pour l'aide accordée à notre programme de publication.

Canada

The Canada Council | Le Conseil des Arts
for the arts | du Canada

1

Les quatre dernières années furent plutôt difficiles pour les gens de Bellesroches qui espéraient toujours voir débarquer un médecin capable de remplacer le bon vieux docteur Doiron malgré les oppositions de Didier Langevin qui, lui, ne parvenait pas à oublier la fameuse nuit des jumelles. Nul n'osait le contrarier. Il avait la mainmise sur les décisions du Conseil municipal, savait le manipuler et pouvait vous démolir son homme dans le temps de le dire.

L'arrivée du nouveau médecin était prévue pour le deuxième dimanche de juin, et pour l'accueillir on pensa à la seule personne qui eût déjà tenu tête au gros conseiller, la seule encore capable de lui faire entendre raison : Marie Richer. On prit bien soin de lui préciser qu'il ne fallait surtout pas, cette fois, que le docteur s'en retourne ; l'année 1952 devrait être celle où enfin on recommencerait à se faire soigner au village de Bellesroches.

Même si certains appréhendaient l'exubérance de Marie, tous se montrèrent unanimes pour lui confier la tâche ardue de dissimuler tout doute, d'étouffer toute tentative faite par Langevin pour décourager encore une fois le nouveau médecin. On savait qu'avec ses talents la jeune femme pouvait aisément détourner une conversation mal amorcée, elle qui avait étudié à la ville, dans un grand couvent ; elle qui possédait la culture et le langage appropriés ; elle qui avait la repartie facile. On se disait que si, par malheur, un invité laissait échapper quelques bribes de « l'affaire », elle endormirait les remous d'inquiétudes que cela soulèverait. Et Marie connaissait le désespoir des malheureux villageois !

La veille du grand jour arriva enfin. Tout le Conseil municipal se tenait sur le qui-vive. Même que madame la mairesse vint voir Marie pour s'assurer du protocole : « Habille-toi sobrement. Le marine conviendrait très bien et ton petit chapeau blanc..., tu sais..., celui à bordure, t'ira à merveille si tu laisses flotter tes longs cheveux bruns sur tes épaules. »

Aussitôt la porte refermée, Marie n'en fit qu'à sa tête. La robe écarlate commandée par catalogue le mois d'avant ferait encore mieux l'affaire, surtout que son col bateau lui dégageait si bien le cou, montrait plus de chair rosée et lui donnait la sensation d'être plus grande. La large ceinture n'était pas à dédaigner non plus ni l'étroitesse de la jupe qui l'obligerait à faire de petits pas. Il faudrait se souvenir : « Un pas devant l'autre... en plein milieu... un pas suivant l'autre... en comptant par deux ! »

Elle pensa à la tête de sa tante Rosalie, qui lui avait répété cette phrase tant de fois, et elle sourit en imaginant sa réaction si elle la voyait maintenant, elle qui avait tant insisté pour que sa filleule apprenne à marcher comme une dame : « Un vrai déshonneur pour la famille ! Une fille si belle, si légère, marchant à pas lourds et rapides », grognait-elle, quoique dans son for intérieur, elle reconnût la démarche d'une femme décidée... trop décidée à son goût.

En jour ordinaire, Marie ne prêtait guère attention à la température ; depuis longtemps elle avait appris à vivre au-delà du soleil et de la pluie. Le lendemain cependant l'inquiétait : il ne faudrait pas que sa belle robe de coton soit camouflée sous son affreux imperméable beige ou qu'une seule goutte de pluie y vienne accrocher une larme. Quant au reste, elle déciderait en temps et lieu, selon l'humeur du vent.

Au petit jour, un premier coup d'œil à la fenêtre ne laissa présager rien de bon. « Un temps maussade à humeur vagabonde. Pas tellement le temps qu'il faut pour recevoir », grommela-t-elle. Et sans hésiter, elle noua ses cheveux et se bâtit un chignon à la manière de sa grand-mère qui en avait toujours imposé avec son petit nid d'abeilles au centre d'une nuque toute blanche. Fallait-il se maquiller ? « Les hommes aiment les femmes blanches et naturelles », crânait sa tante Rosalie... blanches et naturelles, mais ne s'appelant sûrement pas Marie Richer !

Son rouge à lèvres lui colora la bouche à la manière d'une fleur de pommier ; elle jugea le tout suffisamment sobre et raisonnable. Il restait les yeux. Elle savait qu'on les lui trouvait beaux : « Les yeux d'un ange attiré par le fruit de la passion », lui avait lancé un jour sa tante. « Des yeux tendres et rieurs, à couleur de cendre, qu'on envie », disait Aline, sa meilleure amie de couvent. Elle leur appliqua sa poudre bleue tandis que son « eye liner » courut délicatement sur sa paupière jusqu'à s'estomper totalement à l'extrémité. Puis avec habileté elle se servit d'un mascara noir ; ses longs cils s'allongèrent. Elle se garda cependant de couvrir son visage d'un quelconque fard, préservant ainsi ce teint de jeune pêche qu'on lui connaissait. Enfin, un long et dernier regard dans la glace lui permit de juger son maquillage suffisamment innocent.

Elle assortit le tout de ses souliers et de son sac à main marine, mais s'entêta à laisser le chapeau de côté... l'encombrement l'ennuyait et risquait de gêner ses gestes.

Il ne manquait que le parfum. Elle opta pour un flacon de Shalimar, à douce odeur de vanille... une odeur appétissante... l'odeur qu'il faut pour un apéritif. Elle se souvint tout de même un instant qu'elle n'aimait pas toujours ce parfum sucré et qu'il le lui rendait bien quand il ne réagissait pas à sa guise ; mais elle se prit d'indulgence et huma cette odeur suave, les yeux langoureusement fermés, reconnaissante envers son père qui la comblait de cette fragrance lorsqu'il revenait de la ville après un quelconque rendez-vous important.

Ses préparatifs terminés, elle descendit au salon, s'assit sur le bord du grand fauteuil de velours réservé aux visiteurs, prit la pose, leva le menton, cligna des yeux. Seul son sourire n'était pas calculé ! Elle révisa le scénario imaginé aux petites heures de l'aube et passa en revue les moindres détails. Sa joie grandissait au fur et à mesure qu'elle visualisait l'événement, réjouie par l'arrivée de ce nouveau médecin. Depuis ses études à la ville, mais surtout à cause de son langage raffiné, un fossé culturel s'était creusé entre elle et les gens de Bellesroches, et elle manquait de ce plaisir qu'ont les gens instruits à échanger leurs beaux discours.

À treize heures trente, elle surgit au bureau du maire où elle dut d'abord affronter Dorothée. Nerveuse, la secrétaire explosa quand elle vit apparaître l'élégante jeune femme dans l'embrasure de la porte. En lorgnant Marie derrière ses grosses lunettes à monture argentée, elle houspilla : « On me donne tout l'ouvrage à faire pendant que la "p'tite" madame se fait belle. Regardez-moi ça ! De quoi j'ai l'air, moi ? En plus de ça, personne ne retient mon nom. On m'appelle tout le temps la "p'tite secrétaire du maire". » Décidée à ne pas s'en laisser ainsi imposer, Marie ordonna à la « p'tite secrétaire » de se taire. Quelque peu adoucie, Dorothée continua quand même en lançant sur un ton qu'elle voulut pincé :

« Comme vous êtes provocante, ma "p'tite" Marie. Vous choquerez notre "p'tite" madame la mairesse, vous savez ! Elle déteste le rouge !

— Je ne me préoccupe guère de madame Brillant. J'ai pleine liberté de mes tenues vestimentaires... et on ne m'a pas engagée pour parader, à ce que je sache. On m'a demandé de sauver les plats ! »

Elle savait que Dorothée digérerait mal ce ton prétentieux ; la saveur du combat n'en était que meilleure. Elle tira ensuite un des huit grands fauteuils au recouvrement vert feuillage qui entouraient la table ovale du Conseil et s'appuya au dossier. Elle déposa son sac sur le siège, fit le tour de la pièce du regard et laissa échapper un long soupir exaspéré. Elle tourna alors les talons et sortit sans plus de façon.

« Où courez-vous, ma "p'tite" Marie ? Monsieur le maire s'en vient à l'instant. Mon Dieu, qu'est-ce que je vais faire ? Vous n'êtes pas provocante du tout... euh ! Je regrette. Vous êtes jolie, mademoiselle Marie, revenez. Votre sac ? ... Pensez à monsieur Vanderstat, voyons ! »

Marie l'ignora complètement et accéléra le pas pour se rendre chez la fleuriste. Comment Dorothée pouvait-elle avoir oublié ? Des fleurs pour embaumer les lieux... et combien de choses peuvent se dire à ce propos. Les roses surtout ! Si seulement on savait comme toute discussion mal amorcée peut être détournée subtilement vers les fleurs d'un bouquet bien placé : il suffit de s'en approcher, se plier pour les humer, discourir vaguement et revenir au sujet délaissé. Elle acheta des roses rouges bien qu'elle préférât les blanches.

« Es-tu certaine que des cœurs saignants ne seraient pas plus appropriés ? Pas facile d'oublier les jumelles... »

Charlotte Brodeur n'en revenait pas : Marie et des roses rouges... pour s'agencer avec sa robe écarlate, peut-être ! La fleuriste était amère. « Et qui paiera ça ? Pas question que je paye pour un autre vaurien ! » Sur le perron de la porte, Marie eut à nouveau un soupir de lassitude. Les gens se refusaient à effacer le souvenir, Charlotte en était une autre preuve. Sans riposter, elle retourna à la salle municipale.

« Dieu soit béni, ma "p'tite" Marie ! Le téléphone ne cesse de sonner. Les gens ne viendront pas tous, c'est triste. Il y en a qui disent qu'ils ne veulent pas d'un jeune diplômé... étranger à part de ça ! Ils boycotteront la réception. Ils réclament "un" docteur Doiron. Y pensez-vous, ma "p'tite" Marie, ils demandent un médecin déjà mort. Qu'est-ce que ça signifie ? La folie... ou quoi... ils sont malades, c'est impossible. C'est à n'y rien comprendre. »

Dorothée ne se ressemblait plus tant elle était bouleversée et agitée : elle déplaçait sans arrêt des documents, toujours les mêmes affreuses chemises beiges, cartonnées, qui l'encombraient.

« Dépose ces dossiers dans le classeur, Dorothée, et de grâce, calme-toi. L'heure n'est plus au travail de bureau ni aux paroles inutiles, monsieur Vanderstat est attendu pour quatorze heures trente. Prends plutôt ces fleurs et dispose-les sur le bahut. Respire leur odeur, profite de leur couleur... empourpre-toi un peu, une vraie morte vivante. Et prends en note qu'elles ne sont pas payées !

— Bien... heu... donnez les "p'tites" fleurs. Je vais chercher un joli "p'tit" pot pour rendre le "p'tit" bureau accueillant pour le "p'tit" docteur. »

Dorothée finissait nerveusement ses litanies lorsque arrivèrent le maire et son épouse, suivis des conseillers Brideau et Langevin. Le temps venait de s'éclaircir et le soleil commençait à rire au travers des nuages.

Le magistrat aussi riait, feignant un air détendu lorsqu'il tourna un œil circonspect vers son compagnon de droite, le « gros » Langevin, conscient que son prochain mandat à la mairie serait conditionnel à la réussite de l'après-midi.

Il se rappelait que deux ans plus tôt, Langevin, encore plus gros à l'époque, avait tout fait rater lorsqu'un jeune médecin venu de la capitale s'était montré le seul candidat intéressé par les régions éloignées. Aussitôt débarqué du train, Langevin l'avait pris à part et l'avait tiré par le bras jusqu'au bar en face de la gare. Nul n'eut le courage de s'immiscer dans la conversation trop animée qui se tenait derrière la fenêtre de l'hôtel Carter. On savait ce qui s'y racontait. Les paris n'avaient pas à se faire, le jeune venu s'en repartirait aussitôt levé. Et c'est ce qu'il fit après avoir serré la main d'un Langevin souriant, comme s'il avait voulu le remercier. Quelques badauds clamèrent alors : « Comme ça, il n'y aura pas de médecin cette année encore ! »

L'été suivant, une amie du maire lui avait écrit au nom de sa fille, une jeune diplômée. Elle racontait que celle-ci avait eu quelques démêlés avec l'Association des médecins suite à un coup monté et qu'elle souhaitait changer de milieu. « Pas question d'avoir une autre tarée comme médecin », avait craché Langevin devant le Conseil municipal. Le père des jumelles ne pardonnait pas, et comme tous connaissaient son entêtement, personne n'osa riposter.

Didier Langevin habitait à la sortie du village, juste avant le pont qui surplombait la rivière des Saules. Sa maison, il l'avait construite de ses mains, en solitaire, mur après mur, en rêvant. Il en avait dessiné le plan au fur et à mesure que ses ambitions grandissaient : il aurait cinq enfants qu'il élèverait dans la religion et la plus pure tradition. Ses gars feraient des études de prestige et ses filles veilleraient sur la maison ; il épouserait la femme la plus robuste de la région, celle dont les hanches et la poitrine témoigneraient de la chaleur et de la générosité de la terre. C'est ce qu'il fit.

Il courtisa Mathilde Marier qu'il voyait surtout à la station-service où il travaillait, s'arrangeant toujours pour réparer la voiture de son père ou pour lui faire la conversation pendant qu'elle attendait timidement. Quand il croyait que passeraient monsieur Marier et sa fille, il s'aspergeait d'eau de Cologne et se lissait les cheveux.

En plus d'être doué pour la mécanique, Didier avait la langue bien pendue et savait se montrer affable. Son attitude lui valut bien vite une clientèle fidèle qui lui témoigna toujours une certaine sympathie, même après l'accident où son patron perdit la vie tragiquement. Le décès prématuré de son employeur l'amena à acheter le garage au bas de la côte. À peine âgé de vingt-deux ans, il devint alors propriétaire de la seule station-service des alentours et rebaptisa l'établissement à son nom. Sa réputation n'était plus à faire, il maniait les outils avec habileté.

Mathilde, pour sa part, n'avait guère d'envergure et contrastait avec son époux. Soumise, elle n'osait ni s'élever contre lui ni le contrarier tant elle craignait ses humeurs. Il voulait des enfants ; elle y consacra cinq grossesses sans jamais se plaindre, portant allègrement enfant après enfant. Le temps ne semblait pas prendre aisance sur cette grosse et grande femme, qu'on aurait dit flottant sur le sol quand elle voulait s'effacer en silence. Aussitôt qu'on lui adressait la parole, elle inclinait la tête, embarrassée, regardant le monde au travers d'une épaisse frange couleur d'ébène qui lui camouflait le regard.

De leurs cinq espérances, il restait quatre garçons.

Le couple grassouillet n'avait réussi qu'à mettre au monde des gars, ce qui, aux yeux de Marie, apparaissait comme un juste retour des choses : Langevin se complaisait tellement à diminuer les femmes ! C'était un homme à commettre l'inceste, capable de tuer toute spontanéité féminine ! Il valait mieux que le destin s'en soit mêlé.

D'ailleurs tous ses gars lui ressemblaient, sauf Doris. Lui, on l'avait vu pleurer plusieurs fois devant la croix du petit parc où il refaisait toujours le même rituel : il promenait d'abord son chien, qu'il attachait par la suite à la croix de bois, restait un temps debout, immobile, puis s'agenouillait comme pour prier. Quand il se relevait, son visage humide le trahissait et on ne pouvait ignorer les larmes qui surgissaient, impitoyables, dans ses grands yeux bleus. Tout le monde à Bellesroches comprenait, car trop souvent on avait entendu Didier insulter son fils en le traitant de « mauviette », de « fille », alors qu'il travaillait à balayer le plancher de ciment du garage. On aurait dit qu'il valsait avec son balai et parce que ce quatrième et dernier fils de Didier ressemblait plus à un danseur qu'au balayeur du Garage Langevin & Fils, les clients souriaient à belles dents, au grand martyre du père qui ne pouvait se retenir de le talocher.

La plupart des habitants sympathisaient avec Doris, mais la seule personne qui parvenait réellement à échanger avec lui, c'était Marie, avec qui il s'était lié d'amitié quatre ans auparavant, lors du pique-nique annuel d'automne au lac Caché, le jour même où il avait assisté, impuissant, à l'échauffourée entre la jeune fille et le garagiste.

Didier Langevin avait passé l'avant-midi à lorgner la jeune fille de seize ans, qui lui souriait, complaisante. Puis une partie de cache-cache s'organisa. D'habitude, seuls les plus jeunes y participaient, mais cette fois Marie se joignit au groupe. Prétextant qu'un bon conseiller se devait de donner l'exemple, et sans doute aussi poussé par l'orgueil de prouver aux autres qu'il était encore agile pour ses quarante-huit ans, on vit Langevin courir dans la même direction. C'est vrai que Didier Langevin courait vite pour son âge. Il eut tôt fait de se retrouver derrière le même buisson que Marie qu'il attrapa par-derrière. En la bâillonnant, il lui chuchota à l'oreille : « Marie, ma douce Marie... Chut ! Tu voudrais tout de même pas qu'on nous découvre en premier puis perdre au jeu ? Oh Marie ! Mon ange ! Tu sens bon... hum ! Ta peau est douce... Non ! crains rien, j'connais ça, les femmes, moi ! »

Il frottait sa barbe noire contre son lobe d'oreille. Jusque-là, Marie considérait la situation acceptable ; il ne lui déplaisait pas de sentir le souffle haletant d'un homme mûr. Les yeux fermés, elle se plaisait à imaginer Didier à vingt ans alors que son front n'était pas encore dégarni, que son corps tout en longueur devait le rendre plus attrayant.

Elle serait restée là à rêvasser si Didier n'avait plus bougé, mais le silence de la jeune fille n'eut pas le même effet rêveur sur l'homme agenouillé tout contre elle, qui ne souriait plus ni ne soufflait à son oreille. Il lui prit férocement la tête, se pencha par-dessus son épaule et, avec vigueur, comme une chatte laverait son petit, il lui lécha les lèvres et le menton, en même temps qu'il laissait filer une main le long de sa cuisse toute blanche, pour se faufiler vers l'intérieur, tandis que de l'autre il lui tenait fermement la tête en tentant de l'embrasser plus profondément. Marie ne réagit pas tout de suite et garda les yeux fermés. Le sang-froid dont elle faisait preuve le dérouta : il était assuré que la matinée se terminerait mieux qu'il ne l'avait espéré, mais quand il lâcha prise, tout le bocage retentit d'un cri à faire frémir. Marie ne cessait plus de vociférer contre Didier qu'elle martelait de ses pieds et qu'elle essayait de griffer : « Chien sale... lâche-moi. Sale bête, va-t'en ! »

C'est sur ces paroles qu'apparut Doris, désorienté. Il se serait attendu à voir Marie aux prises avec une quelconque bête, mais surtout pas avec son père. Dans son désarroi, il ne put parler tout de suite et pleura d'abord tout son déshonneur avant de s'en approcher avec délicatesse. « Viens, allons vers la rivière, dit-il, toujours en pleurant. Personne ne vous a vus. Nous raconterons une histoire de loup-garou. »

Incapable de prononcer autre chose, il se retourna alors que son père s'éloignait dans la direction opposée après avoir craché par terre avec dédain et replacé ses vêtements. Impuissant, Doris aurait voulu parler ; il se contenta de renifler. Alors, sur un ton qu'elle essaya de rendre badin, Marie reprit le contrôle de la situation.

« Je connais un coin où il reste encore de délicieuses pommes. Prenons un autre chemin. » Elle lui tendit la main. « Je ne suis pas fâchée, Doris. Tu n'as pas à craindre mon humeur, ce n'est pas ta faute ! Ton père est un homme irrespectueux des autres, tu n'as qu'à voir comme il te traite ! Pour lui, tu n'existes pas plus que moi. Son mal, il le traîne en lui et le fait peser sur le dos des faibles. Tu es faible, Doris... il t'arrachera ton âme de poète.

— Comment ? Pourquoi dis-tu ça, Marie ?

— Quand tu pleures, je sais où se cachent tes mots. Ils volent dans ta tête, ce sont tes yeux qui parlent. Ton père est semblable à un aveugle qui a perdu sa canne et qui ne peut plus rien toucher ; il a perdu le sens des autres. Il ne respire pas l'air du jour, il respire la rancœur et la haine, toujours insatisfait de lui-même. »

Doris ne réagissait pas et plus Marie l'observait, plus elle sentait la colère monter en elle. Un long silence s'installa et ils ne se parlèrent plus jusqu'au retour.

« Attends bien, ton père se souviendra longtemps de ce jour d'automne », dit-elle enfin.

Quand elle rejoignit le groupe, elle grimpa sur la grande table de pique-nique où s'étalaient les nombreux plats amenés pour le dîner et, d'un seul souffle, elle s'écria : « Didier Langevin, tu es aussi pourri que du compost. Je préviens le monde de se tenir loin de toi. Vers les buissons, tu cours comme un lièvre, mais quand le mal est fait, tu te sauves. Tes mains grossières de garagiste devraient s'engourdir, ainsi nous pourrions te croiser sans craindre de nous faire violenter. »

Son ton grave et moqueur frappa au bon moment et eut l'effet escompté, car la famille Langevin quitta les lieux sur-le-champ, la tête basse. Seule Mathilde, qui soutenait son gros ventre gonflé une cinquième fois par la vie, osa regarder Marie dans les yeux. Un air de soulagement embellissait son visage éteint : enfin, on avait crié tout haut ce qu'elle étouffait tout bas.

Quatre ans plus tard, lorsqu'il y avait eu l'assemblée au cours de laquelle on discuta de l'arrivée du nouveau médecin et de la proposition qui était faite de confier à Marie le soin de l'accueillir, Didier Langevin, dont la mémoire était restée intacte, avait voté contre : « Pas question de mandater Marie Richer ! » Elle lui avait fait assez tort pour qu'il la tienne éloignée. On le traitait encore de « lièvre » et sa clientèle n'entendait plus à rire aussi facilement ! Personne ne cherchait à discuter avec lui, sauf les quelques vieux copains de bar qui encourageaient ses sornettes... et comble de malheur, les femmes ne le gratifiaient plus de leur sourire.

Il n'avait pourtant pas été capable d'en tenir rigueur à Marie ; il ne l'en aimait que davantage. Elle était belle, la Marie, avec son air jovial et ses grands yeux moqueurs, et puis elle n'avait pas tort ! Il ne la regardait plus comme une amante, il rêvait d'elle comme d'une épouse. Une fille à faire plier le chêne, se disait-il. Longtemps il se coucha avec l'image sensuelle de la jeune fille imprégnée au plus profond de lui-même. Il en reniflait l'odeur sauvage en imaginant sa main « de garagiste » courir sous son corsage, pétrir ses seins voluptueux puis descendre s'éteindre entre ses jambes élancées. Il se voyait dompteur et maître et il aurait volontiers passé sa vie à se battre avec elle tant elle l'envoûtait. Juste à la souvenance de sa bouche doucereuse, il tremblait !

Cependant, malgré son désir toujours frémissant, il ne se frotta plus à Marie. Il espéra sagement le jour où il s'y prendrait avec plus de doigté et en l'attendant, avec respect et admiration, il garda son fantasme ancré au plus profond de lui-même.

Et c'est encore ce qu'il ressentait quand il la vit, en ce dimanche de juin 1952, dans sa belle robe rouge. Après tout, l'idée du maire était bonne ! Elle se tenait droite, le buste gonflé, la tête haute, et son chignon la vieillissait à la manière d'une rosée matinale d'où mûrissent les fleurs. Elle le toisa du regard, toujours avec les mêmes yeux victorieux. Il n'en pouvait plus de supporter son air audacieux capable de le dépouiller jusqu'à la moelle des os, mais il lui sourit tout de même, honnêtement, presque complice. « Le nouveau médecin restera, foi de Didier Langevin », murmurat-il pour lui-même, avec l'espoir que dorénavant la municipalité tout entière lui témoignerait gratitude pour ce consentement. Il ne laisserait certainement pas à Marie l'avantage de la victoire. Il se réhabiliterait aux yeux de tous et elle viendrait se nicher tout contre lui, roucoulerait de son beau jargon, lui sourirait, invitante... Ah ! comme il l'aimait, la Marie !

La petite salle de réunion du Conseil municipal s'anima de plus en plus. Mathilde Langevin en profita pour se placer près de Marie, d'abord dans le but de saisir des bribes de conversation, mais davantage pour respirer l'odeur de cette fleur de pommier au milieu d'un jardin de roses. Monsieur le maire et sa dame restèrent sur le pas de la porte. À chaque nouvel arrivant, ils serraient la main et répétaient : « Que Dieu soit avec nous, cette fois... et surtout, ne dites rien au sujet de l'affaire.

— Dites plutôt que Marie soit à son meilleur et que Langevin s'étouffe en buvant », avait lancé le conseiller Brideau, son air sans-gêne le suivant partout, même aux cérémonies les plus officielles.

Dorothée avait commencé à servir les apéritifs. Elle abusait royalement de ses litanies : « La "p'tite madame" prendrait bien un "p'tit" cocktail ! Et vous, mon "p'tit" monsieur", un "p'tit" glaçon dans votre whisky ? » Ou bien elle lançait très fort : « Quelqu'un veut-il un autre "p'tit" r'montant ? »

Elle s'empourprait à chaque phrase et accélérait le pas. Marie, au bord de l'exaspération, allait mettre un disque quand on entendit klaxonner le conseiller Brodeur qui arrivait, accompagné de celui qu'on attendait avec tant d'impatience. Elle s'empressa alors de prendre la parole avant que n'apparaissent ces derniers arrivés.

« Comment le souhaitez-vous, notre nouveau médecin, cette fois ? Ouvrons les paris ! Combien le veulent jeune et compétent ? Qui exigera son diplôme ? Combien d'années d'expérience lui faudra-t-il compter ?

— Irrésistible Marie ! lança Langevin, aujourd'hui les paris sont fermés. »

Il rit grassement, toussota deux fois, puis bomba le torse avant de déclamer pompeusement : « Chers amis, il me fait plaisir d'être le premier à annoncer que demain, dans la résidence du vieux docteur Doiron, il vous sera loisible de rencontrer le docteur Vanderstat. Celui-ci saura se montrer avenant et compétent, je vous le jure. Il est évident que la priorité devra être accordée aux vieillards d'abord et aux plus jeunes par la suite. Vous devez considérer comme un don de Dieu l'arrivée de ce médecin. Même s'il est jeune, vous devez lui faire confiance et vous montrer coopératifs. Oubliez les vieilles rancœurs passées, pardonnez à la science ses erreurs ignobles. Sachez accueillir avec bienveillance et reconnaissance celui qui assurera le bien-être de notre communauté. »

Marie en resta estomaquée : Langevin venait de lui couper l'herbe sous le pied. On l'applaudissait encore quand elle croisa le regard vindicatif du gros conseiller. Elle porta les yeux sur les roses placées à sa gauche et y remarqua toutes les épines que Charlotte Brodeur y avait laissées ; elle sut quoi rétorquer.

« Malgré ton beau discours, Didier Langevin, tu ne m'as pas convaincue. Tu as parlé pour et au nom des autres alors qu'ici les gens auraient dû t'entendre dire "oublions" et "pardonnons". Tu ne te sens pas concerné, n'est-ce pas ? Foutaise, cette déclaration. Vois ces roses, elles portent encore des épines, comme toi... et tôt ou tard le nouveau médecin s'y piquera. Tous ici te savent responsable du fait que nous sommes sans médecin depuis près de quatre ans. Qu'essaies-tu de prouver ? Que tu feras tout en ton pouvoir pour encourager monsieur Vanderstat à rester ? Il faudra plus que des paroles pour rétablir la situation. Faire semblant n'est pas chose facile ! Regarde notre petite localité, une des dernières aux confins de la civilisation. Qu'avons-nous à offrir pour le retenir ? Un cabinet de médecine dans une chambre à coucher ; une maison délabrée, voilà ! Comment lui annoncer qu'il devra recevoir ses patients dans sa chambre pour plus d'intimité ? Si le vieux docteur Doiron se contentait d'un seul repas par jour, je ne crois pas que monsieur Vanderstat l'appréciera. Qui lui fera la cuisine ? Qui fera sa lessive et l'entretien de sa maison ? »

Marie s'emportait. Elle tenta de continuer, mais le maire Brillant la coupa sèchement.

« Ça suffit pour aujourd'hui. Taisez-vous, ils vont franchir la porte. Didier s'est montré plus que raisonnable, Marie. Nous le voyons bien intentionné et c'est là l'essentiel. Pour le reste, voilà une tâche qui te conviendrait mieux qu'à quiconque. À la manière dont tu t'insurges, tu sauras sûrement entretenir notre médecin. Il ne s'ennuiera pas... Ah ! non... pour sûr que tu le désennuieras. Ha ! Ha ! »

La jeune femme se sentit rougir ; à moins d'un revirement de la situation, on se moquerait d'elle. Alors qu'on riait encore des dernières paroles du maire, elle lança : « Pourquoi pas ? Du sang neuf dans une région, ça intéresse toujours les jeunes filles. De plus, je serai sa secrétaire et son assistante... ainsi je fixerai les rendez-vous pour tous, y compris pour toi, Didier ! »

Le maire resta bouche bée tandis que Langevin se dérouilla la gorge pour siffler entre ses dents : « P'tite garce. » Il bouillait devant le regard vainqueur de Marie. Il s'adoucit cependant quand il porta les yeux sur ses longues mains effilées, des mains de pianiste qu'il imagina d'abord en train de cuisiner ou de laver les planchers... puis occupées à caresser, à donner des douceurs amoureuses... et il en rêva.

Sur ce, Clément Brodeur apparut, suivi d'un beau grand gaillard de vingt-huit ans, les cheveux bien lissés, presque roux, tenus par de la brillantine. Il portait des lunettes rondes accrochées à un visage presque aussi rond. Son teint hâlé et une légère cicatrice au-dessus de l'arcade sourcilière gauche le démarquaient des autres. Il était vêtu avec élégance, loin de porter bottes de caoutchouc et pantalon de feutrine comme le vieux docteur Doiron. Et avant même qu'on ne le présentât, madame Brillant chuchota à sa voisine : « Un gars de la ville, un vrai... un racé, celui-là ! »

« La municipalité de Bellesroches est heureuse de vous accueillir, monsieur Vanderstat. Je vous présente Marie Richer. Cette jolie demoiselle sera à votre service à toute heure du jour et... du soir, dit le maire.

— Bienvenue, cher monsieur. Il me fera plaisir de vous seconder et de veiller... à vous trouver une femme de ménage très bientôt. »

Elle prit le temps d'une pause, où elle fixa les invités avec insistance, et reprit d'un ton ferme : « En ce beau jour, jour de fête vous savez, je suis certaine que messieurs du Conseil municipal se feront un plaisir de commander une corvée afin de vous aménager un cabinet plus luxueux et confortable. Monsieur Langevin est habile et vaillant, monsieur Brodeur excelle dans la maçonnerie et monsieur Brideau fait la plomberie du village depuis toujours. Vous verrez, dans ce coin de pays on sait recevoir !

— Vous m'en voyez ravi, mademoiselle Richer. »

Il paraissait plutôt timide et clignait des yeux. Marie, comme tout le monde d'ailleurs, fut très surprise de cet accent venu du bout du monde. Il ne débarquait sûrement pas de la ville, il arrivait tout droit d'un autre pays ! Aussi loin que Marie se souvînt, il n'y avait jamais eu d'étrangers qui avaient habité dans le coin. On les fuyait comme la peste et Langevin passait son temps à vociférer contre eux et leur voiture, disant qu'il les trouvait difficiles et toujours insatisfaits.

« Notre petite communauté est en santé, poursuivit le maire Brillant. Regardez toutes ces bonnes gens et serrez-leur la main. Vous en jugerez par vous-même. Ils se nourrissent de bons grains, boivent le meilleur lait du pays et mangent la viande la plus tendre qui soit. Dorothée, apporte donc un verre au docteur Vanderstat ! Voilà ! continuons nos présentations. Approchez, monsieur et madame Langevin ! Venez saluer le médecin, voyons !

— Monsieur Langevin ? Vous êtes le garagiste du bas de la côte, n'est-ce pas ? Bien triste, l'affaire des jumelles... je comprends votre grande peine. Au dire de ce charmant monsieur Brodeur, ce fut un terrible malheur pour vous. Il m'a tout raconté dans la voiture ! Comme je vous plains, monsieur ! »

Un silence s'abattit sur la salle du Conseil. Avant même que ne réagisse Langevin, Marie saisit le médecin par le bras et le dirigea en riant vers le couple resté en retrait, main dans la main, liés par leur art : alors que l'homme peignait, la femme écrivait des poèmes qu'elle laissait traîner un peu partout.

« Je vous présente les associés les plus originaux de la place, s'empressa de dire Marie. Avec Cécile et Ludovic Panet, vous pourriez décorer votre résidence de manière exceptionnelle. Les toiles de Ludovic regorgent de vie et c'est la poésie de Cécile qui les encadre.

— Nous sommes bien heureux de votre arrivée. Vous savez, Cécile attend son premier bébé pour la Noël et elle craignait d'accoucher sans médecin. Euh ! Nous... nous... nous aimerions vous offrir ce cadeau... en... en guise d'accueil et en... en témoignage de notre reconnaissance. »

Ludovic se pencha et ramassa une toile sans encadrement où coulait une source limpide à travers l'herbe longue. Une jeune fille aux cheveux bruns ondulés, vêtue de rouge, se tenait légèrement accroupie et s'abreuvait à une eau de jeunesse. À l'arrière-plan, un lac endormi sous un ciel radieux supportait une barque où l'on distinguait deux passagers.

« Cette toile représente le lac Caché, dit Marie, quelque peu mal à l'aise.

— Ravissant, ajouta le docteur Vanderstat. Je vous en remercie grandement. Soyez tous deux sans inquiétude, nous mènerons à terme cette grossesse et Noël verra naître un enfant de rêve. »

Puis il se retourna et regarda Marie droit dans les yeux.

« Est-ce vous qu'on a voulu peindre ? »

Là-dessus, tous se mirent à applaudir et un léger brouhaha s'installa. Même Didier Langevin et Mathilde retrouvèrent le sourire. Quant aux villageois, ils étaient maintenant rassurés : le nouveau médecin resterait malgré son air étrange et sa façon peu effacée de dire les choses.

Mais Marie n'entendait plus rien, impuissante à détacher son regard de la toile. La jeune fille de la peinture, ainsi accroupie, la ramenait dans le temps et lui rappelait la douloureuse scène où toute son innocence d'enfant s'était envolée le jour de son quatorzième anniversaire.

Ce jour-là, avec son père et sa tante Rosalie, elle était allée au lac Caché qu'ils avaient traversé en chaloupe. Joséphine, sa mère, était restée à la maison pour préparer le repas de fête. Lasse des babillages de sa marraine, Marie avait demandé à débarquer sur la berge où elle s'amusa longuement à regarder les papillons. Cette journée de juillet paraissait faite pour durer tout l'été. Quand elle eut soif, elle courut vers la source ; quand elle fut fatiguée, elle s'allongea dans l'herbe longue.

Les deux autres passagers, eux, étaient repartis sur le lac, oubliant Marie à ses rêves. Après une heure à folâtrer dans l'herbe longue, la jeune fille enjamba le ruisselet et se rapprocha de la rive. Le soleil était chaud, les fleurs sentaient bon. Elle cueillait des marguerites quand elle leva les yeux et les vit... son père et sa tante, beaucoup plus âgée que lui, qui s'embrassaient tendrement comme des amoureux. La main d'Antoine Richer taquinait le dos de Rosalie et ils riaient, assis sur le même siège. Sa marraine ne portait plus sa belle blouse blanche et ses seins dénudés venaient se coller contre la chair nue de son père. Peu après, ils se calèrent au fond de l'embarcation. Antoine se redressait puis redescendait alors que le vent transportait les gémissements et les éclats de rire. Il fallut une éternité avant que les deux amants ne se relèvent en ajustant leurs vêtements, tandis que Marie pleurait, agenouillée sur la berge. Elle avait cru avoir banni de ses pensées le tableau que son père et sa tante avaient joué cet après-midi de juillet, mais voilà qu'à l'instant, cette toile bousculait à nouveau sa vie.

Gênée, Marie détourna le regard, mais elle fut surprise par un étourdissement qui la fit s'affaisser sur le parquet ciré. Elle eut l'impression qu'une montagne de pierres s'abattait sur tout son corps et elle perdit conscience un moment, le temps de semer tout un émoi. Une main chaude vint s'appliquer sur son front humide et quelqu'un lui saisit le poignet gauche. Finalement, elle ouvrit les yeux et tenta de parler.

« Chut..., respirez profondément. Regardez-moi dans les yeux... dans les yeux, mademoiselle Richer. Quels beaux yeux ! Remettez-y l'entrain de tout à l'heure, tout doucement. »

Morris Vanderstat lui parlait à voix basse, avec chaleur. Autour d'eux, tout le groupe se resserra. Ce n'était pas tant Marie qui suscitait la curiosité que cet étrange médecin aux étranges manières. On aurait voulu le voir soulever Marie, la porter comme une déesse sur le canapé usé, près du bahut, courir chercher sa trousse, sortir un stéthoscope et agir en médecin. Mais non, il lui caressait le front et la regardait dans les yeux.

« Drôle de médecine que la vôtre, lança sévèrement Langevin. Exorcisez-vous vos patients à chaque fois qu'ils tournent de l'œil ? J'ai assuré tout le monde ici de votre compétence et de votre savoir. Dites-moi pas que je me suis bêtement trompé ?

— Monsieur le garagiste, vos clients vous laissent-ils

travailler en paix ou remettent-ils toujours en question votre habileté ? Qu'est-ce qui compte le plus pour vous dans ce temps-là ?

— La voiture, monsieur ! Une voiture qui roule bien... réparée et fiable », rétorqua Langevin en bombant le torse.

Toujours avec le même accent saccadé, le docteur ajouta, calmement : « Eh bien, voyez ! Mademoiselle Richer se porte mieux. Elle est détendue et encore plus jolie. N'est-ce pas là une bonne médecine ? »

Il se releva et prit soin d'installer Marie sur une chaise avant d'aller se placer tout à côté de Didier Langevin. Le long corps à carrure athlétique contrastait avec celui beaucoup trop lourd du conseiller, et la différence entre eux s'accentua davantage. On ne pouvait faire autrement que de remarquer la chevelure épaisse du Hollandais par rapport aux boucles légères et éparses du conseiller, et si à première vue le visage du docteur avait paru rond, il s'amincissait quand on voyait celui tout joufflu de Langevin.

Les deux hommes se fixèrent un instant sans dire un mot et un silence inquiétant plana sur la salle. Enfin, avec courtoisie, Didier tendit la main au docteur et, pour une des premières fois de sa vie, s'excusa.

2

Il aura fallu près de deux mois avant que ne se présentât le quarantième client au cabinet Vanderstat. Au début, les gens venaient surtout visiter les lieux trop longtemps abandonnés, sans se plaindre d'aucun mal, et ils badinaient sur tout et rien. Les femmes arrivaient endimanchées alors que les hommes sentaient tous la même eau de toilette, la seule vendue à Bellesroches ! Tous cependant apportaient un cadeau de bienvenue, la plupart du temps des confections artisanales.

Charlotte Brodeur avait tricoté des chaussettes qu'elle amena bien enveloppées et enrubannées. Pour la circonstance, elle portait un joli bibi rose bonbon. En entrant, elle s'installa sur la chaise de bois juste à côté du bureau de Marie, tenant d'une main son précieux paquet tout en tentant de dissimuler un bouquet d'œillets derrière son dos.

« Comment ça se passe, ici ? Langevin est-il venu faire son tour ?

— Oui, madame Brodeur. Comme convenu, il est passé prendre des mesures ; ils rénoveront la maison dès jeudi prochain. Tenez-vous à garder vos fleurs avec vous ? Vous ne rencontrerez pas le docteur avant dix heures. Tiendront-elles aussi longtemps ?

— Je suis fleuriste, voyons ! Tu sais bien qu'on pense à ces choses-là. Je les remettrai en mains propres au docteur Vander... quoi ?

— Vanderstat.

— Vanderstat ! ça fait vraiment étranger, un nom pareil ! C'est curieux qu'un homme de cette prestance se retrouve dans un coin aussi perdu que Bellesroches. Sais-tu que des bruits courent à l'effet qu'il vit déjà au pays depuis quelques années ? Je m'explique mal qu'il ait changé de lieu de travail parce qu'un médecin, d'habitude, ça reste attaché à ses malades pour la vie ! T'a-t-il raconté son histoire, à toi, Marie ?

— Monsieur Vanderstat n'a rien à raconter. Il me semble que son visage dit tout. Bien des bruits ont couru depuis son arrivée, c'est vrai, mais là, vous laissez entendre qu'il pourrait avoir des choses à se reprocher. Rien n'est justifié.

— Mais son grand air mystique ? Ça ne t'inquiète pas ? Je me dis qu'avec des yeux comme ça, s'il me fixe trop longtemps, je vais fondre comme neige au soleil. J'me demande si je serai capable de me laisser toucher par ses belles mains larges et enveloppantes.

— Ne venez-vous pas rencontrer un docteur ? Vous ne lui donnez guère de chance. Il y a tellement longtemps qu'un médecin n'a pas pratiqué par ici, qu'on dirait que les gens ne savent plus quoi dire ni quoi faire maintenant qu'il leur en tombe un dans les bras. Pourquoi venir ici, aujourd'hui, madame Brodeur ?

— Bien, heu... »

Marie enchaîna alors de plus belle:

« Comme des dizaines d'autres, vous entrerez, vous vous assoirez timidement sur le bout des fesses et vous garderez le silence. Il vous questionnera sur la raison de votre visite et vous le regarderez bêtement, ne sachant quoi répondre. Il soulèvera les épaules, vous fixera, pensif, puis me tendra la main pour recevoir le dossier déjà préparé pour vous. Vous le verrez griffonner des mots et vous vous étirerez le cou ; même qu'à ce moment-là, certains approchent carrément leur chaise près du bureau ! Quand il se lèvera, vous sursauterez et porterez spontanément votre main à la poitrine. Voulez-vous connaître le reste ?

— Ça suffit ! Ça pourrait me rendre malade.

— Au moins la comédie du villageois curieux cesserait enfin. »

Marie savait qu'elle avait tenu des propos quelque peu irrévérencieux, mais elle parvenait difficilement à se contenir en présence de la fleuriste qui l'agaçait depuis toujours avec ses airs de pimbêche.

Il y eut un long et pesant silence. Charlotte se leva trois fois.

« Tout compte fait, Marie, je n'amènerai pas les fleurs dans le cabinet. Dispose-les quelque part dans cette salle et ne dis pas qu'elles viennent de moi. Si ça s'apprenait, mon Clément ne comprendrait pas. Tu sais comme mon mari est jaloux et impulsif parfois ! C'est presque une honte pour moi.

— Oui, nous savons tous. »

Marie était sincère en disant cela. Elle crut bon aussi d'en profiter pour changer le cours de la conversation : « Je ne vous ai jamais vue porter ce chapeau rose. Voilà une couleur qui vous avantage.

— Ce n'est pas ce que pense Clément, rétorqua Charlotte. Il a toujours quelque chose à redire.

— Mais non, voyons. L'autre jour, quand votre mari est passé avec le conseiller Langevin vérifier l'état de la cheminée, je les ai entendus lorsqu'ils parlaient de vous et de madame Langevin.

— Ça devait pas être beau ! Je connais la mauvaise langue de Didier Langevin quand il parle des femmes. Il a dû se montrer désobligeant et pousser des farces grossières sur les rondeurs de sa femme, comme d'habitude.

— Votre mari n'écoutait pas ses sornettes ! Il ne

parlait que de vous, de votre bon goût, de son plaisir d'être avec vous, de vos caprices, et cetera.

— Ouais, Langevin devait en baver ! »

Marie se garda bien d'ajouter comment elle s'était sentie mal à l'aise sous le regard affamé de Langevin qui se délectait des propos de son compagnon. Elle ne parla pas non plus des sarcasmes qu'elle avait dû endurer tout au long du travail ni du harcèlement qu'elle avait subi.

Au même instant, la doyenne du village sortit du cabinet médical suivie par un Morris Vanderstat souriant. « Je me souviendrai de cette visite et du bon traitement le restant de mes jours, fiston. » Des éclairs de reconnaissance valsaient dans ses vieux yeux gris, tout rajeunis. Puis la fleuriste entra à son tour, oubliant son cadeau de bienvenue sur une chaise.

Morris avait convenu avec Marie que lorsqu'un nouveau patient était reçu, elle ne devait attendre que quelques minutes, frapper tout de suite à la porte et apporter le dossier. Marie pénétra donc dans la pièce peu de temps après Charlotte, son dossier d'une main et son paquet de l'autre. Dès qu'elle l'aperçut, le regard de la fleuriste s'illumina. Elle se saisit alors de sa boîte à deux mains, comme l'aurait fait une fillette, et d'un ton soudain familier, elle s'adressa mielleusement au jeune docteur.

« Mon cher monsieur, vous me voyez tout à fait heureuse de vous offrir ce cadeau. Vous le jugerez très utile et confortable en attendant l'arrivée de votre épouse... à moins que vous ne soyez seul, abandonné, prêt à ouvrir votre cœur à l'une de nos filles. »

Elle roucoulait du mieux qu'elle pouvait et se plaçait ridiculement la bouche en cœur. Le plus étonnant, c'était de voir le médecin prendre plaisir aux babillages de sa patiente qui continuait de plus belle, sans aucune gêne : « On n'a pas toujours la chance de dormir avec qui on veut, n'est-ce pas ? Prenez mon Clément, par exemple, chaque soir il cherche à m'embrasser et à me caresser. Savez-vous ce que ça me fait, à moi ? Je ris. Aussitôt que ses lèvres me touchent, je ris follement et ça m'agace beaucoup. Je ne peux plus supporter ses mains rugueuses me flatter comme si elles caressaient une de ses œuvres de maçonnerie ! » Elle hésita. « Ça ne ressemble en rien à des mains de docteur, vous pouvez me croire. »

Elle s'était rapprochée. Dans son déplacement, elle porta enfin attention à Marie qu'elle toisa froidement. Lui, il ne disait rien ; il hochait simplement la tête. Embarrassée, Marie demanda bêtement la permission de se retirer. L'absence de réponse la confronta à la réalité : sa présence n'était plus souhaitée. « Il y a quelque chose de morbide là-dessous », murmura-t-elle.

Deux semaines plus tard, Charlotte Brodeur revint. À quelques reprises, elle avait téléphoné pour un rendez-vous, mais Marie, poussée par un quelconque ressentiment, reportait de jour en jour sa visite. Un matin, Clément lui-même appela.

« Je veux parler avec le soi-disant "médecin" de Charlotte. »

Le ton âpre du conseiller Brodeur ne laissait présager rien de bon. Marie ne savait trop comment s'y prendre ; Clément Brodeur se montrait souvent imprévisible et son humeur du moment pouvait laisser croire qu'il ferait une scène au médecin.

« Je ne vais jamais chercher le docteur pour les appels durant les visites, à moins que ce ne soit urgent. Laissez-moi votre message et il vous rappellera.

— Tu veux savoir, tu vas savoir ! Charlotte a changé depuis qu'elle a vu Vanderstat. J'ignore ce qu'il lui a dit, mais ma femme n'est plus la même. Elle me refuse tout. Tu vois ce que je veux dire ? »

Malgré le ton inconvenant, Marie le laissa continuer : « Pis en plus, elle se plaint de maux de tête et se permet de critiquer mes caresses.

— Écoutez, monsieur Brodeur, vous seriez mieux de rencontrer le docteur avec votre femme. Vous pourriez venir demain. Venez tôt cependant, car il y a d'autres rendez-vous.

— Nous y serons, je t'en passe un papier ! »

Le lendemain, comme à l'accoutumée, Marie se pointa à son travail à sept heures trente. Morris était levé et habillé. Il l'attendait pour prendre le café, seul moment intime qu'ils partageaient. Tous les jours, ils révisaient leurs stratégies, comme elle se plaisait à dire, mais jamais ils ne discutaient des cas des patients. Néanmoins, ce matin-là ils parlèrent des Brodeur. Morris s'énervait et interrogeait Marie sur l'appel téléphonique de la veille.

« Charlotte Brodeur est du genre hystérique ! lâchat-il. Allons donc savoir ce qu'elle a bien pu raconter à son époux ! Si vraiment il croit tout ce qu'elle peut dire, il va m'apostropher, c'est certain. »

Marie remarqua beaucoup d'inquiétude et de nervosité dans le timbre de voix de Morris et ce ne fut que pour le rassurer qu'elle voulut bien consentir à répondre aux questions qu'il lui posa. Elle lui raconta entre autres que le couple Brodeur n'avait jamais eu d'enfant. Même si on les entendait quelquefois se moquer de la chose, tous savaient que Clément, surtout, ne l'acceptait pas. Jamais il ne s'approchait d'un enfant et pour aucune considération il n'en tolérait dans sa cour. Très discret sur le sujet, il ne se mêlait pas aux conversations où l'on parlait de descendance, d'héritiers, de nom à perpétuer.

Elle lui conta aussi l'escarmouche entre lui et le conseiller Brideau, le jour des funérailles du vieux docteur Doiron. Aux remarques que Victorien Brideau lui avait faites sur l'infertilité probable de Charlotte, en plein cimetière, Clément avait répondu d'un ton tranchant : « Charlotte pourrait avoir des enfants, c'est moi qui n'suis plus bon !

— Comment le sais-tu ? Des gars, c'est toujours capables sauf... T'es pas impuissant tout de même ?

— Par chance non ! Le docteur Doiron, Dieu ait son âme, m'a expliqué qu'à cause des oreillons plusieurs gars se retrouvaient dans mon état. »

Brideau avait ri trop fort. Choqué, Clément lui avait asséné un coup de poing direct à la mâchoire. Plus personne par après ne s'était permis une seule allusion au fait qu'il n'y avait pas d'enfant pour enrichir la vie des Brodeur. L'affaire était close.

Soucieuse de détendre l'atmosphère, Marie avait fait son récit avec légèreté. En hochant la tête de satisfaction, Morris la remercia, se versa une autre tasse de café puis se retira dans ses quartiers. Une heure plus tard, Clément Brodeur arrivait, suivi de Charlotte. Assis un en face de l'autre, le couple Brodeur se lançait des flammèches. L'ambiance devenait insupportable et Marie craignait qu'à tout moment l'orage n'éclatât quand le long silence fut finalement rompu par le bruit sec de la porte d'où apparut Morris Vanderstat, songeur. Marie prit tout de suite les devants : « Vous pouvez entrer. J'apporte vos dossiers et... du thé peut-être, monsieur Brodeur ? »

Elle sourit au docteur.

« Laisse tomber les dossiers, répondit Clément. Nous ne nous assoirons pas assez longtemps pour qu'il prenne des notes. J'ai quelques petites choses à mettre au point et ça finira là. »

D'un pas décidé, il pénétra dans la pièce, laissant Charlotte traîner derrière lui, effondrée. Elle tenta bien de lui saisir le bras, mais le maigre conseiller accéléra le pas jusque dans le cabinet où ils n'eurent pas le choix de s'asseoir l'un près de l'autre. Clément, énervé, entama la conversation le premier, sans s'interrompre, déboussolant Morris, habitué, depuis son arrivée au village, à solliciter les gens.

« Tu vas m'expliquer des choses, médecin à la manque ! Arrange-toi pour que Charlotte les comprenne aussi. Depuis que vous vous êtes rencontrés, ma femme me boude au lit et se plaint de lancinants maux de tête. Tu vas soigner ça immédiatement. Quand on se présente chez un médecin, c'est pas pour en revenir malade.

— Calmez-vous, monsieur Brodeur. Commençons par le début. »

Il allait enchaîner quand Marie entra avec un plateau où elle avait disposé trois tasses, une théière et des gâteaux qui étonnèrent davantage le médecin que ses patients. Exaspéré par tant de fla-fla, il la dévisagea d'un air inquisiteur. Elle ne s'en laissa pas imposer pour autant et commença à verser le thé sans même se soucier de lui.

Clément interpréta cette bravade comme un signe d'alliance tacite et se montra plus sympathique : « Marie, tu es douée pour les p'tites attentions. Une vraie coquine ! Tu me prends par l'estomac ! Tu sais que je suis une bibite à sucre et que... » Il se ressaisit un instant, question de jauger l'air malin du docteur, donna l'impression d'hésiter quelque peu et reprit tout bonnement en riant : « ...et que j'aime les gâteaux aux fruits ! »

Morris et Charlotte échangèrent un soupir de soulagement ; la consultation s'annonçait plus détendue. Ils tendirent la main pour une tasse de thé.

« Combien d'enfants avez-vous, cher monsieur ? »

Marie, qui s'affairait dans l'autre coin, sursauta. Le matin même, elle avait pourtant conté à Morris l'incident du cimetière et voilà qu'il amorçait sans vergogne une discussion sur le sujet.

« Charlotte vous a rien dit ? Voyons... on a bien dû

commérer sur nous ? Nous représentons la stérilité incarnée. Une maison vide, bêtement silencieuse, où rien ni personne ne bouge. Ça vous satisfait comme ça ? Les oreillons... voyez-vous le rapport ? Tout se passe dans la tête d'abord et dans les couilles par la suite. »

Charlotte posa la main sur l'épaule de son mari. Elle pleurait. Leurs pensées erraient dans la même direction, vers la même lumière inespérée, et dans leurs yeux se lisait tout l'abandon du monde, sans aspiration ni attente.

« La science progresse rapidement, reprit Morris. Il ne vous est plus interdit de croire au miracle. Je peux faire quelque chose pour vous. Il vous faudra cependant mélanger croyance et conviction, avoir confiance, une confiance aveugle et inconditionnelle, sinon mon aide ne vous sera d'aucun secours. »

Charlotte le fixa, ahurie. Cet homme venait du bout du monde leur apporter le cadeau le plus précieux de la terre ! Dix ans plus tôt, ils avaient douté du diagnostic porté par le vieux docteur Doiron. Ils avaient lu tout ce qu'ils avaient pu trouver qui traitait de stérilité mâle, mais aucun écrit ne leur avait redonné l'espoir et voilà que lui, avec son accent saccadé, si délicieux, leur ouvrait les portes de la descendance.

Clément n'ajouta rien à la conversation. Incapable d'émettre le moindre son, il dévisageait à tour de rôle son épouse et le médecin. Marie jugea le moment propice pour se retirer et disparut à pas feutrés, ramassant au passage le plateau de service. Elle comprenait mieux la tactique de Morris qu'elle admirait alors pour son habileté et son savoir.

À la fin du long entretien, le couple Brodeur ne se ressemblait plus. « Le soleil luit pour tout le monde, Marie. Je dois revenir à tous les mois et Clément aux quatre mois. Regarde-nous. Qui aurait dit ? M'imagines-tu enceinte avec un gros ventre ? »

Avec un rire retentissant, Clément tapait les fesses de son épouse qu'il conduisait précieusement vers la sortie. Il exultait : « Viens, ma pouliche... dodo maintenant... l'heure est à la sieste du matin ! Y a du pain sur la planche ! »

Aussitôt seule, Marie voulut féliciter Morris, mais elle s'arrêta net devant l'homme affaissé qu'elle vit. Les épaules courbées, il avait retiré ses lunettes et se tenait la tête à deux mains. Du papier griffonné s'étalait à la grandeur de son sous-main et sa plume gisait, abandonnée à la hâte. Il ne releva pas la tête ; il fallut qu'elle toussotât, debout dans l'embrasure de la porte.

« Un cas difficile, Marie, très difficile... mais il fallait pourtant... »

Il cherchait son approbation et des encouragements ; elle ne ressentit que de la compassion : « Pouvez-vous vraiment faire en sorte que... »

Il la coupa sèchement en frappant sur son bureau.

« Parbleu ! mademoiselle Richer. Qui est médecin ici ? Vous me regardez avec incrédulité et votre sourire béat m'énerve. Mêlez-vous de ce qui vous regarde et cessez d'épier mes gestes, je vous prie. Quand je désirerai autre chose, je vous le ferai savoir. D'ici là, retournez à votre bureau. »

Elle ne bougea pas, stupéfaite. Le ton hargneux de son patron, s'insurgeant ainsi contre elle, dévoilait un comportement exagéré qui dépassait son entendement.

« Pour une victoire, c'en est toute une ! réagit-elle, enfin. Si la science se paie un tel caprice lorsqu'elle promet mer et monde, ça doit être épouvantable lorsqu'elle atteint son but ! » Il la toisa d'un regard sombre. « Je n'ai rien à foutre de votre humeur et vous ne m'intimidez pas, monsieur. Vous auriez avantage à vous expliquer plus clairement. Ce matin vous étiez tout miel pour m'extirper les vers du nez et vous voilà accablant maintenant ! Moi, j'vais prendre l'air ! Tâchez de vous réconcilier avec vous-même... vous disposez de cinq minutes avant l'arrivée des sœurs Soucy. »

Rien ne la fit revenir en arrière : ni le « Marie » suppliant qu'il laissa échapper ni les menaces qu'il proféra par la suite.

En rentrant chez elle, Marie se dirigea directement vers sa chambre. Assise sur le rebord du lit, elle vit son image se réfléchir dans le miroir de la commode et s'en trouva fort aise : elle s'aimait ainsi, fière et indépendante, et elle se reconnaissait très bien avec ce tempérament fougueux qu'elle n'avait jamais su contrôler convenablement.

Quand elle repensait au médecin, aucun regret ni remords ne l'accablait, surtout qu'elle avait accepté de travailler pour lui et d'agir en femme à tout faire uniquement par orgueil, pour sauver la face devant les mesquineries de Langevin, et que depuis elle avait dû se rendre à l'évidence : il n'y avait pas grand monde pour la remplacer. Maintenant qu'elle s'offrait une première journée de relâche, elle jugeait la situation avec plus de clairvoyance. Tout ce temps qu'elle avait consacré à la maison Doiron (on l'appelait encore ainsi) ne lui avait valu que courbatures. Oh ! elle avait appris bien des choses, c'est vrai, mais elle s'était tapé également bien du ménage ! Elle avait dû nettoyer de fond en comble, déplacer les meubles et redonner vie à la petite maison. Elle s'occupait de tout, depuis les achats jusqu'à la préparation de certains repas. Pendant ce temps, Morris déballait des boîtes. « Je bouquine », disait-il. Il ouvrait chaque livre ou registre, feuilletait, annotait, s'entourait de dossiers qu'il relisait puis classait dans la voûte qu'avait fait aménager le vieux docteur Doiron.

Cette voûte n'était accessible qu'en passant par la garde-robe de la pièce qui servait de cabinet médical, derrière un rideau coulissant. Pour y accéder, il fallait d'abord pousser les vêtements et faire glisser le rideau de jute grise. Alors apparaissait une porte métallique munie d'une grosse poignée et d'un cadran. Une fois déverrouillée, un grincement donnait droit de passage sur une vaste pièce dont on ne soupçonnait pas l'existence.

Cela ressemblait davantage à un sanctuaire, mais c'était là le seul vrai caprice du vieux médecin. Cette pièce lui avait coûté une fortune et avait fait jaser bien du monde avant de sombrer dans l'oubli. Ce ne fut qu'à la cérémonie de bienvenue organisée en l'honneur du nouveau docteur qu'elle refit surface.

« Cette enveloppe est pour vous, monsieur Vanderstat. Le docteur Doiron a bien pris soin d'écrire À MON SUCCESSEUR », insista le maire.

Marie fut la seule personne à être présente lorsque Morris ouvrit sa missive. Un carton, où apparaissait un immense cadran entouré de flèches dirigées vers la gauche et la droite, s'en échappa et glissa sous la table.

« Qu'est-ce que c'est ? Ne me dites pas qu'il y a un coffre dans la maison ! » Il lut attentivement l'autre feuille restée coincée dans l'enveloppe. « Et si on faisait le tour du propriétaire ? »

Il avait de la difficulté à retenir le léger tremblement qui l'affectait soudain.

« Ce n'est pas bien grand. Malgré des apparences extérieures trompeuses, il n'y a que quatre pièces. Nous sommes dans la salle d'attente. Ce corridor nous conduit directement dans la cuisine. Le docteur Doiron vivait seul et cuisinait ses repas lui-même. Un homme simple, sans prétention ni snobisme. Ce lieu en témoigne d'ailleurs. Il ne recevait jamais ; en dehors de ses visites, il vivait en ermite. »

Morris tourna sur lui-même, surpris par la simplicité des lieux. « Pas très luxueux en effet. Je ne cuisine pas, Marie ! Il faudra trouver quelqu'un... même pas de salle à dîner ! »

— Courage ! chaque chose en son temps. Allons voir la chambre ou plutôt votre... bureau - salle d'examen - chambrette. »

Avec désinvolture, sans lui laisser le temps de réagir, elle le saisit par la main pour l'entraîner vers la dernière porte du couloir. Au milieu d'une pièce minuscule, on avait placé une cloison amovible derrière laquelle attendait un lit étroit, sans tête ni pied, reposant uniquement sur des pattes de bois tourné. Le sommier et le matelas tapissés de fleurs d'oranger paraissaient neufs et de bonne qualité. L'exiguïté de cette partie de la chambre permettait tout de même d'appuyer un meuble de rangement contre le mur, près de la fenêtre. Un de ses battants portait une serrure et faisait office de pharmacie. Juste à côté, deux patères s'accrochaient au mur, au-dessus d'une corbeille à papier, et dans le coin, près du lit, une petite chaise noire attendait sagement. À l'opposé, un coffre en cèdre sur lequel reposait un pichet et un plateau servait de table de chevet. Un vieux plafonnier démodé, suspendu en plein centre, surchargeait le tout. Heureusement, une grande fenêtre s'ouvrait sur le côté sud de la cour ; la lumière du jour y pénétrait facilement, à peine gênée par un store vénitien.

Peinte en blanc, la pièce transpirait l'abandon avec ses murs dénudés. « Il faudra un crucifix à la tête du lit », lança Morris.

Tout un effet de surprise ! Marie se serait plutôt attendue à des commentaires désobligeants, loin de penser que la petite pièce satisferait le docteur. « Monsieur le curé approuvera avec plaisir... heu... hum... »

Son rire nerveux ne plut guère à Morris qui toussota gravement avant de s'élancer dans une envolée biblique : Dieu venait de prendre pied dans la salle d'examen.

« Je m'excuse, monsieur, vous avez bien raison. Les gens de Bellesroches sont très croyants et ils vous accorderont plus aisément leur confiance s'ils se savent protégés par la main divine.

— Ne vous moquez pas, Marie. Dieu sauve plus de monde que la médecine et très souvent la réponse à nos espérances passe effectivement par sa main. »

Sa voix était éteinte, ses yeux absents, comme s'il s'adressait à lui-même. Un silence s'ensuivit.

Puis ils continuèrent leur exploration en ouvrant la porte face au lit.

« Plutôt contrastant avec le reste, n'est-ce pas, Marie ?

— Je n'ai jamais vu de salle de bains aussi spacieuse. »

Deux armoires de rangement surplombaient un comptoir avec lavabo double. Au-dessus du réservoir de la toilette, une étagère pouvait servir à placer des serviettes et, en retrait, une baignoire sur pieds patientait.

« Plutôt confortable. Cette maison doit avoir toute une histoire.

— Elle appartenait jadis à la famille Lemay. Quand les parents la firent construire, ils étaient âgés et leurs enfants avaient quitté la région. Ils ont vendu leur ferme et investi une partie des profits dans cette maison. Ils y ont habité quelques années puis, à leur tour, ils ont quitté le village pour rejoindre leur fils aîné aux États-Unis, faisant don de la maison au docteur Doiron qui la céda par la suite à la municipalité. La propriété fait donc partie du patrimoine de Bellesroches. Elle fut gardée inhabitée jusqu'à aujourd'hui où vous en avez maintenant pleine jouissance.

— Cette demeure me plaît malgré son espace restreint. Tant qu'on y vit seul, ça peut toujours aller, mais je m'y vois mal avec une compagne et une ribambelle d'enfants. »

Marie ne s'était pas questionnée sur l'état matrimonial du nouveau médecin ; il allait de soi qu'il vivait seul... comme le vieux docteur Doiron ! Soudain, elle réalisa l'ampleur de sa tâche si, quelques jours plus tard, débarquaient une dame Vanderstat et des enfants. Elle s'imaginait mal en gouvernante. Va toujours pour réceptionniste et assistante... au pire le ménage ou la lessive pour un temps, mais la marmaille en plus !

« Attendez-vous votre famille, monsieur ? Alors il faudra envisager d'autres endroits où habiter. Les Laflamme veulent quitter leur grande maison juste à côté de l'église. Le parc se situe tout près et ce serait bon pour vos enfants. »

Morris sentit la déception dans la voix de sa compagne. Amusé, il ne répondit pas à sa question, feignant un soudain intérêt pour la section « bureau », dans l'autre partie de la pièce. Il alla s'asseoir sur le vieux fauteuil bergère qui masquait le coin opposé à l'entrée et, du regard, fit le tour de la place. Enfin, il posa les yeux sur la dernière porte, la plus étroite, celle de la garde-robe. Il resta longtemps les yeux rivés à la poignée puis, sans même regarder Marie toujours debout près de la cloison, déclara : « Madame Vanderstat n'existe pas pour l'instant. Tout comme mon prédécesseur, j'apprécie la solitude et je déteste devoir rendre des comptes à qui que ce soit. En vivant replié sur soi-même, on évite bien des conversations futiles malgré que l'on doive parfois affronter la curiosité des gens.

— Pour ma part, je préfère la présence d'autrui ! J'ai tant de choses à donner que j'en mourrais s'il me fallait vivre dans une cloche de verre sans rien offrir ni recevoir de personne.

— Jeune et fraîche comme vous êtes, sans avoir côtoyé la misère et la haine humaine, votre cœur s'éteindrait effectivement si quelqu'un vous enfermait dans le silence. »

Il la dévisagea tout à coup avec des yeux fascinants. Le temps sembla s'arrêter pour respirer et Marie se sentit envoûtée par cet homme. Déroutée, elle chercha à se ressaisir. Vivement, elle se dirigea vers la dernière porte, celle de la garde-robe, mais Morris l'arrêta et attira son attention sur le mur du fond, qu'il pointa.

« Je placerai la toile des Panet à cet endroit. Il y a un trait de mélancolie dans cette peinture et ça me plaît bien... elle me rend nostalgique. » Il reluquait Marie du coin de l'œil. « Qu'en pensez-vous ? Elle ne vous laisse pas indifférente non plus, n'est-ce pas ?

— D'abord il faudra la faire encadrer... »

Elle contemplait l'œuvre avec plus d'intérêt : « Les couleurs tristement vivantes de ce tableau devraient être enrichies d'un arc-en-ciel.

— Pour dire par la suite qu'après la pluie vient le beau temps ? C'est une excellente façon de faire revivre la lumière. »

Ils se regardèrent bêtement et éclatèrent de rire. Ils venaient de faire connaissance.

Plus loquace, Morris s'emballa : « Nous disposerons la pièce autrement. Mon bureau déménagera devant la cloison. Nous approcherons ces deux chaises en avant et ce portemanteau viendra près de l'entrée. Laissons la chaise bergère dans son coin. Ce gros meuble, là-bas, il faut le déplacer jusqu'ici et libérer la salle d'examen... pas trop au centre tout de même pour ne pas cacher ces belles boiseries. »

Il s'approcha de la garde-robe. Après avoir révisé son plan d'aménagement, sous le regard impatient de Marie, il ouvrit enfin la porte et ensemble ils découvrirent l'accès à la voûte. Le gros rideau de jute glissa facilement sous la main nerveuse de Morris qui, fébrile, sortit de sa poche le carton pour se mettre à l'ouvrage, tournant plusieurs fois le cadran à gauche, puis à droite. Un déclic se fit entendre. Il tira la poignée et l'énorme porte grinça. Marie se rapprocha. En pénétrant dans l'enceinte, Morris lui tendit une main pendant que de l'autre il tâta le rebord de la porte à la recherche d'un interrupteur. Il ne trouva rien et continua d'avancer, traînant Marie derrière lui. De l'autre côté de la cloison, au-delà de toute imagination, ils se retrouvèrent dans une pièce immense où des bibliothèques poussiéreuses s'appuyaient sur tout un pan de mur alors qu'en face une cheminée attendait son feu de bois, surveillée par un luxueux canapé, un fauteuil berçant et une lampe sur pied. Devant la cheminée s'étalait une table basse. Quelque peu en retrait, un grand lit attendait, bien encadré par deux tables de chevet surmontées chacune d'une petite lampe. Le plancher de chêne, fidèle au reste de la maison, était fait de planches étroites qui craqueraient au passage. Et sur un mur, celui donnant à l'extérieur, un œil-de-bœuf permettait de recevoir un peu de la lumière du jour.

« Mais il manque un phonographe ! s'écria Morris comme boutade. Peu de gens peuvent se vanter de posséder pareille oasis. J'avoue que tout ce décor dépasse mes espérances.

— L'ambiance qui règne ici me laisse perplexe. J'ai l'impression de briser des secrets, de venir fouiner dans l'intimité d'un homme méconnu des gens d'ici. Tant de bruits ont couru sur lui. Certains plaignaient le docteur de mener une vie misérable et d'être cantonné dans de vieux quartiers. Je n'aimerais pas que l'existence de cette chambre soit connue du monde et que ça vienne ternir la réputation d'un homme qu'on croyait semblable à tous.

— Votre docteur Doiron me devient plus sympathique. Quel personnage rusé et imaginatif. »

Morris fixait le porte-pipes et le cendrier où reposait encore la pipe en écume de mer du docteur : « On dirait que rien n'a bougé depuis sa mort. Cet endroit est vraiment tombé dans l'oubli et la poussière l'ensevelira si nous n'y remédions pas rapidement. Je m'occuperai du ménage moi-même. Je me fie sur vous pour taire à tous ce que nous savons de cette voûte. »

3

À la mi-novembre, les gens commencèrent à fréquenter plus assidûment le cabinet Vanderstat, leur période d'observation s'étant terminée avec la visite de Rosalie DuMarais, qui donnait toujours le pas. Cette femme imposante intriguait tellement avec ses toilettes raffinées, qui fascinaient les hommes, et son maquillage hollywoodien, qui rendait les femmes jalouses, qu'on épiait encore ses moindres déplacements bien qu'elle habitât le village depuis déjà sept ans.

On l'avait vue mettre les pieds pour la première fois à Bellesroches à l'été 1932, quelques jours avant la naissance de Marie. Venue pour l'accouchement de sa jeune sœur, Joséphine, elle était débarquée du train en laissant ses quatre malles bloquer l'accès à la gare avant de se diriger directement à la mairie où elle s'imposa dès son arrivée : « Qu'on envoie quelqu'un chercher immédiatement mes bagages. Qu'est-ce que c'est que ce village ? Personne pour accueillir les visiteurs ? Voulez-vous qu'on colporte des choses sur votre... coin de pays ? Je vais chez Antoine Richer et j'exige qu'on m'y conduise. »

Le hasard avait amené Didier Langevin à la mairie au même instant et comme il possédait l'un des rares véhicules de la place, le beau gaillard de trente ans, toujours à l'affût des bonnes occasions, s'était offert pour conduire la dame de la ville jusqu'au magasin général où l'attendaient sa sœur et son beau-frère.

Durant tout le parcours, la demoiselle DuMarais n'adressa pas la parole à son chauffeur et se contenta de fixer la route, toujours avec le même air hautain, pour ne sourire à Didier qu'une fois rendue à destination.

Elle avait trente-cinq ans, mais en paraissait à peine vingt-cinq, et on aurait juré qu'elle sortait tout droit d'un studio de tournage tant elle était bien mise et maquillée. Elle dégageait un doux parfum. Ses fins cheveux amande, qu'elle venait de couper à la mode, sortaient d'un chapeau rond qu'elle enleva en s'assoyant sur la banquette, mais aussitôt en marche, ils virevoltèrent au vent. Avant de relever la vitre de la portière, elle gesticula pour dissiper l'épais nuage de fumée laissé par les cigarettes successives de Didier.

« La fumée vous dérange, belle dame ? Voilà ce que je fais du paquet ! »

Il le lança par la fenêtre puis s'étira maladroitement pour redescendre la vitre, faisant exprès au passage pour se frotter contre Rosalie qui le toisa du regard, dédaignant pour l'instant de lui faire des remontrances. Elle remit son chapeau, détourna la tête et s'enfonça dans ses souvenirs. Déjà, Didier Langevin n'existait plus... un moins que rien, vulgaire et sans manière, qu'il lui serait facile de dominer.

Pourtant Langevin était beau garçon à l'époque : il portait barbe et moustache et sa forte chevelure n'avait pas encore subi l'assaut de la calvitie. Ses mèches noires s'entremêlaient en longues boucles qu'aucun autre homme à Bellesroches ne se serait autorisé à garder. Sa démarche aussi était agréable à voir alors que ses pas lents et assurés supportaient facilement son corps mince.

Convaincu de son pouvoir de séduction, il chercha à établir la conversation avec Rosalie, utilisant la même tactique qu'il pratiquait depuis toujours, sans égard au langage ou au propos : « Comme ça, la belle Joséphine, euh... pardon, madame Richer accouchera bientôt. C'est pas facile, un premier enfant... ma femme pourtant fait ça comme une chatte ! La bonne graine donne toujours de bons fruits. Ma Mathilde est enceinte de son quatrième. On perd pas de temps chez nous, trois garçons en trois ans ! Vous pourrez pas dire que j'fais pas bien ça. »

Rosalie ne l'écoutait pas, absorbée par le vibrant souvenir de sa première rencontre avec Antoine qu'elle n'avait plus revu depuis deux ans. Le cœur lui débattait. Les images qui défilaient dans sa tête nostalgique lui faisaient revivre sa belle histoire d'amour et remonter le courant de sa passion sans se soucier de la présence de Langevin.

Antoine Richer, marchand général de Bellesroches, était allé à la ville acheter de la marchandise de Noël et c'est par un heureux hasard qu'il l'avait rencontrée dans le hall de l'hôtel où il était descendu. Une simple méprise sur la personne qu'elle était venue accueillir et le tout s'était soldé par une invitation à souper. Elle se rappelait très bien son entrée en matière : « Cher monsieur, voulez-vous me suivre ? Votre conférence débutera dans quarante-cinq minutes. Nous devons mettre au point l'horaire de la journée. »

À l'époque, comme elle s'occupait de la campagne de financement des œuvres de bienfaisance de sa paroisse, on lui avait confié la responsabilité du protocole et cette année-là on fêtait le trentième anniversaire de l'organisme fondé en 1900 ; on voulait donc faire les choses en grand.

À la main droite, Antoine tenait un sac de voyage et, sur son bras gauche replié, reposait un pardessus de tweed brun. C'est ainsi qu'on avait décrit à Rosalie l'allure du directeur des Œuvres de Notre-Dame de la Source, la personne qu'elle venait de confondre avec le marchand de Bellesroches.

« Il y a erreur sur la personne, mademoiselle. Je me nomme Antoine Richer, je suis commerçant. »

Il avait soulevé son chapeau et courbé la tête poliment. « Si vous voulez toujours que je vous suive, pourquoi ne pas aller souper dans un bon restaurant ? »

Confuse, Rosalie avait reculé, jaugé son interlocuteur et souri de sa bévue avant de laisser filer d'une voix moqueuse : « C'est à voir ! »

Institutrice de carrière, Rosalie DuMarais n'avait guère eu le temps de s'intéresser aux hommes à part quelques fois seulement, à l'occasion de la fête de Pâques, où elle s'était offert le plaisir d'un souper en bonne compagnie : « Les carêmes sont trop longs, disait-elle à sa jeune sœur Joséphine, quand c'est fini, il faut se récompenser. »

En ce début de septembre, elle s'était quand même abandonnée à la tentation, poussée ou par le destin ou parce qu'elle aimait la façon franche et collégiale d'Antoine Richer, homme qu'elle trouva aussitôt charmant avec sa poignée de main chaleureuse. Elle ne craignait pas non plus les ragots ni le harcèlement d'un compagnon entreprenant puisqu'il n'habitait pas la ville, sans doute un quelconque village, et sûrement était-il marié. Elle revint sur ses pas et lui tendit à nouveau sa longue main, gratifiant le tout de son plus beau sourire : « Soit, je laisserai un message pour vous à la réception de l'hôtel. »

Il reçut le message à dix-neuf heures.

Impossible pour ce soir. Je vous attendrai demain, à la même heure, au restaurant Deux Bergères. Au plaisir, cher monsieur.

Le jeune marchand de Bellesroches prolongea son séjour à l'hôtel, intrigué et fasciné par cette rencontre fortuite. Il ne savait rien de la femme, seul son parfum encore présent dans ses pensées et son sourire moqueur lui servaient de motifs suffisants pour justifier son désir de parfaire connaissance.

Quand il arriva au restaurant, il attendit près d'une demi-heure, de plus en plus inquiet et déçu, avant que Rosalie n'apparaisse enfin, vêtue d'une robe noire garnie de franges argentées. Elle marchait avec élégance en tenant un petit sac à paillettes dans sa main pendante alors qu'elle gardait la tête haute, scrutant la salle à manger pour se diriger vers la table d'Antoine sans même attendre le garçon.

Ils burent, rirent et mangèrent plus que nécessaire. Avec habileté, Rosalie esquivait les questions de son compagnon, de sorte que ce dernier ne sût rien d'elle quand ils finirent la soirée dans les bras l'un de l'autre, à la grande stupéfaction d'un Antoine Richer puritain. Cette première nuit d'amour se grava à même leur chair qu'ils nourrirent plusieurs fois, heureux dans l'inconscience du mal qu'ils se faisaient.

Profitant du bref sommeil de Rosalie, Antoine, qui n'avait pas réussi à obtenir réponses à ses questions, fouilla dans son sac et copia son adresse. Il avait donné de lui-même à la belle inconnue et ne comptait pas l'oublier de sitôt : il descendait de cette race d'homme dont le premier amour est celui de toujours et ne se pardonnait pas d'avoir entraîné ainsi une femme dans son lit, de lui avoir embrassé les seins et de l'avoir fait sienne plusieurs fois. Son devoir lui dictait de réparer ses torts en sauvant l'honneur de Rosalie, mais celle-ci ne partageait pas les mêmes convictions malgré que cette nuit de folles amours lui eût apporté bonheur et euphorie. Fille de liberté, son indépendance s'était gagnée à dix-sept ans, alors qu'elle avait dû combattre avec acharnement pour faire sa place au soleil. Son célibat, elle le vivait par choix et n'envisageait pas de se sacrifier pour l'amour, tout à fait consciente qu'un éventuel mariage mettrait fin à sa carrière. Aussi, aux nombreuses lettres en provenance de Bellesroches, elle ne donna aucune suite, chassa tous les frissons dont elle se souvenait et laissa mourir son cœur.

Cependant Antoine tenait à cet amour. Il y crut à chaque instant jusqu'au jour où, six mois plus tard, il était revenu à la ville sonner chez la belle Rosalie. Une jeune femme lui avait ouvert.

« Je suis Antoine Richer et je voudrais voir mademoiselle Rosalie DuMarais, s'il vous plaît.

— Ma sœur n'habite plus ici et elle m'a recommandé de ne donner son adresse à personne. Vous me voyez désolée. Rosalie est très secrète parfois. »

Abasourdi, Antoine ne bougeait plus. Toutes ces lettres d'amour laissées sans réponse, ce long voyage inutile, les espoirs qu'il avait fondés sur les bienfaits d'un mariage avec une « dame de la ville », la bague qui reposait dans son écrin, au fond de sa poche... tout s'écroulait autour de lui, se noyait dans la mer des souvenirs. Les yeux embrumés de tristesse, il se tenait sur le portail, bien droit, sans broncher, comme si soudainement il était paralysé.

« Entrez vous asseoir un instant. Je m'appelle Joséphine. »

Il avait avancé de quelques pas et demandé à boire. La jeune femme était revenue avec un plateau sur lequel se dressaient une carafe et un verre.

« Je désirais de l'eau, je m'excuse ! »

Devant l'air étonné de Joséphine, il se ressaisit. « Tout compte fait, l'alcool fera tout aussi bien l'affaire... si vous voulez partager ma déception. »

Elle sourit avec malice, du même sourire que Rosalie !

Ils passèrent au salon où ils parlèrent de choses et d'autres. Quand Antoine se sentit plus à l'aise, il questionna Joséphine à propos de Rosalie. Gentiment, elle lui rappela qu'il s'agissait là d'un sujet dont il valait mieux ne pas discuter, puis elle se leva tout bonnement pour aller jouer au piano la première chanson qui lui vint à l'esprit, *Ô mon papa*, même si la pièce n'avait aucun rapport avec la situation ; elle en aimait la mélodie et en connaissait les paroles par cœur, c'était suffisant. Elle regarda Antoine du coin de l'œil et lui sourit encore une fois tandis qu'il acquiesçait de la tête. Lorsqu'elle eut terminé, il l'applaudit et osa lui demander de recommencer, prêt à fredonner à son tour les quelques paroles qu'il savait, au grand ravissement de Joséphine pour qui les notes portaient un message clair : ils partageraient leur amitié. De cette amitié naquit un amour suffisamment fort pour les conduire aux marches de l'autel, le premier dimanche du mois de novembre 1931.

En arrivant à Bellesroches, la jeune Joséphine Richer avait charmé tout le monde avec ces rengaines qu'elle fredonnait tout le temps. Elle n'en finissait plus d'étonner les habitants en organisant des soirées ou en dirigeant la chorale paroissiale et jamais elle ne contrariait qui que ce soit. Il n'y avait donc rien de surprenant à voir Didier Langevin lui tourner autour et consacrer plus de temps au magasin qu'à sa famille ou son garage.

« Si seulement ma femme avait ton entrain et ta bonne humeur, Joséphine. J'aime bien les femmes de ton genre ! »

À chaque fois qu'il la complimentait, elle baissait les yeux et rougissait devant Antoine qui s'exaspérait.

« Tu nous déranges, Didier. T'as pas un commerce à t'occuper ?

— Plus tard ! »

Puis il continuait de plus belle.

« Comment un vieux garçon comme toi a-t-il pu dénicher une perle comme Joséphine ?

— En chantant, ...en chantant autre chose que la pomme, si tu veux savoir. »

Mais Langevin ne se lassait pas et il revenait au magasin sous n'importe quel prétexte, guettant le moment propice pour faire des avances à Joséphine. Un jour, alors qu'il ignorait la présence d'Antoine occupé dans l'arrière-boutique, il passa à l'attaque et l'enlaça par-derrière, caressant son ventre rond, la tête nichée dans le creux de son cou.

« Tu es fou ! Lâche-moi.

— Ma Mathilde n'est pas belle, enceinte. Elle porte tout dans les hanches, on dirait un bidon de lait. Elle manque d'allure, ça va lui prendre des mois pour se rebâtir !

— Langevin, décolle ! Ne t'approche plus jamais de ma femme, sinon je te tuerai. »

Didier recula, mais il fut quand même saisi au collet, soulevé de terre et transporté jusqu'à l'escalier qu'il dégringola.

Joséphine accoucha une semaine après l'arrivée de sa sœur. Ce fut un accouchement difficile, qui dura plus de quarante-huit heures, ponctué des remarques désobligeantes de Rosalie, incapable de supporter les lamentations ou de témoigner d'une quelconque compassion. Pourtant elle s'inquiétait de voir sa jeune sœur s'affaiblir, dépérir à petit feu, pâlir à vue d'œil ; elle se surprit même à maudire l'enfant responsable de ces souffrances.

Au bord du désespoir, elle tapa de toutes ses forces sur le plancher, comme convenu, et Antoine grimpa les marches deux par deux pour la retrouver, tournée vers le mur, qui piétinait le sol en hurlant, la tête entre les mains, en proie à une véritable crise d'hystérie.

« Elle va mourir à cause de l'enfant... elle va mourir.

— Arrête, Rosalie... tais-toi. Je cours chercher le docteur ! »

Joséphine gémit une fois avant de laisser échapper

un long cri plaintif. Alors seulement, Rosalie se mit à courir dans tous les sens, à préparer le nécessaire pour l'accouchement, ne s'arrêtant près de sa sœur que le temps d'une caresse où elle lui épongeait le front en silence, pleurant son impuissance à compatir et son incapacité à soulager sa douleur.

Quand arriva enfin le docteur, tout était prêt. Elle se tenait dans un coin, fière d'avoir suivi les instructions reçues le matin même. Le docteur Doiron lui demanda de sortir et ne garda à ses côtés que Mathilde, en qui il avait pleine confiance et dont il appréciait avant tout le sang-froid et la débrouillardise. N'avait-elle pas accouché, seule, de ses deux premiers garçons ? Ce n'est qu'au troisième que le médecin avait pu se rendre à temps à l'extrémité du village.

Dans la chambre, les lamentations semblaient s'éteindre et le temps filer trop vite. Plusieurs fois, Rosalie était remontée à l'étage et avait collé l'oreille à la porte, mais elle n'avait entendu que des murmures et le va-et-vient des pas du docteur. Néanmoins, quand Joséphine criait – des cris de plus en plus étouffés – elle frissonnait et redescendait aussi vite, tremblant de tous ses membres, consciente que les choses empiraient, et sa bouche s'asséchait, devenait pâteuse. Vulnérable, elle ne pouvait faire plus.

Après de longues heures angoissantes, Mathilde apparut enfin, les traits tirés, le dos courbé.

« Bonté divine que cette femme a souffert. Joséphine est trop fragile pour avoir un bébé... un siège à part ça ! » Elle se tut un instant. « C'est une fille, tout va bien maintenant. »

Antoine courut rejoindre sa femme. Rosalie, dans un coin, hochait la tête.

« Vous devriez monter et fermer le magasin, car moi, je dois rentrer. Mon ventre pèse lourd, j'ai le souper à préparer et un bon bout de chemin à marcher... Fallait quand même qu'elle soit décidée à naître, cette enfant-là ! »

Rosalie barra à double clé et se dirigea à l'appartement du dessus. Elle alla directement vers le bahut où l'on entreposait la réserve d'alcool, se versa une bonne rasade de brandy, se mira dans la glace et replaça ses cheveux. Puis elle cogna à la porte de la chambre.

Les jours suivants, elle les passa à prendre soin de la mère et de l'enfant... surtout de cette enfant exigeante à la chevelure de lion et aux poumons gonflés de pleurs ! Le bébé prenait des tétées aux deux heures et ne se lassait de crier qu'au moment où on le couchait sur sa mère. À chaque fois qu'elle s'approchait pour la prendre, la bercer ou la coucher dans son berceau, la petite braillait à fendre l'âme. Devant son insuccès, Rosalie développa de la culpabilité, ce qui ne passa pas inaperçu aux yeux d'Antoine.

Une longue et fatigante semaine s'était écoulée et des signes d'épuisement se dessinaient sur son beau visage. Conscient du poids qui pesait sur les épaules de sa belle-sœur, Antoine voulut en discuter et lui proposa une promenade jusqu'au bord du lac Caché.

Il faisait chaud en ce début d'après-midi et ils marchaient lentement vers le petit sentier longeant la rivière des Saules. On distinguait bien, au loin, de gros nuages gris, mais rien ne laissait véritablement présager du mauvais temps.

Rosalie gardait le silence. Elle marchait tête basse, tout au contraire de ses habitudes, et donnait des coups de pied sur des cailloux imaginaires qu'elle poussait en avant d'elle.

« Tu es très fatiguée, Rosalie, ça se voit... ça se sent ! J'imagine que tu songes à ton départ, à repartir pour la ville et à recommencer à enseigner une autre année.

— Non, Antoine. »

Elle avait répondu sèchement.

Ils atteignirent l'orée des bois où ils pénétrèrent plus profondément en direction du vieux moulin de la rivière. Rosalie accéléra la marche, mettant de la distance entre eux ; elle courait presque, légère et la tête soudain redressée. Antoine courait à son tour, foulant chacun de ses pas, les oreilles bourdonnantes alors qu'un frisson lui chatouillait l'échine. Ils entendirent un premier coup de tonnerre, puis l'éclair suivit rapidement. L'orage s'approchait trop vite. Antoine s'arrêta, leva la tête et réalisa trop tard ce que signifiait ce ciel noir d'où tombèrent quelques gouttelettes qui l'aspergèrent d'abord pour ensuite se transformer en déluge. Le temps d'un soupir, il fut trempé. L'eau lui dégoulinait sur tout le corps et il ne voyait plus Rosalie. Inquiet, il reprit la course et pataugea dans les flaques en criant sans arrêt ce nom qui lui martelait les tempes pour mieux s'enfoncer dans son esprit.

Il la rejoignit alors qu'elle reprenait son souffle, adossée à un saule pleureur. Il lui fit face. Prisonnière, elle le brava, la tête haute, le visage pailleté de gouttes d'eau, les cheveux mouillés lui collant à la peau, et entrouvrit légèrement les lèvres. Il mit un doigt sur cette bouche trop désirable.

« Laisse-moi te regarder... ne bouge pas. »

Elle le fixa à travers des larmes qui se mêlaient à l'eau encore ruisselante sur son visage. Il s'en approcha et lécha tout doucement ces gouttelettes amères ; elle ferma les yeux ; il déposa un baiser sur ses lèvres invitantes. Leurs deux corps détrempés se collèrent, attirés par les formes excitantes qui se camouflaient sous leurs vêtements mouillés, et ils s'embrassèrent à en perdre haleine, toujours dans la même position, immobiles. Rosalie grelottait.

« Il pleut de plus belle et le village est trop loin pour y retourner dans cet état. Peux-tu courir jusqu'au moulin ? C'est juste de l'autre côté de la courbe. »

Sans trop de peine, ils atteignirent le vieux moulin désaffecté, accueillis par un tas de paille sèche qui patientait dans un coin. Rosalie se tenait raide et claquait des dents quand Antoine la tira par la main jusqu'à la paille où il la poussa un peu rudement. Il s'allongea sur elle, tremblotant à son tour.

Sur ce moelleux tapis, elle s'abandonna à l'odeur de sa paillasse et au souvenir de son amant. Antoine respecta le silence de ses pensées et nicha tout simplement sa tête dans son cou. Ainsi appuyé sur elle, il sentait ses seins lui crever la poitrine alors que leurs cœurs s'écoutaient battre au rythme des tressaillements qui secouaient leurs membres.

« Il faut enlever tes vêtements et te coucher sous la paille. Je suis impuissant à procurer la chaleur nécessaire pour endormir nos corps. »

Il s'éloigna jusqu'à la porte où il regarda la pluie tomber, incessante et lourde. Il s'alluma une cigarette. Quand il revint près d'elle, il s'assit à ses pieds, absorbé par ses désirs interdits tandis que Rosalie s'était engouffrée sous la paille tel qu'il le lui avait ordonné, abandonnée au son de la pluie qui tambourinait sur la toiture. Elle se garda de bouger, observant Antoine qui grelottait à son tour.

« Ce qui est bon pour moi est bon pour toi. Quitte tes vêtements.

— Rosalie, ce que nous faisons est dangereux. Il y a Joséphine, elle m'a tout donné, elle ! Je ne peux pas...

— Cesse tes balivernes ! Nous ne nous toucherons pas... du moins, nous ne nous aimerons pas, si tu préfères. Réchauffons-nous d'abord, après nous verrons. »

Il prit soin d'étaler ses vêtements puis il se glissa timidement sous la paille en évitant que leurs corps raides ne se touchent, gardant les mains jointes sur sa poitrine, sans bouger.

« M'as-tu déjà aimé, Rosalie ? »

Il pouvait enfin la poser, cette question.

« Oui, beaucoup.

— Pourquoi alors ne pas avoir donné suite à mes lettres ? Tu m'as plaqué là, sans même te soucier de ma peine et de mes malheurs. Pourtant lors de notre dernière nuit, tu me suppliais de t'aimer à jamais, tu voulais te jeter dans ma vie, disais-tu, t'abreuver à mon âme, te nourrir de mon corps ! Pourquoi ?

— Parce que je t'aimais. »

Elle pleurait, démunie devant l'absurdité de son amour.

« Comment peux-tu dire ça ? As-tu seulement lu mes lettres ? Je te proposais le mariage, Rosalie. Vivre ensemble, pour toujours, faire de toi la femme la plus respectable et la plus respectée de Bellesroches. Tous ces moments d'amour que nous aurions passés à nous délecter l'un de l'autre ! Et tu oses dire que tu m'aimais !

— Il m'aurait fallu tout abandonner ! Le simple fait d'être institutrice me condamne à vivre en solitaire. » Elle hésita avant de poursuivre : « De plus, je ne partage pas tes idées sur la vie de couple, les enfants, la femme de l'homme, l'honneur, le mariage et tout le tralala ! Je n'aurais pas été une bonne épouse pour toi, je n'aurais pas pu te donner les enfants que tu désirais, je me serais sentie attachée, privée de ma liberté. »

Antoine se détourna. Ils ne se regardèrent plus, préférant écouter la pluie tomber en laissant l'après-midi passer ainsi, lourd et silencieux, et quand l'orage cessa enfin, ils se rhabillèrent, sans s'adresser la parole, puis s'en retournèrent au village.

« Je rentre chez moi dans cinq jours, le travail m'attend. Joséphine se tirera d'affaire si tu engages quelqu'un pour ses quarante jours... et le bébé est en santé. Je ne vois pas ce que je gagnerais à rester plus longtemps.

— Maintenant que tu es la marraine de notre petite Marie, viendras-tu au moins nous voir à Noël ?

— Je ne crois pas... la sainteté n'est pas mon lot. Je ne réussirai pas toujours à rejeter mes élans amoureux comme tout à l'heure. Résister à la tentation, ça tient parfois du miracle.

— Tu m'appartiens, Rosalie. Je t'ai donné mon cœur il y a deux ans pour m'approprier le tien. Jure-moi ton amour, j'ai mal de toi, plus mal que si nous nous étions abandonnés sur la paille tout à l'heure. Jamais je ne trouverai la paix de ne pas t'avoir prise dans mes bras pour t'aimer au-delà de l'éternité. Pardonne-moi... »

Il pleurait.

« Ton malheur, tu l'as fait toi-même ; il repose sur le bonheur de Joséphine. Tu l'as mariée par dépit, Antoine Richer. Ma sœur a toujours eu un don d'évangélisatrice et tu n'y as pas échappé : Moïse sauvé des eaux, voilà ce que tu es.

— Tu deviens méchante. Tu oublies que la grande responsable, c'est d'abord toi, toi et ton indépendance ! »

Rosalie se contenta de hausser les épaules et de devancer Antoine jusqu'au magasin, évitant ainsi de reprendre la conversation. Elle monta immédiatement à la chambre de sa sœur, ouvrit bien grand les tentures et quelques rayons de soleil pâlots, à peine remis de l'orage, s'infiltrèrent précieusement dans la pièce. Rosalie fixa avec amertume Joséphine qui se réveilla en sursaut. Elle lui sourit puis lui demanda de venir prendre Marie, encore trop lourde à soulever pour ses faibles forces.

Pour une première fois, l'enfant ne pleura pas. Elle la souleva avec précaution et la porta contre son cœur en lui caressant le dos. Tout d'Antoine se dégageait de ce petit corps, avec la même chaleur, et elle l'embrassa sous le regard ému de sa mère, espérant s'approprier la partie de lui-même qu'Antoine avait léguée à sa fille.

Plus sereine, elle déposa le bébé dans son berceau

et se dirigea vers la fenêtre regarder au loin, le plus loin possible, pour lire l'avenir au-delà du présent.

« Je pars demain, je ne reste pas plus longtemps.

— Mais tu devais rester jusqu'à vendredi ! Il n'y a pas de train le lundi, le dernier passe ce soir et le prochain, mercredi.

— Je partirai ce soir, d'abord.

— Je ne comprends pas. Est-ce à cause d'Antoine ? Il t'a dit de partir ? Je lui parlerai. Reste, Rosalie. Que vais-je devenir, moi, avec cette enfant ?

— Ton mari n'a rien à voir là-dedans. Je suis en retard pour mes préparations de classe et je suis trop fatiguée pour prolonger mon séjour ici, un point c'est tout ! »

Le soir même, à vingt et une heures, Didier Langevin la reconduisait à la gare, toujours aussi avenant et entreprenant.

— Je vous amènerais bien jusqu'en ville, vous savez. Ça serait tout aussi confortable que le train. Pour vous, ça sera pas cher... juste un bec !

— Vous ne manquez pas de culot, monsieur Langevin. Si vous respectiez le moindrement votre femme, vous cesseriez de m'importuner avec vos avances. Tenez votre place, je vous prie.

— On parle en maîtresse d'école, maintenant !

— Je parle en personne éduquée ! Pour approcher les femmes et leur conter fleurette, il faut plus que des belles paroles ; il faut de l'éducation et vous n'en avez pas, monsieur.

— Ouais !... retournez donc en ville. Allez péter plus haut que le trou. »

Furieux, il stoppa à quelques pas de la gare et débarqua à la hâte les bagages de Rosalie, occupée à fouiller dans son sac d'où elle sortit un billet de banque qu'elle glissa, hautaine, dans sa main.

« Prenez ça, chauffeur ! Achetez-vous un livre de bienséance. »

Elle eut un pincement de lèvres qu'elle savait ridicule, puis haussa les épaules.

Aussitôt assise dans le train, elle perdit le contrôle sur ses pensées, emportée malgré elle vers chaque instant de sa vie où elle avait eu à prendre des engagements. Elle s'arrêta au baptême de Marie, le lendemain même de l'accouchement. Antoine la tenait par le bras pendant qu'ils marchaient tous les deux derrière Mathilde qu'on avait choisie, malgré son très gros ventre, comme porteuse jusqu'aux fonts baptismaux. À les voir ainsi, souriant, bras dessus, bras dessous, on aurait dit un couple qui allait se marier. Antoine lui portait toute son attention, une attention exclusive qui la satisfaisait. On les aurait crus seuls au monde, liés par le même destin, lorsque ensemble ils communièrent, le cœur rempli d'amours inassouvies. Ils ne sortirent de leur léthargie qu'au moment où ils entendirent le prêtre prononcer : « ... et le nom de Marie ! »

C'est tout ce dont elle se souvenait du baptême, un nom ! Celui de l'enfant par qui la souffrance fut introduite, celui de l'enfant qu'elle, Rosalie DuMarais, aurait dû donner à son amant, le nom de l'enfant sur laquelle elle s'était engagée à veiller. « Et le nom de Marie ! » dit-elle tout haut avant de sombrer dans un lourd sommeil, endormie par le roulement monotone du wagon branlant et surchauffé.

4

Il aura fallu encore deux longues années pour qu'Antoine ne rencontrât à nouveau Rosalie. Il avait bien cherché à la revoir dans l'année qui avait suivi la naissance de Marie, mais sa démarche avait été infructueuse. Il avait eu le malheur de lui annoncer sa visite en ville pour la foire commerciale annuelle et elle l'avait fait prévenir qu'elle ne serait pas libre. L'année suivante, il n'avait pas pris de risque. Il était allé directement sonner à sa porte, les bras chargés de roses et d'une bouteille de vin.

« Voilà ! Si la montagne ne vient à vous, allez à la montagne ! Maintenant, chère belle-sœur, je ne m'en retourne plus, je reste à souper, j'ai plein de choses à te raconter.

— Je ne voulais plus te parler, Antoine. Tu m'apportes bien des tourments en venant ainsi te pointer chez moi.

— Je ne viens que rendre visite à ma belle-sœur, la marraine de ma fille, en plus !

— Bon, ne reste pas là, entre toujours. J'ai du travail et peu de temps à te consacrer. Quant au souper, désolée ! Tu connais mes talents culinaires, toujours la même... nulle pour les repas.

— Pourquoi ne pas s'offrir un tête-à-tête au restaurant Deux Bergères ? »

Quatre ans les séparaient déjà de leur premier souper aux Deux Bergères, où rien n'avait changé. Ils choisirent la même table, prirent le même menu, commandèrent le même vin. La langue déliée, Antoine s'aventura dans les confidences.

« Joséphine et moi, ce n'est pas le bonheur parfait. Je crois bien que ta sœur ne s'est jamais complètement remise de son accouchement et qu'elle craint une autre grossesse. Elle ne supporte pas que je la touche. On ne dirait pas ça pourtant quand on nous voit ensemble : nous offrons l'image rassurante du couple idéal : attentionnés, joyeux, vivant l'un pour l'autre.

— Antoine, ce fut dur pour Joséphine. À sa place je... »

Il ne la laissa pas finir, il enchaîna lui-même : « À sa place, tu relèverais les manches parce que tu mords dans la vie, tu l'affrontes et tu t'assumes. Ma chère Rosalie ! Tout mon corps brûle d'envie d'être auprès de toi, en toi. J'ai tellement regretté ma fidélité à Joséphine ! Tu hantes toutes mes nuits. Quand j'enlace ma femme, c'est toi que je serre, toi, Rosalie, et je me complais des souvenirs que tu as laissés dans ma chair. Pourquoi ne pas cueillir ce fruit semé à notre première rencontre, cueillir l'amour germé en nous ? »

Rosalie savourait ce langage d'amoureux en s'abandonnant un instant au rêve, à toutes ces fois où elle avait espéré revoir son amant, se blottir tout contre lui, l'embrasser et se laisser glisser sous lui, librement ! Mais soudain, elle grimaça quand elle vit défiler dans son cortège d'images le souvenir de ce jour d'orage où Antoine lui avait préféré sa sœur et l'avait repoussée au nom de l'amour conjugal et de ses redevances envers Joséphine.

« L'amour se gagne et se partage, Antoine. Je ne vivrai plus les hantises de la femme rejetée. Tout ça est terminé et je rentre chez moi. J'ai un tas de choses qui m'attendent. Laisse-moi maintenant. »

Devant tant de fermeté, Antoine abdiqua.

« Bien, je te reconduis. Préfères-tu marcher ou prendre un taxi ?

— Je marcherai, seule. »

Puis sa voix se mit à trembler, teintée de rancœur : « Laisse-moi nourrir ma peine en paix, retourne près d'elle. N'as-tu pas essayé de me convaincre que tu l'avais mariée pour l'aimer ? »

Ce n'était pourtant pas ce qu'elle se promettait de lui dire, toutes ces nuits où elle se languissait de sa présence. Au contraire, elle se jurait de lui révéler son amour inconditionnel, lui annoncer qu'elle partait pour Bellesroches, qu'elle s'était décidée à renoncer à sa carrière, mais quelque chose sur lequel elle n'avait aucun contrôle l'empêchait de parler.

Ils sortaient du restaurant quand les dernières paroles de Rosalie atteignirent Antoine. Brutalement, il la saisit, la retourna vers lui et lui flanqua un long baiser affamé alors qu'elle se débattait, sur le trottoir, devant le monde.

« Arrête, Antoine. Nous nous offrons en spectacle. Raccompagne-moi si tu veux, mais filons, je t'en supplie. »

Rapidement, ils s'éloignèrent sans échanger un mot du trajet, mais tout en eux brûlait d'envie : ils s'étaient tant désirés durant ces quatre longues années qu'ils ne purent résister davantage et ils se livrèrent sans retenue à une nuit d'amour frémissante, épuisante.

Quand Rosalie reçut la lettre de sa sœur, cinq mois après cette nouvelle nuit d'espérance, elle s'effondra. Antoine l'avait trahie. Ils s'étaient juré pourtant de ne plus donner leur corps à qui que ce soit et lui, qui le premier avait dénoncé la frigidité de sa femme, avait dit que jamais il ne pourrait procurer du plaisir à une autre qu'à elle, Rosalie. Elle se souvenait très bien de ses dernières paroles alors que tout leur être frissonnait du même bonheur puisé à même leurs entrailles : « Tu possèdes la clé de mon cœur et de ma chair, disait-il. Joséphine et moi n'avons plus fait l'amour depuis la naissance de Marie... nous vivons en simple compagnie... l'amour n'existe plus entre nous... tu es toute ma vie ! » Et voilà que Joséphine elle-même lui annonçait sa grossesse.

Ça faisait dix ans qu'elle n'avait donné ni nouvelles ni adresse à sa sœur, quand, un jour, un triste dimanche pluvieux d'automne, alors qu'elle revenait de la messe, elle avait croisé, dans la rue, Antoine qui tenait par la main une fillette aux longues nattes brunes et aux grands yeux pâles. Quand ils se reconnurent, ils s'immobilisèrent et la gamine en profita pour se faufiler vers un étalage de journaux.

« Tu es toujours aussi belle, Rosalie. »

Il la contemplait.

« Joséphine est aussi en ville et cette jolie fille, c'est ma petite Marie. Laisse-moi lui dire qui tu es, elle a douze ans maintenant.

— Tais-toi ! »

Marie revenait vers eux en courant.

« Je dois te parler, Rosalie ! »

Elle détourna le regard.

« Je ne vous connais pas, monsieur. Il y a erreur sur la personne. »

Elle se précipita aveuglément vers une station de tramway, laissant tomber par mégarde un gant qu'Antoine, remis de sa torpeur, ramassa et porta à sa bouche.

« Ne bouge pas de là, Marie. La dame a perdu son gant. Je reviens tout de suite, ne bouge surtout pas. »

Il rattrapa Rosalie, mêlée à la file, qui regardait partout, tremblante de souvenirs, et la saisit par le bras :

« Où habites-tu ? Parle, sinon je t'embrasse, comme la fois du restaurant. Parle, donne-moi ton adresse. »

Il la secouait ; elle pleurait. Les dents serrées, elle lui donna un numéro et une rue avant de s'engouffrer plus profondément dans la foule qui attendait toujours le tramway. Marie assista à la scène sans comprendre pourquoi son père bousculait ainsi la pauvre femme, mais elle se tut cependant lorsque Antoine revint et qu'il la souleva de terre pour la prendre dans ses bras, l'embrasser une fois, la reposer sur le sol et poursuivre son chemin en sifflant.

Deux mois plus tard, Antoine revenait à la ville pour rencontrer Rosalie. Il assiégeait patiemment son entrée depuis plus de trois heures quand il la reconnut qui tournait le coin de la rue, une boîte à chapeau à la main. Près de la cinquantaine, Rosalie paraissait encore plus jeune que son âge, avec ses cheveux légèrement platinés et ce joli teint printanier qu'elle avait su conserver. Sa démarche n'avait pas changé ; elle marchait avec la même élégance, du même pas rapide et décidé. En apercevant Antoine, elle s'arrêta, prête à rebrousser chemin, mais il courut vers elle et glissa aussitôt sa main sous son coude.

« Ne comprends-tu pas que je désire la paix, Antoine Richer ? Aucune place ne te revient dans ma vie, tu es mort... mort et enterré ! Maintenant que tu m'as vue, que tu me vois encore vivante, laisse-moi tranquille.

— J'ai à te parler et cette fois tu n'y échapperas pas. Je suis venu à la ville expressément pour... »

Elle le poussa du revers de la main et fit semblant de l'ignorer, même s'il marchait sur ses pas, jusqu'à ce qu'ils soient à l'intérieur. La porte refermée, il l'enlaça fébrilement, avec passion, amour, espoir. Maîtresse d'elle-même, froide, elle reçut son baiser sans bouger et quand elle fut certaine de son effet, elle ôta son manteau avant de se diriger vers la cuisine où elle se versa un jus.

« Dis ce que tu as à dire, puis va-t-en !

— Joséphine a donné naissance à deux autres enfants : des garçons. D'abord William, puis Pierre, le plus jeune, qui a cinq ans... mais il n'y a plus rien entre ta sœur et moi. Nous vivons ensemble par complaisance, pour élever les enfants. »

Rosalie le foudroya du regard. Comment se pouvait-il qu'il soit si peu respectueux de sa vie à elle ? Son discours était identique à celui qu'il lui avait tenu dix ans auparavant.

« Tu es ignoble.

— Je ne t'ai pas trahie, Rosalie. Seulement, je ne t'ai pas tout dit ce jour-là. Le docteur Doiron s'inquiétait pour la santé mentale de ta sœur et il m'avait enjoint de lui faire un autre enfant, sans quoi il ne garantissait pas l'avenir, qu'il fallait la confronter à sa hantise. À cette époque, Joséphine ne vivait plus, elle vivotait et tu aurais eu pitié, toi aussi. J'ai dû la prendre de force, Rosalie. Réalises-tu ce que ça veut dire ? Contre nature, j'ai pratiquement violé ma femme, entends-tu ? Je lui ai fait un enfant pour la sauver, sans l'aimer, sans la désirer. »

Il pleurait sans gêne et frappait à coups de poing dans le mur. Comment exorciser le malheur qui s'entêtait à lui faire perdre la seule femme dont il fut amoureux ? Au même instant, la photo encadrée de Joséphine, accrochée près de la porte, tomba et la vitre se cassa.

« Et le deuxième enfant ? Encore un viol commandé ? »

Elle aussi pleurait – de rage – pour cet homme et le plaisir qu'un jour il lui avait donné, pour elle-même parce qu'elle n'avait pas su accepter sa passion.

« La naissance de William a eu les effets escomptés puisque ce fut un accouchement facile, rapide et sans complication. Il a effacé de sa mémoire tous les mauvais souvenirs de l'enfantement. William, c'est l'enfant chéri de Joséphine. Grâce à lui elle était redevenue la même charmante jeune femme que j'avais connue et elle me harcelait de son amour, de sa reconnaissance. Épouse exemplaire, elle demandait un dû que je ne pouvais lui offrir tant mes pensées et mon amour couraient vers toi, à ta recherche. »

Rosalie pouffa de rire.

« Pourtant elle a eu Pierre, le petit dernier. Serait-ce l'action du Saint-Esprit ? »

Sa question était sardonique.

« Tu ne donnais aucun signe de vie. Tu m'as exclu de ton chemin ; j'errais dans l'inquiétude, le désarroi, et tu brouillais les pistes au fur et à mesure en déménageant. C'est par désespoir que j'ai consenti à Joséphine le plaisir qu'elle attendait, mais un abîme s'était creusé entre nous ; je ne lui appartenais pas et elle le sentait. Depuis lors, elle se consacre à ses enfants et déverse sur eux son trop-plein d'affection alors que moi, je me languis toujours pour toi.

— Il y a si longtemps que j'ai vu Joséphine. Pauvre fille ! »

Plusieurs fois elle avait regretté la distance imposée par le temps sans jamais savoir quel vrai sentiment justifiait son silence. Parfois elle versait du côté de l'égoïsme, d'autres fois elle s'accusait de jalousie bien qu'elle demeurât très attachée à sa jeune sœur, la seule famille qu'il lui restait.

À fouiller ainsi dans son histoire, Rosalie devint plus nostalgique, adoucie et conciliante, prête à ouvrir une autre porte à Antoine qui profita de l'occasion.

« Je suis venu te chercher, Rosalie. Je ne veux plus vivre sans toi. Trop d'années se sont écoulées pour risquer de te perdre à nouveau et je ne veux plus de cette vie d'acceptation imposée par un mariage raté ; la place réservée à notre amour doit être comblée.

Reviens avec moi à Bellesroches, Joséphine t'accueillera, tu lui manques... tu nous manques à tous. Elle est prête à bien des concessions pour nous savoir heureux.

— Mais tu divagues, ma foi ! Tu me proposes de tout laisser, de partager le même toit que ma sœur, de t'aimer à travers les murs de nos chambres, de supporter de te voir dormir avec elle ! »

Elle s'enflammait, embrasée par son désir et par ce rêve imaginaire qu'elle faisait depuis des années, surtout les jours de grande fatigue où l'enseignement lui pesait lourd sur le dos et qu'elle songeait à se retirer, retenue en même temps par la seule crainte de se retrouver seule à jongler. Et voilà que tout à coup, Antoine lui proposait la délivrance. Qu'allait-elle faire de cet orgueil qui l'empêchait de donner une réponse positive à sa requête, incapable de bâtir son bonheur à même celui de Joséphine ?

En venant en ville, Antoine s'attendait bien à un refus, mais il voyait dans cette offre la démarche ultime, la seule solution plausible à son tourment.

Il fixait le plancher depuis un long moment quand l'idée lumineuse lui vint : « Il y a Marie, ta filleule ! Elle serait en âge d'étudier à la ville. Tu pourrais lui trouver un couvent où elle pensionnerait et je viendrais la voir à tous les mois. Nous nous rencontrerions, nous nous aimerions, Rosalie, et ça me rassurerait de savoir ma fille près de toi. Elle viendrait te visiter certaines fins de semaine et par son biais tu te rapprocherais de la famille. Tu pourrais venir la conduire toi-même à Bellesroches pour les vacances ; ce serait une manière élégante de te réconcilier avec le passé et nous nous verrions régulièrement.

— Ta maîtresse attitrée ?

— Que proposes-tu d'autre ? Je ne peux pas tout quitter et venir vivre ici, tout de même ! J'ai des bouches à nourrir, une femme à abriter, à protéger, et j'estime trop Joséphine pour l'abandonner. Je ne l'aime pas autant que je t'aime, c'est vrai, mais je ne la déteste pas non plus ! Bon sang, mets fin à mes tourments, Rosalie. Je suis toujours à tes pieds, aide-moi à me relever, accepte.

— C'est à voir ! Pour cette année, il est impossible de trouver quoi que ce soit. Ça irait à l'automne prochain.

— Rosalie, réalises-tu nos possibilités de bonheur ? Jamais plus nous ne laisserons les années s'infiltrer entre nous. »

Antoine lui tendit les mains ; elle lui répondit en allongeant les siennes et en cet instant de réconciliation, le monde entier s'effaça autour d'eux. Un long baiser à saveur de temps perdu vint sceller leurs retrouvailles et les couper de la réalité jusqu'au lendemain matin. Ils ne se réveillèrent de leur rêve qu'au petit déjeuner, au moment où la radio faisait entendre les airs tristes qui accompagnaient la liste des disparus au champ de bataille. Ailleurs on faisait la guerre.

« La guerre et l'amour ! Un point commun : la séparation. Dans moins d'une heure nous reprendrons notre chemin dans des directions opposées.

— Je t'aime, Rosalie, et je reviendrai dans quelques mois. Je t'écrirai si souvent que des milliers de pigeons voyageurs, de la couleur de notre amour, sillonneront le ciel sans relâche.

— Tu parles comme un poète. Je suis lasse de t'espérer, Antoine. Reviens vite, à mon âge le temps joue parfois de vilains tours et je n'ai plus la patience de mes trente ans. »

Le message était clair, les promesses furent tenues. À Noël, Rosalie, incapable de souffrir la séparation plus longtemps, envoya un télégramme à Bellesroches.

SERAI AVEC VOUS POUR PASSER NOËL. JE T'EMBRASSE.

ROSALIE.

Le bonheur se lisait sur le visage de Joséphine, toujours mystifiée par le trop long silence de sa sœur, tandis qu'Antoine, incrédule, n'osait prononcer le nom de sa maîtresse tant il craignait que sa voix ne trahisse son euphorie. Même Marie ne reconnaissait plus sa mère, si joyeuse, si énergique, qui parlait sans arrêt, telle qu'elle avait souhaité qu'elle fût : vivante et riante.

« Comment est-elle, ma marraine, maman ?

— Charmante, elle est charmante et élégante ! Elle porte de belles toilettes de la ville, parle avec distinction et son sourire est... est... divin. Elle était là quand tu es née.

— Pourquoi n'est-elle jamais venue nous voir ?

— Ta tante Rosalie est maîtresse d'école et elle travaille beaucoup. Nous ne lui poserons pas trop de questions, il faudra éviter de la contrarier, car je serais très malheureuse si je ne la revoyais plus durant d'autres longues années. »

Joséphine se croyait responsable du mutisme de sa sœur qu'elle tentait de justifier par son pénible accouchement. Peut-être que la marque laissée par ce mauvais souvenir avait pris tout ce temps pour s'effacer ?

Et le vingt-quatre décembre arriva avec Rosalie qui se présenta comme prévu, les bras chargés de cadeaux. Elle reçut l'accueil chaleureux qu'elle espérait : on l'embrassa et les enfants tirèrent sur sa jupe comme elle se l'était imaginé.

« Viens, viens voir, tante Rosalie. Viens voir mon chat ! »

Comme elle se laissait entraîner, elle passa devant Marie qui reconnut la dame de la ville à qui Antoine avait donné le gant, la dame que son père bousculait sans doute pour qu'elle donne des nouvelles à sa mère !

« Tu es Marie, n'est-ce pas ? Ma filleule que je ne connais même pas, mais nous y remédierons. Approche, voyons ! Les dames de la ville ne mangent pas les filles... surtout si elles sont jolies comme toi. »

Rosalie fixa la fillette et remarqua quelque chose d'unique qui la distinguait des autres enfants : des yeux sauvages où se lisaient la détermination et la perspicacité.

Toujours à l'écart, Marie ne démontra aucun geste de sympathie, bien au contraire, puisqu'elle s'engouffra dans l'escalier en lançant poliment : « Excusez-moi, madame Rosalie, je vais jouer dehors. »

Il fallut attendre le repas du réveillon, alors que Marie se montrait plus réceptive, pour lui apprendre la nouvelle : à l'automne, elle serait pensionnaire en ville ; elle y ferait ses études et y apprendrait les bonnes manières. Une chance inouïe ! Son père irait la voir régulièrement et sa mère lui enverrait des gâteries.

« Nous ferons une vraie femme de toi, ma petite Marie. Tu verras comme les religieuses savent prendre soin des jeunes filles. Tu ne seras pas seule, tu compteras de nombreuses amies, puis nous nous verrons souvent, ajouta gentiment Rosalie.

— Je vais m'ennuyer là-bas. Il n'y aura plus de place pour jouer... et la ville, c'est pas très beau !

— Ça suffit comme ça, Marie. Cesse de contrarier ta marraine, dit Joséphine, agacée, et considère un peu le cadeau qu'elle te fait ! Elle paie toutes tes études, alors montre-toi reconnaissante, je t'en prie. »

Antoine sursauta. Il n'avait jamais été question d'argent et encore moins que Rosalie assume des frais pour l'éducation de sa fille. Il tourna vers sa belle-sœur des yeux interrogateurs qu'elle fit semblant d'ignorer. C'est que Rosalie avait médité longtemps son plan. Elle prenait dorénavant la destinée de sa filleule entre ses mains, persuadée qu'elle parviendrait à s'en faire une alliée pour maintenir une certaine emprise sur Antoine, de qui elle pourrait exiger des rencontres régulières, sans compter la reconnaissance éternelle que lui vouerait sa sœur.

Quand elle repartit deux jours plus tard, tout était réglé, mais il fallut qu'Antoine intervienne sérieusement pour que Marie se laisse convaincre d'embrasser sa marraine en attendant l'été où elles s'en retourneraient à la ville ensemble.

Dès son arrivée au couvent, Marie entreprit de visiter sa marraine régulièrement, toujours plus courtoise et amicale, de telle sorte qu'elle se gagna rapidement son affection. Un jour, où elle la trouva triste et déprimée, elle reçut même ses confidences.

« Marie, je suis lasse de mon travail. J'ai besoin d'arrêter, de vivre davantage pour moi que pour des enfants et l'école. L'enseignement exige le don de soi et de la patience, malheureusement je ne possède plus ni l'un ni l'autre.

— Arrêtez de travailler, ma tante. Vous êtes assez vieille pour vous reposer, maintenant. Pourquoi ne pas aller vivre avec papa et maman ? Ils vous aiment beaucoup tous les deux et papa dit tellement de belles choses sur vous qu'il ne verrait pas d'objection à vous accueillir à la maison. Maman ne rêve que de ça, retrouver une vie de famille avec vous !

— Mais, Marie, je ne peux pas ! Tes études ? »

Rosalie parlait sincèrement et pour rien au monde elle n'aurait accepté de compromettre l'avenir de sa filleule qui jouissait du prestige de l'école des Sœurs et obtenait de si bons résultats. Il n'était pas question de l'en retirer.

« Ne vous inquiétez pas, ma tante, sœur Sainte-Virginie veillera sur moi. Nous sommes devenues très amies, je peux tout lui confier sans gêne. Elle sera ravie de prendre soin de moi, je suis une de ses meilleures pensionnaires. »

C'est ainsi qu'après une première année, Marie se retrouva seule à la ville, alors que Rosalie démissionna de l'enseignement pour s'installer définitivement à Bellesroches et vivre son amour discrètement, au jour le jour, en s'accaparant à la sauvette les petits bonheurs qu'Antoine consentait toujours à lui accorder. Quand le trop-plein d'amour exigeait des moments plus intimes, ils organisaient une visite à la ville, pour rencontrer Marie, disaient-ils, et s'offraient des nuits intenses où ils assouvissaient leurs désirs. Ils revenaient ensuite au village en couple ordinaire, sans rien laisser transparaître de leur union.

Marie trouvait tout à fait normale cette complicité qui se lisait dans leurs yeux et elle aimait les voir ensemble, rire et s'amuser comme des amoureux. Quand ils venaient la chercher au couvent, ils l'amenaient manger au restaurant et ils faisaient de longues marches d'où elle rentrait le soir avec un sac de surprises qu'elle partageait avec ses compagnes, reconnaissante envers sa marraine d'accompagner son père et de remplacer sa mère, toujours malade en train. Elle vécut ainsi dans l'innocence jusqu'à l'été de ses quatorze ans, l'été de son réveil, où s'était gravé dans sa mémoire le tableau du lac Caché. Dès lors, elle porta un regard différent sur le couple et prit la décision de voler de ses propres ailes, toujours plus éloignée de sa marraine et de son père, et cette décision la délivra ; elle n'eut pas besoin de se révolter, car les éclats d'amours inassouvies qui voilaient les grands yeux de Rosalie et le désespoir inscrit dans ceux d'Antoine suffisaient pour montrer la douleur qui assiégeait leur âme. Marie s'en contenta. Elle observa le silence sur ce qu'elle avait vu et prétexta toutes sortes de raisons pour ne plus les rencontrer à la ville, se refusant de cautionner cet alliage d'utile et d'agréable. À l'approche de ses seize ans, elle demanda même qu'on ne vienne plus la chercher au couvent.

Elle prendrait le train toute seule, respirerait un nouvel air, celui de la liberté.

À Bellesroches, les longues vacances lui parurent interminables. Elle fit de longues marches et passa des heures au parc, à lire ou à écrire, ou parfois à causer avec Doris, mais jamais bien longtemps. Elle détestait lui voir cet air de chien battu... et son pessimisme l'ennuyait. Elle n'avait qu'une hâte : retourner au couvent et revoir sa grande amie, Aline, avec qui elle bénéficiait de privilèges spéciaux auprès des sœurs, d'abord à cause de la réputation de son père médecin, généreux donateur par surcroît, mais aussi parce que l'on craignait leur leadership. C'est ainsi qu'elle obtint même la permission de quitter le pensionnat pour la Fête de l'Automne, malgré que l'on sût qu'elle voyagerait sans chaperon, autorisation manigancée avec sœur Sainte-Virginie qui avait intercédé auprès de la mère Directrice. Un certain temps, Marie s'était demandé si l'agression de Langevin pendant la partie de cache-cache n'était pas une sorte de punition, un châtiment pour tout le trouble qu'elle menait au couvent, si le Malin, comme disait la bonne sœur, ne s'amusait pas à ses dépens et s'il ne lui fallait pas renoncer à faire la forte tête. Mais elle revit les yeux tristes de Mathilde, à la veille d'accoucher après seize ans de répit, ressentit à nouveau le souffle court de son répugnant mari, pensa à Doris et conclut finalement que sœur Sainte-Virginie lui aurait plutôt tenu des propos dignes de la béatification.

Elle raconta tout à Aline.

« Si seulement tu pouvais t'imaginer le souffle écœurant de cet homme. Une vraie bête en chasse ! Quand je revois le pauvre Doris, si accablé par le comportement maladif de son père, j'en ai des frissons. Sincèrement, tous les hommes sont-ils à ce point affamés de chair tendre ?

— Sûrement pas tous, répondit la petite blondinette. Mon frère Charles, lui, ne ferait pas de mal à une mouche !

— Il doit être trop jeune pour penser aux filles ou bien il est trop laid.

— Un jour je te le présenterai. Il vient parfois avec papa et maman. Tu verras, c'est un beau gars de vingt ans. »

Au fil des années, Marie avait gagné en notoriété, et une fois ses études classiques terminées, Antoine exigea son retour au village où il lui confia du travail au magasin, en compagnie de Rosalie avec qui elle échangeait peu. Elle se contentait d'assister, impuissante, à la cour acharnée que son père livrait à sa tante, incapable de discerner un quelconque mécontentement chez sa mère. Elle ne comprit que plus tard que celle-ci consentait à leur amour, quand, à plusieurs reprises, Joséphine avait provoqué des situations où elle savait que les amants se rencontreraient et on aurait dit qu'elle en était satisfaite, encore plus souriante et aimable envers eux. Ce comportement dépassait l'entendement de Marie : sa mère vivait en fonction de son mari et de sa sœur. Elle les servait... se couchait plus tôt... s'effaçait à la moindre occasion. Elle alla même jusqu'à demander à Antoine de faire chambre à part ou à comploter des arrangements avec lui. Alors Marie décida de se taire aussi, de laisser filer, de cacher à sa morale le non-sens de cette relation. Elle savait que Rosalie était appréciée par plusieurs personnes, qu'elle impressionnait par son sens de la détermination et n'avait pas du tout le goût de créer de la bisbille en dévoilant sur la place publique ses amours interdites. D'autant plus qu'on lui était reconnaissant d'avoir fait pression auprès du maire pour l'embauche d'une téléphoniste avant même que les gens ne se préoccupassent vraiment du téléphone ! Et c'est elle aussi qui s'était acharnée sur le nombre de voyages hebdomadaires du train et qui avait entrepris une campagne pour une liaison quotidienne avec la ville ! Les femmes l'observaient à la manière d'un baromètre de la mode : on quittait les manteaux d'hiver lorsque Rosalie le faisait, on portait le même genre de bijoux qu'elle, on observait son maquillage et on se maquillait. On osait même rouspéter aux maris à la façon de Rosalie : « Rosalie dit que..., Rosalie fait..., Rosalie n'accepterait pas que... » Elle faisait le désespoir des hommes comme Didier Langevin, mais le bonheur de bien des femmes. À quoi bon tout changer ?

5

« Pourquoi ne pas m'avoir prévenue de votre visite, ma tante ?

— Depuis quand suis-je obligée de demander des autorisations pour mes déplacements ?

— Vous êtes chez le médecin et ici les gens prennent rendez-vous. Nul n'est plus important qu'un autre et les consignes sont claires. J'aurais pu vous prévenir.

— Ne fais pas tant de chichis, tu n'as personne à contrarier, je suis la seule patiente, à ce que je vois !

— Aujourd'hui peut-être, mais il arrive souvent que le docteur s'absente. On l'appelle de plus en plus pour des visites à domicile et vous risquez d'attendre si quelqu'un le demande. »

Rosalie faisait mine de ne pas entendre. Elle regardait à gauche et à droite, scrutait chaque coin, chaque meuble.

« Bon, ça suffit. Dois-je m'introduire moi-même ou tu t'en charges ? »

Marie se leva avec beaucoup de dignité et cogna deux petits coups à la porte du cabinet avant d'entrer et de refermer derrière elle.

« Il y a ma tante Rosalie qui demande à vous rencontrer. Sans doute vient-elle sentir à son tour, elle a ses grands airs. Dans ce temps-là, mieux vaut se méfier. »

On aurait dit qu'elle récitait une leçon. La visite

impromptue de Rosalie n'avait rien de rassurant. Ou bien elle venait pour Antoine ou bien elle voulait cacher sa visite à la famille.

« Faites entrer votre tante. Je me ferai un plaisir de la recevoir et laissez faire pour le dossier, je prendrai quelques notes que vous retranscrirez plus tard. »

Elle introduisit Rosalie sans préambule puis se retira à la sauvette.

« Que me vaut l'honneur de votre présence, chère dame ?

— Je n'irai pas par quatre chemins. Je viens au sujet de Marie, ma filleule, parce que son teint blafard m'inquiète. Elle travaille trop et termine à des heures tardives. Elle n'a que vingt ans et elle mène une vie de recluse : elle ne participe à aucune fête et ne vient plus à la chorale. Quand elle sort d'ici, c'est à peine si elle grignote quelque chose avant de se précipiter à sa chambre et sombrer dans un lourd sommeil, ce qui me porte à croire que vous exigez trop de ma nièce, monsieur Vanderstat !

— Euh... je n'ai rien remarqué, Marie parle si peu d'elle-même que je... je... »

Morris hésitait, sincèrement embêté, parce qu'en fait il ne portait guère attention à la jeune fille, il se contentait de profiter de son sens de l'organisation et de son entregent.

« S'est-elle plainte de quelque chose ? Il y a beaucoup à faire dans cette maison. L'absence prolongée d'un médecin à Bellesroches n'a pas aidé, non plus. »

Il tapotait des doigts sur le bureau, concentré à imaginer son assistante telle que la lui avait décrite sa tante.

« J'apprécie votre démarche, j'y remédierai dès aujourd'hui. Maintenant, y a-t-il autre chose que je puisse faire pour vous ?

— Pour moi ? Non, pas pour l'instant ! Je reviendrai

un autre jour et je prendrai rendez-vous, cette fois. Réglez premièrement le cas de Marie et nous reparlerons de mes problèmes plus tard. Merci ! »

Quand Rosalie relevait le menton, tout son corps se relevait, hautain, prétentieux, et bien malvenu aurait été Morris de ne pas donner suite à ses récriminations. Aussi, dès qu'elle fut sortie du bureau, il usa de subterfuge pour susciter l'intérêt de Marie et l'amener à lui. Il provoqua sa curiosité en lui remettant une feuille qu'il demanda d'insérer dans le dossier de Rosalie DuMarais. Un seul mot y figurait : MARIE. Elle le questionna du regard.

« Je réglerai tout ça ce soir, mademoiselle Richer, car au dire de votre tante, nous sommes mûre pour un examen. »

Il laissa volontairement planer le doute et le mystère de sorte que Marie s'imagina un tas de choses allant jusqu'aux séquelles d'une quelconque maladie d'enfance ou d'une grave maladie héréditaire dont elle aurait ignoré l'existence... et la journée lui parut interminable, comme l'avait désiré Morris. Même qu'en après-midi, aussitôt qu'il fut parti pour une visite à domicile, elle était allée fouiller sur son bureau à la recherche de notes oubliées, passant tant de temps à chercher que lorsqu'elle s'aperçut de son retour, l'horloge sonnait trois coups.

« Y a-t-il eu des appels ? Quelque chose à signaler ?

— Euh ! Rien, le silence absolu. C'est à croire que monsieur le maire avait raison : les gens de Bellesroches se portent à merveille et je me demande comment vous pourrez survivre dans un lieu pareil.

— En faisant comme tout à l'heure où j'ai soigné d'abord un enfant avant d'entrer dans l'étable où j'ai dû aider une vache à mettre bas. L'autre jour, c'était une truie qui n'arrivait plus à nourrir ses porcelets. Ah ! la campagne ! Elle seule offre ce genre de divertissement et c'est heureux. Disons que ça change de la routine. »

Il posa sur elle un regard insistant qui la fit rougir.

« Parlant de routine, ce soir, nous fermons plus tôt et je vous invite dans mes quartiers. »

Il prépara lui-même du thé qu'il apporta sur un plateau jusqu'au bureau. Il le déposa le temps d'ouvrir la porte de la voûte pour ensuite, d'un signe de la main, l'inviter à le suivre. Une fois à l'intérieur, il la laissa examiner ces lieux qu'elle n'avait plus revus depuis le jour de l'arrivée du médecin. Sensible à l'humidité de la pièce, elle frissonna. Alors, sans rien dire, il alluma un feu et approcha la chaise berçante.

« Prenez cette place, Marie. La chaleur du feu vous fera du bien. Je sers le thé.

— Vous me traitez avec beaucoup d'égards, monsieur Vanderstat. Vous m'inquiétez. La visite de ma tante serait-elle à l'origine de ces attentions ?

— Oui, en quelque sorte, car votre marraine m'a réprimandé. Elle m'accuse d'abuser de votre santé et d'exiger trop de travail. Vous avez tout délaissé, semble-t-il, et comme vous rentrez épuisée le soir, elle m'a demandé d'y voir.

— Qu'est-ce qui lui prend ? C'est étrange, ce souci pour ma personne. Il y a longtemps qu'on ne se préoccupe plus l'une de l'autre et nous nous en portons bien. Croyez-vous ses sornettes ? Parce que si c'est tout ce que vous avez à me dire, je retourne à mes papiers. Je vous remercie pour le thé. »

Elle allait se lever, il la retint.

« Nous sommes mûre pour un examen, mademoiselle Richer.

— Une autre fois parce que, pour l'instant, je me sens bien et je n'ai nul besoin d'un médecin. »

Elle chercha à se relever, il l'en empêcha. Accroupi devant elle, il lui saisit les mains qu'il enveloppa soigneusement dans les siennes, en même temps qu'il parlait d'une voix profonde et mystérieuse.

« Regardez-moi dans les yeux, regardez-moi bien, Marie. Regardez-moi », insista-t-il.

Elle sentait la chaleur du feu lui brûler les joues, mais elle gardait les yeux rivés à ceux de Morris, comme si un aimant l'attirait vers la douce langueur qui s'y logeait, et elle allait laisser tomber la tête lorsqu'elle sursauta, toujours les yeux fixés dans ceux du médecin. Péniblement, elle réussit quand même à détacher son regard pour le porter vers la flamme sautillante dans la cheminée, à peine consciente de son geste.

« Je vous ai demandé de me regarder dans les yeux, Marie. Regardez-moi », prononça-t-il lentement.

Elle ne bougea pas et garda la tête tournée vers le feu, obligeant Morris à tendre les mains pour ramener son menton devant lui. Attiré par les lèvres pures qui se présentaient sans trop de résistance, il faillit y déposer un baiser, l'instant d'un abandon, mais le temps reprit son cours.

« Nous allons réorganiser votre horaire de travail afin qu'à chaque soir vous puissiez quitter la maison avant six heures et rentrer chez vous. Cet après-midi, j'ai engagé la fille aînée des Laflamme pour la corvée du ménage et la lessive. Elle pourra aussi cuisiner. Il n'est donc plus question que vous fassiez autre chose que le travail d'assistante. Fabienne s'occupera du reste et le mercredi vous ne viendrez pas travailler, ce sera votre jour de congé. Personne n'en souffrira, j'assurerai les visites à domicile pendant que le cabinet restera fermé. »

Il avait parlé tout d'un trait, d'un ton ferme et décidé qui n'attendait aucune réponse.

« Et il m'en coûtera combien pour cette médication ?

— Nous ne changerons rien à votre salaire... disons que nous améliorons votre sort. »

Il toussota une fois, légèrement embarrassé. « Je ne peux risquer de vous perdre, vous êtes beaucoup plus qu'une simple employée, et sans votre présence, je ne serais plus ici. »

Marie en avait assez entendu pour la journée et ne tenait pas à prolonger davantage la discussion, indifférente pour le moment à ces révélations, d'autant plus que la noirceur s'installait et qu'elle voulait profiter de la soirée pour piétiner la terre rafraîchie qui sentait si bon à la veille de l'automne. Poliment, elle prit congé.

Elle marchait en direction du petit parc quand elle vit Doris, assis par terre, tout grelottant sous son pull de laine épaisse.

« Ç'a pas l'air d'aller, Doris ! Tu parles d'une heure pour se laisser geler. »

Elle s'approcha, comme une grande amie l'aurait fait, et aperçut le visage enflé du jeune homme où glissaient des larmes qu'il ne tentait même pas de camoufler.

« Regarde tant que tu voudras, ça coule tout seul, c'est pas ma faute. »

Et sans retenue, il lui raconta tout. Son père, qui l'avait surpris au moment où il tenait les mains d'Alphonse, un mécanicien, l'avait renvoyé immédiatement de son travail et de la maison, comme un pestiféré, et lui avait ordonné de ne plus remettre les pieds au village, sinon... c'était la castration. Didier Langevin était bien capable de le faire.

« Nous ne faisions rien de mal, on parlait, c'est tout ! Il nous a traités de maudites tapettes ! »

La honte et l'inquiétude rongeaient la pauvre bête égarée que Doris était devenu, incertain de l'être qu'il abritait, partagé entre deux sexes, ne sachant duquel il avait hérité.

« Marie, est-ce vrai que j'ai l'air d'une tapette ? Dis-moi la vérité. »

Elle était tiraillée à la pensée qu'elle ajouterait du poids sur les épaules de Doris en lui confirmant ce que tous savaient depuis fort longtemps et que, par gêne, respect ou peur de Didier, on taisait.

« Disons que tu ne ressembles pas à ton père ni aux autres hommes du village. Ta peau est aussi fine que la mienne, et malgré tes vingt ans, tu n'as pas de barbe. Tes gestes raffinés, tes mains toujours propres avec ces ongles longs, bien nettoyés, ta démarche à petits pas serrés... eh bien, ça te donne une allure différente, féminine ! Même qu'avec ton écharpe blanche nouée autour du cou, le dimanche, tu fais penser à...

— Mon Dieu ! »

Doris se couvrit le visage à deux mains.

« Ça ne m'empêche pas d'être là, Doris. Seulement, ton père, lui, ne comprendra jamais. Tu devrais quitter le village, ici tu n'arriveras pas à vivre heureux. Le monde ne trouve pas ça normal, des gars sensibles, des gars aux yeux de petites filles tandis qu'en ville ça passe plus facilement : les gens ne se connaissent pas et sont souvent trop occupés pour remarquer les types comme toi. »

Même si une nouvelle lueur d'espoir se dessinait sur la carte de sa vie, il demeura assombri, confronté à la crainte de l'inconnu. Il grelottait et pleurait encore quand, entre deux sautillements d'épaules, il trouva le courage de murmurer son désespoir.

« Je ne suis jamais allé en ville, j'ai trop peur. Je suis mieux de me laisser mourir sur ce banc et de donner mon âme au diable. Qu'on me retrouve mort de froid !

— Mieux vaut mourir de peur que de froid, Doris. Je te le dis, en ville tu pourras vivre comme tu es. En attendant, il y a toujours le camp d'été de ton père. C'est pas bien loin, tu pourrais t'y rendre ce soir. Nous passerons prendre une lampe de poche au magasin et demain matin, très tôt, je te porterai de quoi manger. »

Ce soir-là, Marie, incapable de s'endormir, se releva. Elle marcha à tâtons jusqu'à sa commode d'où elle sortit une petite boîte métallique qu'elle tira du deuxième tiroir. Elle alluma la lumière et compta tous les billets qu'elle avait économisés pour ensuite griffonner quelques adresses et mettre le tout dans une enveloppe. Aussitôt le soleil apparu, elle ramassa quelques vivres et des vêtements, qu'elle glissa dans un sac en bandoulière et, sur la pointe des pieds, partit rejoindre Doris. Il l'attendait, le teint pâle, les yeux boursouflés par le désespoir qui avait déjà commencé à lui cicatriser le visage.

Sans poser de question, elle prépara un petit déjeuner qu'il avalait si lentement qu'elle entreprit d'examiner les lieux en attendant qu'il finisse de mastiquer ses interminables bouchées.

Le petit camp n'avait rien de luxueux malgré qu'il offrît le confort d'un grand lit et d'une cheminée en pierres où brûlaient encore quelques bûches. Elle porta son attention sur une feuille de papier pliée en quatre qui traînait sur le rebord de la tablette, juste au-dessus du foyer. Machinalement, elle la déplia et lut avec étonnement les mots qu'on y avait écrits. Aussitôt elle la jeta au feu. Pouvait-elle en exorciser le contenu ?

Elle avait reconnu l'écriture fine de sa mère, et ce rendez-vous galant qu'elle donnait à Didier Langevin lui permettait d'élucider bien des choses. Elle s'expliquait enfin les longues visites du conseiller, son air affable et courtois envers Joséphine et la soudaine gentillesse qu'il témoignait à Antoine. Elle avait cru au subterfuge. Elle avait même pensé que Didier avait découvert la liaison entre Rosalie et son père et qu'il les faisait chanter tant leur relation semblait évidente : regards langoureux, langage mielleux, attentions mutuelles... tout parlait pour eux ! Et voilà qu'un simple papier oublié sous l'effet de pulsions amoureuses dévoilait le secret, expliquait le comportement de Langevin et l'acceptation de Joséphine. Il rôdait souvent au magasin, ce qui exaspérait Marie qu'il taquinait ou Rosalie qu'il narguait avec ses propos qu'il voulait malicieux et ironiques, mais aussitôt que Joséphine le regardait, suppliante, il se retirait lentement, le même sourire narquois au coin des lèvres. Et les relations amoureuses de chacun étaient tues, taboues, tandis que les amants et les maîtresses y trouvaient leur change.

Marie ne sortit de sa torpeur que lorsqu'elle sentit la chaleur du feu lui monter aux joues déjà rougies par la honte. Tous ces jeux d'amour consentis et acceptés ! Il lui semblait entendre des cris et des gémissements, comme la fois de ses quatorze ans, et si maintenant elle pouvait imaginer Antoine et Rosalie dans un même lit, il lui était beaucoup plus pénible de concevoir que Didier et sa mère pouvaient s'ébattre dans un autre. Pourtant aucun sentiment de révolte ne s'empara d'elle, comme si une deuxième conscience intervenait pour lui faire comprendre le bien que chacun se faisait. Elle trouva beaucoup plus coupable l'attitude bornée de Langevin, incapable d'accepter son fils tel qu'il était, alors que lui se vautrait dans l'adultère.

Doris finissait de manger quand il remarqua l'air étrange de Marie. Il la crut d'abord choquée par ce qu'il lui avait raconté la veille au sujet de sa première soirée d'amour avec Alphonse, et s'en excusa.

« Ça n'a rien à voir. Je pense à ton départ, c'est tout. »

Le soir même, le train amenait Doris sur la route de la liberté, un Doris à jamais reconnaissant. Un nouveau chemin s'ouvrait devant lui, pavé de musique, prêt à recevoir ses pas de danse.

Tel que promis, la tâche de Marie s'allégea et elle prit à l'occasion le thé avec Morris, après le travail, sans toutefois retourner dans la voûte... sauf à la veille de Noël alors qu'il l'invita à souper. Après un copieux repas, ils traversèrent dans le cabinet où Morris avait déposé deux coupes à champagne sur un plateau d'argent.

« J'ai un cadeau de Noël pour vous, Marie, et je voudrais vous l'offrir dans l'autre pièce. Permettez-moi de vous bander les yeux. »

Il s'exécuta puis la dirigea précieusement vers la petite garde-robe où il avait déjà poussé le rideau et déverrouillé la grosse porte. Marie sentait les battements de son cœur quand un doux frisson lui parcourut le corps en entier. Il venait de lui prendre la main pour la conduire jusqu'au canapé, face à la cheminée, où il la pria de patienter le temps qu'il retourne chercher le plateau et les coupes qu'il posa sur la table, entre deux bougies. Il repartit avec un seau à glace.

Dans son va-et-vient il riait, amusé de voir Marie, attentive aux moindres bruits.

« Me voilà ! Devinez-vous ce que je vous réserve ! Écoutez bien. Un... deux... trois, c'est parti !

— De la musique ? »

Il lui ôta son bandeau avant de déboucher le champagne et de verser rapidement une coupe qu'il lui tendit.

« Quand vous a-t-on livré ce phonographe ? Vous êtes cachottier, monsieur Vanderstat », dit-elle en feignant la surprise.

Elle espérait qu'il ne puisse découvrir la comédie qu'elle lui jouait à son tour parce qu'à deux reprises, alors que la pièce n'était pas fermée, elle avait tendu le cou juste pour voir, intriguée par cette boîte qu'on avait livrée en sa présence, et elle avait vu ce beau meuble en bois verni qui patientait seul dans le coin. Marie riait, grisée par le vin, et son exubérance provoquait le jeune médecin qui ne cessait de la regarder, enivré par son odeur, ensorcelé par sa proximité.

« Ça fait maintenant six mois que nous travaillons ensemble et je désire vous... te... Permets-moi de te tutoyer, je t'en prie. Voilà ! Je veux t'offrir ce cadeau en guise de remerciement.

— Je ne peux accepter... »

Il se leva d'un bond et se versa maladroitement un autre verre.

« Je ne supporte pas qu'on repousse mes cadeaux du revers de la main, et quand je donne, j'aime bien que l'on reçoive. Maintenant, déballe ce paquet, je t'en prie, ne gâchons pas la soirée. »

Marie, prise au dépourvu, fixa la boîte enrubannée qu'elle allait saisir lorsqu'on frappa avec force à la porte d'entrée. Ils sursautèrent.

« J'y vais. Remets un disque et finis ton verre. »

À grandes enjambées, il traversa le bureau et reconnut, au travers des carreaux, Ludovic Panet.

« Ma Cécile m'envoie vous chercher parce qu'elle dit que c'est le temps, que le bébé va arriver. Moi, j'sais pas quoi faire.

— Y a-t-il longtemps que ses contractions sont commencées ?

— Depuis le souper. Elle dit que ça revient à toutes les trente minutes.

— Courez auprès de votre femme, je ne crois pas que le bébé n'arrive avant l'aube et dites à Cécile de se souvenir de nos rencontres, de se redire les mots. Vous reviendrez me chercher lorsque ses contractions se répéteront aux dix minutes. Prévenez Mathilde Langevin aussi. Rassurez-vous, votre femme est en santé et un premier bébé, c'est lent à venir. Je ne quitte pas la maison. Votre enfant naîtra le jour de Noël, ça ira bien, soyez sans crainte. »

Sur ces mots, il prit congé et rejoignit Marie qu'il trouva légèrement assoupie, la tête abandonnée sur le dossier du canapé. La tentation était trop forte. Il ne put s'empêcher d'embrasser ce front lisse, baiser qu'elle reçut sans ouvrir les yeux, en souriant, immobile, dans l'espoir inavoué d'un geste répété. Elle avait tout à fait oublié qu'on frappait à la porte quelques instants auparavant quand Morris la ramena à la réalité en lui annonçant que Cécile Panet accoucherait durant la nuit, tel qu'il l'avait déjà prédit.

« Cécile est une fille gaillarde, elle ne devrait présenter aucune difficulté, nous pouvons donc encore profiter de la soirée. Allez, maintenant, ouvre ce paquet ! »

Grisée, elle s'exécuta docilement. Quand elle vit l'écharpe de soie bleue sur laquelle reposait un stylo orné d'une pointe en or et gravé à son nom, elle s'extasia.

« Splendide ! Je suis touchée par tant d'attention. C'est vraiment très joli... vous choisissez les choses avec goût !

— Je choisis également les gens avec goût et je leur suis simplement très reconnaissant lorsqu'ils me sont fidèles. J'aimerais que tu noues cette écharpe sur ta robe. »

Elle allait s'exécuter, mais il lui demanda tout à coup de lui laisser le plaisir de le faire lui-même et l'attira vers lui, de telle sorte qu'elle dut se lever et lui effleurer les joues avec ses lèvres silencieuses, quémandantes. Il tenait l'écharpe bleue autour de son cou fragile qu'il serra un peu plus. Aussi près d'elle, il savourait le parfum vanillé qu'il reconnut, ce parfum exotique qu'elle avait laissé flotter dans la salle du Conseil, un jour de juin, et un doux vertige s'ensuivit.

« Tu as les yeux d'un ange, Marie, ton beau regard me désarçonne et réveille en moi un désir de voir, une envie folle de chaleur.

— Tout ça n'est dû qu'à la magie de Noël et à l'effet du champagne ! Il ne faudrait pas y voir autre chose que le bonheur d'être là à profiter de ce bon feu et de notre amitié. Ce sont les seuls plaisirs que je recherche pour l'instant et que je peux donner librement.

— Faut-il te répéter que je n'accepte rien en échange de ce que je donne ? Cueille, Marie, cueille tous les fruits de l'amour et de l'amitié, c'est le temps de la récolte, susurra-t-il.

— Vous vous exprimez en parabole, rétorqua Marie tout en relevant la tête, et je ne suis pas habituée de vous entendre parler avec ce ton mielleux qui m'effraie, je l'avoue. J'hésite à prendre vos propos à la légère... Je pense qu'il serait temps d'arrêter ce petit jeu. »

Elle s'échappa de son étreinte et se plaça derrière le canapé, d'où son sourire moqueur allait engendrer une poursuite à travers la pièce. Coincée derrière le lit, elle se retrouva allongée de tout son long sur la soyeuse douillette de satin bleu royal qui attendait patiemment d'être froissée. Alors, il la recouvrit de tout son corps et déposa un court baiser sur sa bouche. Il s'apprêtait à recommencer, plus passionnément cette fois, quand on frappa à nouveau à la porte d'entrée.

« Ludovic, sans doute ! C'est plus vite que prévu. Un peu plus et je t'embrassais sérieusement, Marie !

— Nous jouons à des jeux dangereux, il faudra se surveiller.

— Nous en reparlerons, le devoir m'attend. Je dois mettre un enfant au monde, un enfant de... Noël ! »

Les coups résonnaient de plus belle, mêlés aux cris de Ludovic, en proie à la panique.

« Voulez-vous que je vous accompagne ?

— Non, laisse faire. Mathilde Langevin a été prévenue. Profite de ta nuit de Noël, je te confie la maison. »

Marie se mira dans la glace, ravie par le pétillement de son regard, et se sourit, rêveuse, imaginant une suite à cette soirée remplie d'imprévus. Les frissons qui lui chatouillaient encore le dos étaient le plus beau des cadeaux de Noël de sa vie. Puis elle se laissa choir sur le canapé avant d'ôter ses chaussures, se relever pour replacer un disque, ajouter une bûche dans la cheminée et se verser le reste du champagne. Au creux de cette chaleur, elle glissa tout doucement dans le sommeil, recroquevillée sur elle-même.

Le froid la réveilla en sursaut. Tout abasourdie, elle entendit l'horloge sonner onze coups et se rappela qu'on l'attendait pour la messe de minuit. Elle rangea la pièce, renoua son écharpe et revint avec un bout de papier sur lequel elle laissa couler de sa jolie plume les mots *JOYEUX NOËL, CHER MORRIS*. Elle éteignit les bougies et laissa la porte de la voûte ouverte. Elle ne consentit à rompre le charme qu'une fois revenue dans la salle d'attente d'où elle sortit sans verrouiller.

Tôt le matin, Cécile Panet accouchait d'un gros garçon sous les yeux de Mathilde qui n'en revenait pas. Elle avait assisté à plusieurs accouchements dans sa vie, mais c'était la première fois qu'elle voyait une femme en douleurs sourire à ses entrailles, les yeux rivés à ceux de son médecin qui la soulageait avec des mots qu'il répétait sans arrêt.

« Rappelez-vous, Cécile, rappelez-vous le jardin de roses, sentez les odeurs... Allez, respirez... un, deux, trois, lentement, Cécile, c'est ça, continuez. Regardez-moi, regardez-moi ! Rappelez-vous le ciel, le beau ciel bleu... et le nuage, le petit nuage gris ! Suivez le nuage... soufflez, il passe, il est parti ! Allez, battez la mesure, Cécile ! Un, deux, trois, comme ça. Recommencez, la source est à la veille de jaillir. Regardez en vous-même, voyez comme c'est beau... vous êtes la source... Poussez maintenant, poussez, Cécile. Un, deux, trois, plus fort ! Cécile, poussez... la source... la source ! Elle jaillit ! Ça y est, la source coule. Doucement ! Respirez profondément, un, deux, trois... »

Pendant qu'il parlait, il laissait courir ses mains habiles et assurées, pleines d'amour pour mettre au monde cet enfant de « Noël », le premier à naître à Bellesroches depuis qu'il était là. Mathilde, qui l'observait, perplexe, s'expliquait mal la médecine du jeune docteur. Elle aurait bien voulu pouvoir critiquer, du moins lever le doigt, mais il y avait Cécile et son bonheur de femme qui venait d'engendrer sans douleur. Quelque chose d'impalpable, une mystérieuse symbiose, liait le médecin à sa patiente, au-delà des mots, au-delà de l'instant.

Silencieuse, elle se tenait à l'écart, prête à exécuter les ordres que lui dictait Morris en douceur, et quand l'enfant fut lavé et emmitouflé, elle le présenta à la mère avant de s'effacer, songeuse.

« Je vous oubliais, Mathilde. Sans doute n'avez-vous jamais assisté à ce genre d'accouchement ! Ne soyez pas si étonnée, ne conservez comme souvenir que les résultats obtenus. Je vous demande seulement de vous montrer très discrète et de garder le silence sur ce que nous venons de vivre, car peu de gens croient en la puissance de l'esprit et il faut les y habituer prudemment.

— Oui, oui ... »

Mais Mathilde n'écoutait pas, elle pleurait en elle-même des larmes amères encastrées par le souvenir des jumelles. Finalement, sur ses joues ridées, sans bruit, deux gouttes descendirent devant Morris qui la regardait avec respect. Il la prit dans ses bras.

« Vous pleurez avec le cœur. D'une certaine façon, nous nous ressemblons ! N'est-ce pas merveilleux de mettre au monde dans de telles conditions ?

— C'est presque impossible ! Personne ne le croirait.

— Alors n'en parlez pas ! Gardons ce mystère pour nous. Voyons tout ça comme un cadeau de Noël, le miracle de la nuit divine ; après tout, un enfant nous est né ! Maintenant, séchez vos larmes, finissez de ramasser puis allez vous reposer. Aujourd'hui c'est Noël, et pour l'occasion, on peut bien croire au père Noël. »

Il riait, satisfait comme à chaque fois qu'il parvenait à soulager la misère humaine, et dans ces moments-là, il oubliait ses pratiques peu orthodoxes et les risques encourus.

Ludovic apporta les liqueurs fines pour Morris et une boîte de petits chocolats pour Mathilde. Il exultait ! Son fils était né.

6

Janvier, plus froid que d'habitude, immobilisa les villageois qui avaient tout le temps de soigner paisiblement leur grippe devant la chaleur des gros poêles à bois, délaissant le bureau du médecin en attendant que l'hiver passe un peu plus vite. Charlotte Brodeur fut une des rares patientes à profiter de l'occasion pour visiter le docteur qu'elle rencontra trois fois dans le même mois. Au fur et à mesure des visites, dès que Morris la voyait, leur visage complice s'éclaircissait et tout ce fla-fla intriguait Marie, l'agaçait, tandis qu'elle les regardait entrer allègrement dans le cabinet, impuissante à saisir l'objet de leur connivence.

« Vous êtes très séduisante aujourd'hui, chère madame. Comment allez-vous? »

Morris faisait preuve de plus de familiarité.

« Très bien ! Ça va beaucoup mieux entre Clément et moi, il met en pratique tout ce que je lui dis. Depuis qu'il a espoir qu'un jour nous ayons un bébé, il rampe à mes pieds et ça, je vous le dois, monsieur Vanderstat. »

C'est tout ce que Marie eut droit de savoir et la porte qui se referma derrière eux la laissa encore plus perplexe, surtout qu'elle avait bien vu le visage de Morris s'assombrir, devenir plus pensif et sévère quand Charlotte Brodeur avait prononcé sa dernière phrase. La femme du conseiller Brodeur aussi avait remarqué le changement.

« Vous me semblez inquiet.

— Je pensais à votre mari pour qui j'ai des médicaments à prescrire. Il est primordial qu'il les prenne régulièrement. Puis-je compter sur votre collaboration ? »

Il se dirigea au fond de la pièce, vers le gros meuble où il entreposait les médicaments, et revint avec trente petits comprimés blancs qu'il tendit à Charlotte.

« Faites-lui-en prendre un à tous les jours, à heure fixe, c'est essentiel !

— Est-ce pour l'aider à... pour le bébé ?

— C'est ça... pour le bébé. »

Morris affichait un air grave. Il fit signe à sa patiente de le suivre.

« Allongez-vous sur ce lit, je vais vous examiner. Il me faut m'assurer que vous pouvez porter un enfant, car dans moins d'un an sûrement serez-vous enceinte et vous n'êtes plus très jeune.

— Je ferai tout ce que vous demanderez, docteur. Faut-il que je me déshabille ?

— Oui... et couvrez-vous avec ce drap. »

Charlotte tenait son drap tiré à deux mains, jusqu'au menton, immobile, la tête encadrée par une chevelure éparse qui s'étirait sur l'oreiller. Sa respiration était devenue saccadée.

« Ça vous énerve ? Ne craignez rien, à peine si je vous toucherai. »

Il lui caressa le front, de gauche à droite, descendit lentement lui couvrir les yeux de sa main chaude, enveloppante, puis il lui massa les tempes en répétant plusieurs fois un mouvement circulaire. Il parlait à voix basse, étouffée. Charlotte dut se concentrer pour entendre les mots qui commençaient à tourbillonner dans sa tête, des mots caressants, pleins d'odeurs et de couleurs. Sa respiration changea au rythme des paroles et elle se calma, plus réceptive, pour sombrer dans un sommeil paisible alors qu'il lui faisait un examen complet dont elle n'eut pas conscience. Lorsqu'elle se réveilla, elle ne se souvenait de rien.

« C'est tout ? Ce n'est pas plus long que ça ? Et moi qui avais honte, peur que vous me voyiez nue... vous n'avez même pas soulevé le drap. Des examens comme ça, j'en passerais bien à chaque visite !

— Le mois prochain, je rencontrerai votre mari et si vous faites bien tous les deux ce que je vous suggère, vous devriez être enceinte au printemps. »

Les yeux illuminés, Charlotte souriait. Rien au monde n'aurait pu la rendre suspicieuse, et lorsqu'elle quitta le cabinet, elle n'avait d'égards que pour son docteur. Sans faire de politesses, Marie retourna chercher le dossier et la bouscula légèrement au passage, sans s'excuser. Aussitôt, Morris demanda des explications. Marie fulminait. Elle était incapable de fournir la moindre justification, alors elle se contenta de feindre l'indifférence et de lui tendre le dossier avec impatience.

« Il vous reste à le compléter. Désirez-vous le faire tout de suite ? Ça fait déjà un certain temps que monsieur Langevin est là, lui.

— Je le compléterai lorsque j'aurai fini ma journée. »

Il y avait de l'hostilité dans l'air, ce qui ne passa pas inaperçu aux yeux de celui qui, pour faire exprès, avait aussi choisi cette froide journée de janvier pour sa première visite au médecin.

Didier avait vraiment commencé à s'impatienter quand Charlotte était sortie du cabinet. Le reste du temps, il avait été ravi de se retrouver en compagnie de la belle Marie dont les efforts multipliés pour se montrer accueillante n'avaient comme but que de cacher son malaise, cette impression qu'il pouvait lire en elle et deviner qu'elle savait au sujet de sa relation avec Joséphine. Pourtant, ce jour-là, l'échevin s'était montré plus courtois, seul son regard le trahissait, mais Marie y avait décelé un manque de délicatesse, une sorte d'absence de savoir-vivre qui faisait craindre qu'il pût étaler sur la place publique le scandale de sa famille, qu'il en profitât pour montrer patte blanche au détriment de sa mère.

« Maintenant vous pouvez entrer, monsieur Langevin. »

Elle avait volontairement adopté un ton hautain dans le seul but de le laisser déconfit, incertain de lui, déjà qu'elle savait qu'il lui avait fallu du courage pour se présenter ainsi chez le médecin. C'est Mathilde qui l'avait poussé à cette visite, malgré le fait que le souffle de leur amour se soit éteint, qu'aucune émotion ne soit partagée. Car elle se permettait parfois de douces folies quand elle mettait sa tête dans le creux de son épaule alors qu'il dormait, sinon il l'aurait injuriée parce qu'il n'arrivait pas à trouver le sommeil, qu'elle le dérangeait. Seulement, la nuit appartenait à Mathilde et alors elle s'offrait des frivolités que son engourdi de mari ne soupçonnait même pas. C'est lors de ces fantaisies nocturnes qu'elle s'était rendu compte que les battements de cœur de Didier s'emballaient ou s'engourdissaient et elle s'en était inquiétée.

« Y penses-tu vraiment, Mathilde ? On va rire de moi. Je suis même pas en mesure de dire quand ça m'arrive ni dans quelle circonstance. On va me prendre pour un imaginaire, un gars qui cherche à se faire plaindre. Ça m'empêche pas de vivre... et souviens-toi de mon grand-père ; chez nous, on vit vieux ! Laisse-moi tranquille avec le docteur. Un blanc-bec... tu voudrais me voir me présenter devant lui pour lui annoncer que mon cœur ne tourne pas rond ? »

Malgré l'exubérance de ses propos, Didier savait bien, lui, qu'effectivement quelque chose n'allait pas avec son cœur. Joséphine le lui avait dit elle aussi et plusieurs fois il avait dû interrompre son travail, prendre le temps de respirer et deux fois il avait dû s'allonger, aux prises avec des serrements à la poitrine. Son cœur d'amoureux, un cœur usé par l'espérance et la déception, ne tiendrait pas toujours le coup.

S'il avait consenti à se rendre chez le docteur, c'était aussi à cause de Marie. Il n'avait pas souvent l'occasion de la rencontrer et lorsque ça se présentait, elle s'esquivait ou bien elle l'ignorait. Avant le départ de Doris, il lui arrivait de jaser un peu avec elle, mais depuis ce temps elle ne se gênait pas pour lui jeter des regards méprisants, toujours avec le même air vainqueur, et il ne se sentait même plus la force de lutter. Il se contentait de la regarder et de l'admirer en mijotant malgré tout quelques noirs projets de mariage pour son fils Harold. Il osait même mûrir le secret espoir qu'un jour une occasion s'avérât idéale pour une petite aventure, une aventure de presque rien... une suite normale au jeu de cache-cache de la Fête d'Automne.

Dans la salle d'attente, bien cambré au fond de son fauteuil, il s'était contenté de rester silencieux, de la regarder se déplacer d'un bout à l'autre de la pièce. Il tenait son chapeau sur ses genoux, les jambes bien collées, le corps empesé dans sa chemise blanche et son paletot trop étroit. La jeune femme allait et venait avec une démarche altière qu'elle agrémentait de son sourire moqueur à chaque fois qu'elle croisait son regard. Didier se demanda pour une première fois si sa secrète liaison avec Joséphine aurait pu s'être ébruitée jusqu'à ses oreilles. Gêné, il garda le silence. Il remarqua bien l'humeur détestable dont elle fit preuve quand Charlotte sortit du bureau, mais il s'en imputa la cause, et lorsque Morris Vanderstat lui fit signe de le suivre, il se sentit soulagé, certain que son visage rouge et bouillant ne passait pas inaperçu.

Une fois admis dans la petite salle d'examen, il se sentit dépassé par les événements. Obstinément, il regardait le sol en tournant son chapeau dans ses mains et lorsque enfin il releva les yeux, ce fut pour aller s'asseoir sur la petite chaise étroite.

« Votre visite me fait grand plaisir. Nous ne nous sommes guère vus depuis mon arrivée au village. Est-ce que ça va bien, monsieur Langevin ?

— En réalité, j'suis pas malade, c'est ma femme, Mathilde, qui tenait absolument à c'que j'vienne vous raconter ses craintes à elle. Moi, je m'en fais pas avec la vie, j'retiens de mon vieux père !

— Bon, dites toujours ce qui pousse votre femme à s'inquiéter puis nous verrons bien ce qu'il en est.

— Hum ! Y a rien !... Je sais pas pourquoi elle s'inquiète. Écoutez, en fait, je voulais venir voir comment ça allait, ici. Les réparations ont été plus longues que prévues, mais c'est du bel ouvrage ! C'est propre à part de ça ! »

Il avait quitté sa chaise pour arpenter la pièce et finalement s'arrêter devant le cadre où trônait la peinture de Ludovic Panet. Là, il reprit toute l'aisance et la volubilité qui lui manquaient pour cacher à Morris le véritable objet de sa visite.

« Y paraît que l'accouchement de Cécile a bien été pas pour rire. Ma Mathilde en revenait pas. Y paraît aussi que cette femme-là est faite pour accoucher vingt fois, qu'une chatte lui viendrait pas à la cheville. C'est vrai, ça ?

— Madame Panet a eu effectivement un bel accouchement, dans la paix et la sérénité, un accouchement comme toutes les femmes devraient vivre. J'étais heureux de compter sur Mathilde, elle a su se montrer à la hauteur de la situation et d'un grand secours pour moi. Une sage-femme n'aurait pas fait mieux.

— À voir les yeux de ma Mathilde au beau milieu de

la nuit, c'est au miracle que j'ai cru. Ma femme cause pas beaucoup, elle est pas bavarde, mais là elle arrêtait pas de me parler de vous, de vos talents et de votre habileté. Elle avait ses yeux de dix-huit ans, des yeux invitants... des yeux rêveurs et je me demande si c'est pas de vous qu'elle rêvait parce que moi, vous savez... »

Didier éclata de rire, un rire gras et sarcastique qui laissa planer le doute dans l'esprit du docteur. Mathilde avait-elle su se montrer discrète ? Et à compter de cet instant, le gros échevin redevint fidèle à lui-même.

« Vous avez pas trop de fil à retordre avec notre belle Marie ? Pas facile à mener, les filles d'aujourd'hui. Celle-là a la tête dure et marche le nez dans le vent. Un beau tempérament quand même ; elle plairait à mon plus vieux, mon Harold, il est en âge de se marier et du beau gibier comme elle, ça court pas les chemins.

— Je ne crois pas que mademoiselle Richer apprécierait vous entendre parler d'elle de cette façon, monsieur Langevin. »

Morris semblait choqué, à la grande surprise de Didier qui comptait le faire rire avec son histoire de gibier.

« Puisque vous êtes venu me rendre une visite de courtoisie, le temps dont je dispose pour ce genre de rencontre est maintenant terminé, mais il me fera plaisir de vous revoir si vous désirez parler de vous-même et de votre cœur.

— Qu'est-ce qu'il a, mon cœur ? Qui vous a raconté des histoires là-dessus ? Mathilde ! c'est ça ? Mathilde et vous, les accouchements... elle est rentrée pas mal tard cette nuit-là, aussi. »

Il était devenu rouge et bouillant, prêt à s'emporter, prêt pour l'affrontement. Morris lui ouvrit la porte.

« Quand vous voudrez en discuter sérieusement, vous reviendrez me voir, car il y a bien des choses qu'un médecin voit et diagnostique sans aucune information de son patient. En attendant, calmez-vous. »

Le docteur tourna vers Marie des yeux exaspérés qui en disaient long sur son pénible entretien avec Langevin. Elle lui sourit, une pointe de malice dans les yeux, pour ensuite se montrer encore plus courtoise envers l'échevin.

« Comme vous avez pu le constater, notre médecin s'en tire très bien. »

Elle lui avait pris le bras, il avait saisi sa main.

« Vous reviendrez nous voir ?

— Si tu m'accueilles ainsi, ma belle, sois assurée que je reviendrai très bientôt et pas tout seul à part de ça !

— Il faudra quand même prendre un rendez-vous.

— J'y compte bien ! Ma visite sera annoncée et ne passera pas inaperçue ; je te réserve une surprise ! »

Du coin de l'œil, elle observait Morris à qui il déplaisait de la voir ainsi s'amuser de Langevin. Perplexe face au succès de ce stratagème dangereux, il déduisit que par naïveté elle pourrait bien se laisser prendre à son propre jeu. Et comme l'avant-midi tirait à sa fin, que la salle d'attente était vide, il lui demanda immédiatement de le suivre dans son bureau.

« Ma chère Marie, aujourd'hui je ne te comprends plus. Pourquoi es-tu si narquoise et distante ? D'abord tu te montres à la limite de l'impolitesse envers la charmante dame Brodeur, puis après tu fais des courbettes devant Didier Langevin que tu ne portes pourtant pas en estime. Ton comportement me paraît déplacé et j'aimerais que tu me donnes des explications.

— Je n'ai rien à dire pour ma défense. De toute façon, mes commentaires pourraient vous contrarier.

— Eh ! bien, parle toujours, tu jugeras par après. »

Elle le fixa froidement.

« Charlotte Brodeur roucoule comme une tourterelle lorsqu'elle est en votre compagnie, ça frise le ridicule et ça choque, voilà.

— Et de une ! Maintenant, tes roucoulements à toi, ceux que tu t'amuses à faire en avant de Didier, que veulent-ils signifier ? »

Il ne la regardait plus en face, il s'était tourné vers la toile, au mur, et s'il se sentait grotesque, il ne voulait surtout pas voir son sourire satisfait.

« Je le taquinais simplement, question de me payer sa tête ! Il y a entre nous beaucoup de motifs pour se tenir loin l'un de l'autre et le dernier se nomme Doris. Il n'y a donc pas lieu de s'inquiéter. »

Il se retourna brusquement.

« Tout à l'heure, dans ce bureau, Didier Langevin pourtant ne ménageait pas ses mots pour parler de toi. Du beau "gibier" disait-il, une pièce de choix qu'il réserve pour son fils aîné... si ce n'est pas pour lui ! Il y a lieu de m'inquiéter puisque tu allumes chez cet homme des espoirs qui pourraient l'encourager dans ses idées noires.

— Docteur Vanderstat, vous allez trop loin. J'ose croire que vos paroles dépassent vos pensées. On dirait une scène de jalousie. Avant votre arrivée, j'ai plus d'une fois affronté Langevin et m'en suis fort bien tirée. À ce que je sache, je suis libre, alors de quel droit vous réservez-vous le privilège de me faire des remontrances ? »

Elle tourna les talons et s'en alla dans la cuisine où elle mit l'eau à bouillir tandis que Morris la suivait, confronté à un étrange sentiment de rejet. En plus de se sentir ridicule, il ne savait plus comment retenir la jeune fille et ramener la conversation sur eux ! Il aurait voulu lui dire qu'effectivement il s'inquiétait pour elle, qu'il préférait la savoir loin des ambitions obscures de l'échevin, qu'il la voulait pour lui et avec lui.

Il l'observa un instant alors qu'elle se déplaçait,

alerte et fière. Comme il la trouvait belle ! Si seulement le charme de la nuit de Noël n'avait pas été rompu sans qu'il pût lui dévoiler les sentiments qu'il taisait déjà depuis un certain temps ! Cette immixtion jalouse dans sa vie privée n'aidait pas les choses et l'obligeait à reculer, à renoncer une fois de plus à ses révélations.

Un long silence insupportable, uniquement entre-coupé par le bruit du thé versé dans les tasses de faïence, envahit la pièce qu'ils quittèrent prestement, sans un mot.

7

Mathilde se réjouit de voir revenir son mari en sifflotant, elle qui craignait, comme encore bien des gens, qu'il ne fasse des scènes au jeune docteur malgré tout ce qu'il avait donné comme assurance. Elle le connaissait suffisamment pour appréhender un revirement de situation à la moindre contrariété. Souvent il jouait le personnage du surhomme capable de déjouer le destin et il aimait véhiculer l'image de celui qui réussissait à se faire rembourser les peines et les souffrances imposées par la fatalité, celui capable de mener les rênes de la destinée. Il truffait ses discours de phrases associées au hasard, qu'il disait possible de dompter, et affirmait que le principe fondamental sur lequel il s'appuyait était régi par la loi du plus fort. Et il l'appliquait en assujettissant son entourage comme il le faisait avec Doris et Mathilde ou en écrasant ses antagonistes comme ce fut le cas après la mort des jumelles.

Depuis les premiers jours de leur mariage, Mathilde redoutait son mari. Quand elle avait prononcé le « oui » qui devait immortaliser leur union, elle savait bien que Didier ne l'aimait pas follement, mais elle voulait quitter au plus tôt le foyer paternel et ne voyait pas d'autre chemin pour y arriver que celui du mariage. Il l'avait courtisée d'étrange façon, sans lui faire de promesses, sans prononcer une seule parole amoureuse, et leurs rencontres ne s'étaient jamais prolongées au-delà de deux heures sauf lors des visites à sa maison en construction où il clouait les planches en silence, refusant l'aide qu'elle lui offrait. « Une femme doit garder son énergie pour faire les petits et ça viendra bien assez vite », disait-il. Désappointée, elle restait quand même là à le regarder manier les outils et ébaucher ses projets d'avenir. Une fois, à l'improviste, elle eut l'idée d'un pique-nique sur l'herbe, mais Didier refusa de se prêter à cette fantaisie, le temps était trop précieux pour ainsi être gaspillé, et le travail prévu pour un jour devait se faire le jour même.

Ils se rencontraient trois fois par semaine, jamais plus. Et après neuf mois de fréquentation ils se retrouvèrent le soir des noces comme deux étrangers. La déception fut très grande pour la demoiselle du troisième rang qui, abandonnée à elle-même une partie de la soirée, s'était retrouvée dans les bras d'un homme avide qui ne prit aucun temps d'approche avant de s'élancer sur son corps bouillant d'espérance. Une fois rassasié, il s'était contenté de déposer un léger baiser sur ses lèvres desséchées et lui tourner le dos. Il finit la nuit par un ronflement infernal.

Le lendemain matin, elle s'était levée la première et s'était dépêchée de préparer le petit déjeuner, prenant soin de décorer la table avant de faire sa toilette : elle se parfuma, noua un ruban sur sa tête et déboutonna les quatre premiers boutons de sa chemise de nuit jusqu'à laisser poindre ses seins appétissants.

Lorsque Didier l'aperçut, il eut un sifflement d'admiration qu'il transposa par un langoureux baiser dans le cou de sa jeune épouse. Il glissa sa langue affamée le long du décolleté pour attraper entre ses dents un des mamelons gonflés d'amour. Tout doucement, il remonta jusqu'à la bouche où il s'abreuva, de plus en plus assoiffé, en même temps qu'il laissait filer sa main rugueuse sous le vêtement et prenait plaisir à caresser d'abord le dedans des cuisses pour ensuite se perdre à travers la douce toison humide, chemin des mille plaisirs.

Il haletait tandis que Mathilde, toujours assise sur sa chaise de bois, entrouvrait plus grand les jambes et le laissait explorer, à sa satisfaction, son paradis d'amour. Elle envoya la tête vers l'arrière et ferma les yeux, sa bouche invitante prête à accueillir à nouveau l'ardeur de son mari, enivrée par l'odeur du plaisir. Excité, il débarrassa la table du revers de la main pour laisser s'effondrer sur le plancher tout le repas du matin. Il rit. Le bruit de vaisselle cassée l'émoustillait. Mathilde n'y porta pas attention, toujours désireuse de séduire ce mari de qui elle attendait les frissons que ses lectures clandestines lui avaient promis. Il rit de plus belle, d'un rire sadique, encouragé par le désir ardent de son épouse qu'il souleva pour la coucher sur la table et déchirer ses vêtements. Il la couvrit de baisers, la lécha jusqu'aux pieds puis remonta doucement, très doucement, incapable de résister à la tentation de goûter à cette chair humide qui sentait bon le corps chaud. Il but à même la fontaine, à satiété. Mathilde s'entendit prononcer des mots d'amour, des mots de promesse où elle lui jurait fidélité, obéissance et soumission, quoi qu'il dise, quoi qu'il advienne. Et elle tint promesse.

Ce fut là son plus beau souvenir d'amour, le seul moment où Didier lui avait dit qu'elle était belle et qu'il l'aimait. Plus jamais il ne lui concéda d'autres fantaisies amoureuses.

Deux mois après son mariage, Mathilde voulut se désennuyer, s'évader quelque peu de la maison où elle vivait isolée pendant que Didier prolongeait ses heures de travail et n'entrait que tard dans la soirée, épuisé, souvent hargneux. Il prenait alors son plaisir et l'abandonnait pour une autre nuit jusqu'au matin où il déjeunait en silence puis repartait, une boîte à lunch sous le bras, après l'avoir gratifiée d'un sourire ou d'un léger baiser sur le front.

« Que nous vaut la visite de la jeune mariée ?

— Une bicyclette, je voudrais m'acheter une bicyclette. »

Mathilde s'était sentie rougir tant elle se trouvait ridicule d'aller elle-même s'acheter un bien aussi cher. Elle paya sur-le-champ. Puis elle partit immédiatement chez le docteur Doiron où ses espoirs se révélèrent fondés quand elle apprit qu'elle était enceinte. Sans même prendre le temps de dîner, elle s'était rendue au garage, où elle arriva exténuée, pour trouver son mari en train de roucouler auprès d'une jeune fille endimanchée qui attendait sur la banquette d'une luxueuse voiture. Elle vit même Didier lui caresser les cheveux et lui parler à l'oreille. Elle toussa bruyamment. Le regard hostile qu'il lui lança avant de la conduire sans ménagement jusqu'en arrière du garage ne laissait présager rien de bon.

« Que viens-tu faire ? Je t'interdis de venir ainsi m'espionner. Puis, d'abord, comment es-tu venue jusqu'ici ? Tu devrais être à la maison et t'occuper des chaudrons.

— Je suis venue à bicyclette, j'avais quelque chose de très important à te dire.

— Où t'as pris ça, toi, une bicyclette ?

— Je... je l'ai achetée chez Richer.

— Sans ma permission ! Es-tu devenue folle ? Avec quoi veux-tu que je paye ça ? »

Il la secouait brutalement en sifflant sa rage et sa rancœur entre ses dents.

« Je l'ai payée en entier avec l'argent que mon père m'a donné. Tu ne devras rien à Richer, je te le jure.

— Bonne à rien ! »

Il la gifla. Entre deux soubresauts, elle lui annonça qu'elle aurait un enfant ; il pouffa de rire. Alors elle s'en retourna sur sa bicyclette attendre ce mari qui n'entra que tard dans la soirée, ivre et arrogant, pour la trouver étendue sur le canapé, enroulée dans une épaisse couverture. D'abord il se dévêtit et s'approcha avec délices pour la découvrir et s'allonger de tout son long sur son corps silencieux où il satisferait à nouveau son appétit féroce sans qu'elle bougeât, sans aucune parole pour réchauffer sa peine, seulement un gémissement de bête.

À partir de ce jour, Mathilde sut à qui elle avait affaire. Elle s'effaça devant cet homme sans façon qui ne considérait que lui-même, mais exigeait des autres ce qu'il ne pouvait consentir à donner. Condamnée à le supporter, elle puisa son courage dans la solitude et s'occupa à lire tout ce qui lui tombait sous la main. C'est ainsi qu'elle développa le goût des livres qui traitaient de médecine, surtout ceux où des femmes aidaient aux accouchements.

À la naissance de son premier bébé, Mathilde était seule à la maison, comme à l'accoutumée. Elle avait bien demandé à Didier de prévenir le médecin, mais il ne l'avait pas prise au sérieux, parce qu'elle ne se lamentait pas assez, parce qu'elle ne semblait pas affectée outre mesure par la douleur. Et il avait complètement oublié le docteur quand il était revenu, tard dans la soirée, beaucoup trop tard, alors qu'elle avait accouché ! Elle accepta qu'il en fût ainsi.

Peu de temps après, alors qu'elle allaitait encore son bébé, le médecin lui annonça une deuxième grossesse. Elle tut l'événement jusqu'à cinq mois, moment où Didier remarqua la nouvelle rondeur de son ventre, mais cette fois il se montra attentionné, plus tendre. Malheureusement, son premier fils pleurait. Il précipita ses gestes et encore une fois il prit satisfaction sans laisser de miettes pour celle qui grossissait de chagrin en caressant ce ventre plein de son amour à elle.

Elle accoucha de son deuxième enfant de la même manière que le premier ; elle ne demanda même pas à Didier de prévenir le docteur. Lorsqu'il rentra, il la trouva en train de donner le sein à un petit garçon encore tout rougi alors que l'autre dormait dans sa couchette. Elle lui sourit bravement quand il s'en approcha et l'embrassa sur le front avant d'entreprendre, à sa grande stupéfaction, de tout ranger et nettoyer. Puis il apporta un plateau sur lequel reposaient une théière et deux tasses.

« Tu fais bien ça, ma Mathilde, je regrette pas de t'avoir mariée. Maintenant, dans combien de temps penses-tu que nous pourrons à nouveau faire des p'tites folies ?

— C'est bien loin de mes préoccupations pour l'instant. »

Elle comprenait que Didier avait cette façon de lui dire qu'il l'aimait, mais ses attentes à elle s'élevaient bien au-delà des cris de la chair.

« Ça te fait rien si je sors un peu ? Lorsque je reviendrai, je dormirai sur le canapé... un événement comme celui-ci, ça se fête ! Demain je t'amènerai de l'aide. Ovide m'a déjà parlé de sa fille. »

Usée par la fatigue ou la crainte, encore une fois elle fit semblant de le croire et poussa l'horreur de l'histoire jusqu'à lui recommander de s'amuser, d'en profiter même si elle savait ce que signifiaient les visites de son mari au village. D'abord elle avait cru qu'il prenait un verre en compagnie d'amis, mais une commère s'était fait un devoir de lui dire qu'on l'avait vu plusieurs fois faire monter des femmes et les conduire au village voisin pour n'en revenir que tard le soir. Tous le connaissaient assez bien pour savoir qu'il cherchait les occasions de séduire, ou de courtiser, et n'eût été le respect que l'on portait à Mathilde, plusieurs auraient étalé sa conduite au grand jour.

Une fois seule, Mathilde se sentit forte et courageuse, à un point tel que ses énergies se décuplèrent pour lui donner le courage de se préparer quelque chose à manger, de changer ses draps puis de laver son nouveau-né. Après, seulement, elle se laissa sombrer dans un court sommeil réparateur, l'enfant couché sur elle.

Aussitôt les quarante jours accomplis, Didier recommença à se montrer insistant. À tous les jours, il revenait plus tôt, parfois à l'heure du souper, et il sollicitait Mathilde qui s'offrait à lui inconditionnellement, dès qu'il exprimait un désir d'amour. Elle le comblait autant qu'il le souhaitait, sans craindre une nouvelle grossesse puisque ses lectures lui avaient appris qu'il était peu risqué de partager des moments d'amour quand on nourrissait au sein. Jamais elle n'aurait cru que ses bouquins la tromperaient. Pourtant, pour une troisième fois en deux ans, elle se fit « engrosser », comme Didier le lui dit.

Son tempérament soumis l'aida à accepter les faits tels qu'ils se présentaient. Quand elle sentait la vie se développer dans son ventre, Mathilde s'affirmait dans son amour d'elle-même ; elle prenait emprise sur ces vies qu'elle nourrissait et protégeait. Et la providence se montrait généreuse : pas de nausées et toute la force nécessaire pour prendre soin de ses bébés. Elle dut convenir que cette nouvelle grossesse lui était agréable. Son mari se gonflait d'orgueil de voir ainsi sa maison se peupler d'hommes à sa ressemblance et il se montrait plus vivable.

Cependant, malgré qu'elle restât jolie, elle grossissait au rythme de ses grossesses, sous le regard sarcastique de son mari qui l'humiliait en public. Alors elle se taisait et penchait la tête, souriant bêtement parce qu'elle savait que lorsqu'ils se retrouvaient seuls, Didier appréciait ses chairs gonflées et demandait toujours aussi souvent à se servir. Jamais elle ne lui refusait ce qu'elle avait promis de lui donner, bien qu'elle eût de nombreuses fois pleuré de déception quand il s'endormait avant même de lui accorder un seul baiser de reconnaissance.

Elle accoucha de son troisième enfant un dimanche midi, mais cette fois Didier était allé chercher le docteur Doiron qui arriva juste à temps pour voir naître un autre garçon. Langevin avait entendu les cris d'un nouveau-né pour la première fois et les larmes lui étaient venues aux yeux, surpris par ce long cri déchirant qui lui arrachait une couche d'insensibilité. C'est alors qu'il prononça péniblement le mot emprisonné dans son cœur d'ignorant : « Merci ! »

Les mois qui suivirent déposèrent un baume sur la vie sentimentale de Mathilde, avec Didier, plus attentif et présent, qui collaborait même à certains travaux domestiques. Pour le bonheur que lui apportait ce troisième enfant, elle aurait voulu au plus tôt un autre ventre bien rond que Didier aurait pu caresser et cajoler aussi souvent qu'il l'aurait désiré. Alors elle sevra son bébé pour s'offrir en amour et ses espoirs furent vite comblés, au grand dam de Didier qui s'esclaffa, contrarié.

« Tu pourrais attendre un peu, tout de même. Veux-tu me ridiculiser ? Laisse-moi respirer et cesse de faire des p'tits !

— Il faut être deux pour y arriver, Didier. »

Elle avait osé s'élever contre lui.

« Si seulement tu cessais de roucouler, nous nous retrouverions pas avec quatre enfants sur les bras.

— C'est toi qui passes ton temps à me solliciter. Si je te refuse, tu pars, tu vas te satisfaire ailleurs.

— Veux-tu dire que je couraille, par hasard ?

— Oui. C'est pas moi qui le dis, tout le monde sait que tu te payes des petits à-côtés et que tu cherches des occasions.

— Eh bien, c'est de ta faute ! Regarde-toi, tu es grosse et toujours pleine. Qu'est-ce que tu veux que je fasse de toi ? Je t'endure puis une fois de temps en temps je m'offre mieux. C'est à prendre comme ça. Au moins, j'te bats pas à tour de bras, tu manques pas de nourriture, alors laisse-moi vivre un peu et ferme-la. »

Mathilde dégringolait de haut ; ni son cœur ni son esprit n'arrivaient à saisir cet homme imprévisible. Elle mit les mains sur son ventre qu'elle caressa elle-même. Cet enfant serait le dernier, celui qu'elle chérirait à la place de son père et qu'elle endormirait paisiblement en chantant.

Mais cette grossesse ne fut pas comme les autres. Elle avait des nausées, devait se reposer l'après-midi et pour se sentir mieux, il lui fallait marcher en plein air, s'éloigner de la maison. Didier lui proposa d'engager une bonne. Elle trouva l'idée des plus agréables, comblée par cette liberté nouvelle qu'elle pourrait utiliser à assister le docteur dans ses visites aux futures mères, comme elle avait entrepris de le faire pour Joséphine avec qui elle s'était liée d'amitié.

L'été 1932 fut très chaud. Le village de Bellesroches, caché à l'intérieur des terres, emmagasinait la chaleur du jour jusqu'à en rendre la vie insupportable. Joséphine suffoquait et ne se sentait soulagée qu'à l'ombre d'un gros saule, au bord de la rivière où elle se laissait traîner les pieds dans l'eau en s'aspergeant le front. C'est là qu'elle tenait ses conversations avec Mathilde.

« Quand je vous regarde, madame Langevin, je ne

dirais pas que vous avez eu autant d'enfants. Il me semble que je ne pourrai pas en porter un autre, c'est trop pénible.

— J'ai la santé qu'il faut et le temps aussi. Mes enfants m'ont apporté le plaisir de l'existence et permis, au contraire de ce qu'on pense, de sortir de la maison. Grâce à mes accouchements, j'ai beaucoup appris. »

Elle aurait aimé pouvoir dire aussi combien elle se sentait importante aux yeux de son époux qui, sans lui témoigner toute l'attention qu'elle souhaitait, la soignait quand même davantage, surtout depuis l'engagement de la « fille à Ovide » en compagnie de qui il faisait de longues marches. Elle se tut cependant, d'abord parce qu'elle craignait de laisser transparaître le vide amoureux de sa vie, mais surtout pour éviter d'amener la conversation sur le comportement dévergondé de son mari.

« Des garçons, ça fait une belle relève pour le père, reprit Joséphine, à court de souffle.

— Mais cette fois, je pense que ce sera une fille, ma petite fille à moi. Tous les soirs, je la dorlote, je lui parle de poupée et de dentelle. À la manière que je sens bouger ce bébé, je sais qu'il ne s'agira pas d'un autre gros garçon vigoureux, ses mouvements sont trop tendres et j'ai encore des nausées. Je prie le Seigneur qu'il m'envoie la chère enfant que j'espère.

— Eh bien ! je vous avouerai, Mathilde, qu'en ce qui me concerne, ça m'est bien égal d'avoir un garçon ou une fille ; ce qui m'importe, c'est la délivrance au plus tôt. Je me sens lourde, je dors mal, ma digestion se fait trop lentement et je n'ai d'appétit pour rien. Je ne ris plus... j'ai des angoisses. J'aimerais revenir en arrière, ne pas être enceinte. J'ai peur. Je sais que c'est pas correct ce que je vais dire, mais j'trouve pas ça juste que nous, les femmes, soyons obligées de souffrir pour mettre au monde nos petits alors que les animaux font ça comme si de rien n'était. »

Mathilde passa son bras autour de ses épaules.

« C'est normal de se sentir ainsi. Et quand on est dans cet état d'âme, c'est que la délivrance n'est plus bien loin. Certains disent qu'il s'agit là d'une forme de renonciation à se libérer de cet être avec qui nous vivons depuis neuf mois. La nature fait bien les choses et vous verrez, Joséphine, que Dieu ne nous abandonne pas. J'ai accouché trois fois et ça s'est bien passé. Ensuite on oublie tout, prêtes à recommencer. Il n'en sera pas différent pour vous ! Allez, calmez-vous maintenant et profitez de cette brise.

— Vous serez avec moi quand ça viendra ?

— Oui, sans doute que j'assisterai le docteur. Aurez-vous quelqu'un pour vos relevailles ?

— Ma sœur Rosalie. Elle est maîtresse d'école et elle doit arriver la semaine prochaine. Elle vient nous visiter pour la première fois. »

Là-dessus, elles reprirent péniblement le chemin du retour, toutes deux se tenant par une main, alors que de l'autre elles soutenaient leur ventre trop lourd.

Joséphine accoucha de Marie au début du mois d'août alors que Mathilde porta son fardeau jusqu'à la fin septembre, le bébé tardant à venir, comme s'il se retenait à la chair de sa mère pour lui épargner la déception d'un autre enfant mâle. Son premier cri, à peine audible, avait arraché des jurons à son père. Ils le nommèrent Doris.

Didier n'aimait pas cet enfant, fluet et pleurard, et ne le prenait jamais dans ses bras. Alors Mathilde compensait et le surprotégeait pour en faire l'enfant chéri de sa mère, le dernier rejeton de la famille Langevin, puisque maintenant elle savait qu'il existait des moyens pour mettre un terme à ses grossesses répétées. Elle n'avait plus qu'à trouver le courage nécessaire pour repousser les avances de son mari quand les risques étaient trop grands. Ce qu'elle fit durant quinze ans, jusqu'au soir où Didier, éméché après une autre soirée au village, lui avait demandé de lui faire couler un bain chaud et de le rejoindre. Il s'était fait plus tendre, plus insistant aussi, quand il avait enlevé ses vêtements pour s'afficher tout nu, alourdi par les années, et qu'il s'était mis à siffloter, le torse gonflé par son ventre à demi rentré. Il lui avait tendu les bras et elle s'y était logée sans riposter, même quand il avait dégrafé sa robe de coton qu'il avait fait descendre précautionneusement jusqu'à la taille, tout fébrile, et qu'il avait libéré les seins affamés, gorgés d'espoir, qui se pointaient à la recherche du souvenir.

Quand il laissa courir sa langue humide le long de cette poitrine invitante et qu'il saisit de ses lourdes mains un sein qu'il porta à sa bouche comme s'il voulait y boire l'amour, elle sentit la passion dans ses entrailles et supplia les dieux du plaisir de ne pas l'abandonner. Il avait tiré sur sa robe, puis sur son jupon. Seule sa culotte résistait à l'assaut. Elle eut bien un mouvement de recul, mais la bouche carnassière de Didier s'attaqua tout de suite à déchirer le délicat tissu et à piquer dans l'épaisse fourrure dont l'odeur était tant appréciée.

Il l'invita à entrer dans la baignoire et entreprit de lui laver d'abord le dos, puis les seins et enfin le bas du corps alors qu'elle se taisait, les yeux fermés, et qu'elle savourait docilement chaque instant sans oser bouger, de crainte que ne s'arrêtassent là les bonheurs du moment, mais il lui prit la main qu'il entraîna sur son membre éveillé et lui ordonna d'y témoigner la même attention. Brusquement, il enjamba la baignoire et l'eau éclaboussa partout. Assujettie par l'espérance, elle le suivit, toute dégoulinante, jusqu'au canapé du salon où il s'étala sur elle de tout son long, incapable de reprendre ses gestes amoureux. Il écrasa sa bouche sur la sienne, en gémissant, tandis qu'elle, les yeux hagards, retenait son souffle avec l'espoir qu'il restât des miettes de ce festin. Assouvi, il se releva, posa un léger baiser sur son front encore en attente et alla se coucher sans rien de plus.

Elle était restée allongée à se caresser de déception jusqu'à ce qu'elle connût des plaisirs qu'elle ne soupçonnait même pas, et son soulagement fut si grand, si révélateur, que lorsqu'elle s'assoupit, sa décision était prise : dorénavant elle satisferait son plaisir, dans l'indépendance, seule avec sa conscience, sans risque de grossesse.

Mais elle ne pouvait échapper à son destin. Traquée par l'enfantement, elle s'était retrouvée enceinte, pour une cinquième fois, à pleurer ces instants d'abandon. Et elle pleura beaucoup, n'ayant le courage de l'annoncer à Didier qu'après de longs mois de solitude où elle prenait consolation auprès de son fils Doris, le seul à voir ses larmes qui ne s'asséchaient pas.

Pour tenter de la consoler, il lui caressait les cheveux, quand elle demeurait trop longtemps assise dans sa chaise berçante, ou bien il recevait son amour, installé à ses pieds, la tête sur ses genoux. Alors à son tour, elle jouait dans l'épaisse chevelure du garçon de quinze ans et ils pouvaient rester ainsi de longues heures.

« Cesse de dorloter ce garçon, tu vas en faire une fille... Y en a déjà pas à revendre !

— Caresser un enfant n'a rien de répréhensible, c'est pas ça qui en fera autre chose qu'un gars. Et tant mieux si ça le rend plus sensible, il y en aura au moins un dans la famille.

— Qu'est-ce que t'as ? T'es donc bien susceptible, je disais ça de même. Si on peut plus te parler, mieux vaut le dire tout de suite. »

Mathilde éloigna Doris.

« Je suis enceinte.

— C'est pas vrai, c'est impossible ! Tu refuses toujours mes avances, dit-il en la dévisageant. À moins qu'il y ait quelqu'un d'autre là-dedans, Doiron par exemple, tu es souvent avec lui ! Même s'il est vieux, il est encore bon. Ils sont plus vicieux à cet âge-là ! »

Il avait son regard de bête enragée, prête à bondir.

« C'est toi qui es vicieux dans tes propos. Quand on a connu un homme comme toi, c'est amplement suffisant pour se tenir loin des autres. »

Cette fois Mathilde ne pleurait plus en parlant. Il se radoucit.

« C'est pour quand ? J'avais bien remarqué des changements, mais je pensais que tu mangeais plus, c'est tout.

— J'accoucherai au début de décembre. Je n'ai pas envie de cet enfant, moi non plus, si tu veux savoir. À mon âge... »

Elle le fixa froidement avant de poser les mains sur son ventre déjà très gros et, après avoir échappé un long soupir, prit sa veste de laine. Elle se dirigeait à pas lents vers le raccourci de l'église quand elle croisa Rosalie.

« Si ça continue comme ça, nous aurons une fin de mois d'août exceptionnelle, ma chère Mathilde.

— Va ! les jours peuvent bien filer, beaux ou mauvais, ça ne changera pas grand-chose à ma condition.

— Toi, tu as quelque chose. Je ne te reconnais pas cet air pessimiste.

— Bof ! disons que ça fait un temps que la chance ne me sourit plus... je me suis fait avoir encore une fois.

— De quoi parles-tu pour l'amour du ciel ? Je parie que ton idiot de mari t'a fait une scène ou bien s'est envoyé en l'air avec une dévergondée. Tu es une sainte de l'avoir enduré ainsi pendant de si longues années !

— Ce n'est pas ce que tu crois.

— Eh bien, parle. Tu es au bord des larmes, ça m'inquiète, tu sais.

— Tu veux savoir ? Prépare-toi à rire, car ce qui m'arrive est ridicule. Je suis enceinte, à mon âge, tout comme sainte Anne... à quarante-six ans, est-ce assez drôle ? »

Rosalie examina Mathilde de la tête aux pieds.

« Maintenant que tu le dis...

— Je n'ai jamais grossi aussi vite et à tout bout de champ je dois interrompre mon travail pour me reposer. Les garçons ne me donnent pas de chance non plus ; ils ont toujours faim et ils ne lèvent pas une paille. C'est Doris qui m'aide le plus, en cachette à part de ça, sinon il se ferait apostropher par Didier. »

Depuis le dernier Noël, les deux femmes étaient devenues des amies. C'est au comptoir du magasin général que tout avait commencé, au moment où Mathilde était venue acheter du tissu parce qu'elle voulait confectionner à chacun de ses fils une chemise et un pantalon. Devant l'intérêt de Rosalie, Mathilde lui avait suggéré de coudre, elle aussi, une chemise qu'elle pourrait offrir à son beau-frère.

« Je ne serai jamais en mesure de coudre quoi que ce soit, j'ai les mains peu habiles.

— Ça s'apprend, mademoiselle, ça s'apprend. Nous utiliserons le même patron et nous travaillerons ensemble. J'ai en plus une machine à coudre, et si vous venez chez nous, je vous montrerai à vous en servir. »

Elles taillèrent les tissus sur le grand comptoir du magasin puis commencèrent le travail à la main. Et ainsi, de fil en aiguille, se succédèrent de vives discussions sur le rôle des femmes, sur la carrière de Rosalie, sur le mariage ou la fidélité.

Quand Rosalie se rendait chez Mathilde, c'était toujours en soirée, au moment où elle la savait seule avec Doris tandis que les plus vieux suivaient les traces de leur père et couraient les jupons. Une fois, alors qu'elle arriva plus tôt que prévu, elle la trouva adossée au mur, la tête entre les mains, les cheveux en broussaille, le tablier de travers, la blouse sortie de sa jupe, les yeux rougis par des larmes qui coulaient encore.

« Seigneur, qu'est-ce qui est arrivé ?

— Il est arrivé que j'ai tenu tête à Didier et il me l'a fait payer.

— Vas-tu me dire que Didier t'a battue ? »

Rosalie était rouge.

« Ça ne me dérange plus, c'est surtout ses paroles blessantes qui me font mal. Pour une simple pointe de tarte... tu vois comme c'est ridicule... il me l'a enlevée des mains. Il en était pourtant à sa troisième pointe, dit-elle en baissant la tête. Tu connais Didier, il n'est pas réellement méchant, c'est un impulsif.

— Pour sûr que je le connais et l'opinion que j'en ai est pas mal différente de la tienne. Didier est infâme, grossier, odieux, un personnage abject qui n'a de considération que pour lui-même. Il y a longtemps que tu aurais dû le laisser. De toute façon, il se conduit déjà comme un célibataire, il finira par t'apporter quelque chose de mauvais.

— C'est le seul homme de ma vie. Il se calmera. Parfois il est bien correct avec nous.

— Ça comprend qui " nous " ?

— Mon Doris ! Mais ce soir... comme il a tenté de s'interposer entre son père et moi, il a reçu toute une taloche.

— Et toi ? »

Plus choquée par le mauvais traitement fait à son fils que par son propre malheur, Mathilde confia librement : « Moi, à la grosseur que j'ai, il prend ses poings. Il me traite de "grosse cochonne", tu vois comme c'est du propre ! J'aimerais lui faire ravaler ses mots en le gavant jusqu'à ce qu'il en meure parce qu'il ne mange pas, cet homme-là, il dévore tout rond. En plus, il exige d'être servi aussitôt qu'il met le pied dans la maison et si c'est froid, c'est le chapitre des grossièretés.

— Tu ne vas tout de même pas supporter ça encore longtemps ! Donne-lui une leçon... viens avec moi, amène Doris.

— Pour aller où, Rosalie ? Ça donnera rien, Didier me le pardonnera jamais, ça compliquera encore les affaires. »

Les deux femmes s'étaient étreintes, impuissantes, et maudissaient chacune leur tour l'emprise de Didier quand soudain il apparut dans la porte, le visage encore raidi par la rage, prêt à relancer son venin.

« Il ne te sert à rien de prendre tes grands airs d'homme offensé, Didier Langevin, cria Rosalie, regarde-toi, on dirait un gros porc, mais tu ne me fais pas peur. Tes heures de gloire sont terminées, tu as fini de tyranniser ta femme qui t'a trop bien traité ; elle ne mérite pas tes insultes.

— Là, mademoiselle, vous dépassez les bornes. » Il commençait à respirer avec difficulté. « Je suis ici chez moi et ce n'est pas une chipie de ton espèce qui va venir me dire quoi faire chez nous. Dehors, et qu'on ne te revoie plus !

— Attention ! Ton poste d'échevin pourrait souffrir de ton manque de savoir-vivre. Je suis bien capable de porter sur la place publique ce que j'ai vu et entendu ici ce soir et je ne crois pas que les habitants de Bellesroches apprécieraient de savoir quel individu répugnant tu es !... Et ton commerce, Didier, ton commerce ? Méfie-toi, tu ne connais pas bien Rosalie DuMarais. »

Sa fierté et son orgueil attaqués, Didier avait donné un coup de pied dans la porte avant de reprendre son souffle et d'enchaîner sur un ton qu'il voulut plus doux : « Tu devrais savoir que je m'emporte facilement, mais je l'aime, ma Mathilde, même s'il nous arrive des petits accrochages de temps en temps. C'est vrai, chérie, que je t'aime, hein ! »

Mathilde sourit devant cette pauvre déclaration d'amour.

« Si tu l'aimes, tu vas la traiter comme il se doit et si jamais tu relèves la main sur elle, tu verras ta belle carrière s'arrêter là. Je te jure que je mettrai mes menaces à exécution.

— C'est correct, j'ai compris. »

Il gratifia Mathilde d'un long et langoureux baiser avant de ressortir en emportant un sac qu'il prépara à la hâte. Cette nuit-là, il ne vint pas coucher.

8

Mathilde traînait péniblement le poids de sa grossesse, toujours avec la crainte d'une autre complication. Déjà qu'au milieu du mois de septembre, à trois mois de la date prévue pour l'accouchement, elle avait failli rejeter le fruit de ses entrailles quand elle avait éprouvé une douleur atroce dans le bas du ventre et senti couler un liquide chaud ! Comment avait-elle pu ne pas s'affoler ? Le destin avait-il voulu la rendre complice de ce qu'il réservait à Doris ?

« Maman, vous ne devinerez jamais ce qui m'est arrivé aujourd'hui. Pour une fois que mon anniversaire passe pas inaperçu !

— Calme-toi, Doris.

— Devinez, devinez... il faut que vous deviniez.

— Écoute...

— C'est moi le responsable pour organiser la fête de la Sainte-Catherine. »

Mathilde s'inquiéta. À seize ans, encore trop chétif, Doris avait toujours ses traits de petit garçon sage qui ajoutaient de la confusion sur son âge véritable. N'eût été de son pantalon d'étoffe, ses longs cheveux bouclés auraient laissé supposer à n'importe qui un sexe opposé, sans compter que sa petite voix aiguë suscitait rires et moqueries.

« Es-tu le seul responsable ?

— Oui, maman. Je choisirai moi-même les participants et les saynètes. Pas question de Dollard Mercier, il passe son temps à me dire des niaiseries.

— Essaie plutôt de lui trouver une place, tu verras, ça pourrait arranger les choses. »

Converser ainsi avec son fils, voir la fierté dans son regard généralement éteint, lui avait fait oublier ses malaises. En scrutant ce visage efféminé, elle ne put s'empêcher d'imaginer les joies que lui procurerait la naissance d'une fille, plus complice, qui se tiendrait toujours près d'elle et qui lui raconterait tout, comme Doris.

L'horloge avait sonné quatre coups, l'heure de préparer un autre repas où ses hommes s'assoiraient bruyamment, inquisiteurs et impatients, et où elle servirait tous les plats, sans pouvoir s'asseoir avant que le dessert ne soit amené. Ils riraient de leurs blagues grossières, passeraient quelques remarques désobligeantes sur son ventre trop lourd, réclameraient le sel ou le poivre, la mélasse ou le pain, se basculeraient sur les pattes arrière de leur chaise, taperaient à gros poings sur la table, jusqu'à ce que les tasses sautillent, et exigeraient que le thé soit servi juste à point, pas trop faible ni trop fort, tiède pour un, bouillant pour l'autre.

Didier, qui prétendait que la grossesse de Mathilde le gênait, se servait de cet enfant comme couverture, une sorte de police d'assurance pour convaincre le monde qu'on se trompait sur sa moralité. Parce qu'il continuait de courir après la liberté, de lutter contre ces nouvelles chaînes qui l'attachaient à une femme et une maison dont il ne voulait plus. Déjà qu'il cachait sa honte d'avoir fait un fils pas comme les autres, un « bon » de la mère, une fillette manquée, qui pleurait, essuyait la vaisselle, balayait et même aidait sa mère à faire le repassage, ou qui passait de grands moments à feuilleter des revues ou à griffonner dans un petit calepin caché sous son matelas... et qui ne jouait même pas comme un garçon. Jamais il ne grimpait aux arbres ni ne salissait ses vêtements. Quand on le suivait à la marche, les yeux restaient rivés sur ce long bras qu'il tenait éloigné de son corps, le petit doigt levé, alors qu'il déambulait à pas serrés, une démarche qui faisait l'objet de risées.

Doris bouillait d'envie d'annoncer au reste de la famille que c'était lui le grand responsable de la fête, le metteur en scène, nul autre que lui, le plus jeune fils de Didier Langevin, ce bon à rien comme il disait. Il attendit au dessert pour déclarer avec dignité qu'on l'avait choisi, mais personne n'écouta, alors il cria en pleurnichant que c'était à lui qu'on avait confié la tâche. Il se tenait raide, les bras de chaque côté, et hurlait presque quand son père se précipita de l'autre bord de la table et le gifla avant de l'attraper par le bras et le conduire à sa chambre. Mathilde s'était effondrée à l'autre bout de la pièce.

« Vite, elle s'est évanouie, avait lancé un garçon.

— Viens voir, maudite mauviette, ce que tu fais endurer à ta mère avec tes grands airs. »

Occupé à déplacer sa femme, Didier n'avait pas entendu cogner à la porte ni vu Rosalie rentrer. Elle le fusilla du regard.

« Je n'y suis pour rien, elle s'est évanouie, comme ça, alors que je prenais mon thé. C'est pas bien grave, elle revient à elle.

— Apporte une serviette froide », lui ordonna-t-elle en ôtant son manteau.

Elle s'agenouilla près de la pauvre femme qui la dévisagea avant d'emprisonner les larmes qui glissaient malgré elle sous ses paupières.

« Didier me dit que tu es tombée tout bonnement. »

Rosalie fulminait.

« Je t'avais pourtant prévenu, Didier Langevin, et mes menaces porteront fruit, je te le jure.

— Cesse, Rosalie. Didier n'y est pour rien, c'est vrai que je ne suis pas bien ces temps-ci. Laisse-le tranquille. »

Il avait gloussé de satisfaction avant de mettre son paletot et de s'éclipser pour la soirée, laissant à Doris la tâche de relater les faits.

« L'expérience de monter un tel spectacle te fera du bien, c'est très valorisant pour un adolescent. Au couvent, où étudie Marie, à toutes les quinzaines on présente de petites pièces, comme ça, que les filles écrivent elles-mêmes.

— À propos, comment elle va, ta filleule ? demanda Mathilde avec intérêt. Elle n'est pas ennuyeuse pour rester ainsi en ville, sans parenté. »

Rosalie prit un certain temps à répondre.

« Une chance qu'elle est indépendante et qu'elle a du cran ; elle en fait probablement voir de toutes les couleurs aux bonnes sœurs. Elle n'est pas facile avec son caractère et bien maligne sera celle qui parviendra à lui faire faire ses quatre volontés. Sa dernière lettre disait qu'elle viendrait à la mi-octobre, toute seule, pour la Fête d'Automne. Réalises-tu ? Une jeune fille de seize ans, sans chaperon, dans un train, et les religieuses qui font l'autruche, sans doute rassasiées de ses mièvreries. Elles en auront eu assez de l'endurer et auront voulu prendre un congé !

— Vois-tu, Rosalie, moi, je rêve d'une fille comme Marie, qui sait où elle va. Si seulement je pouvais être certaine que dans ce gros ventre il y a une autre Marie, il me semble donc que les choses seraient plus faciles à supporter.

— Marie est une fille entêtée dont il faut parfois se méfier. Tu trouverais peut-être ça un peu difficile, car Marie ne fait rien comme les autres filles, surtout pas question de ménage ou de popote ! Mademoiselle Marie a des grands airs et peut vous envoyer promener n'importe qui ! »

La veille de la Fête d'Automne, quand Antoine était allé chercher sa fille à la gare, il l'avait trouvée encore plus belle, plus indépendante. Elle s'affichait de façon tout à fait acceptable avec sa démarche « fille de ville », capable de faire rougir n'importe quelle dame, et il ne regrettait pas de l'avoir envoyée étudier au loin. À peine avait-il remarqué un certain détachement lors du long souper où Marie avait passé l'heure à rechercher une quelconque mésentente, une désapprobation dans les rôles d'amant-maîtresse. Il l'avait questionnée sur sa vie au couvent, elle avait répondu vaguement et avait esquivé les sujets ambigus pour ne rien raconter qui soit susceptible d'intriguer la famille. Elle savait bien qu'il n'y avait plus grand intérêt à la garder en ville maintenant que le couple Antoine-Rosalie vivait sous le même toit, et revenir au village assister à leur petit jeu n'avait rien de bien fascinant. Elle détourna donc la conversation sur la fameuse Fête d'Automne où elle irait le lendemain, conduite par son père qui ne pourrait y assister, comme Joséphine, d'ailleurs, qui s'était engagée à passer la journée auprès du docteur Doiron qui n'allait pas bien du tout depuis qu'une grosse toux lui faisait traîner la patte. Même qu'il avait demandé à un jeune médecin de venir, mais ce dernier avait tellement tardé que le vieux docteur, devenu grognon, avait développé une antipathie qui rendait leurs relations très difficiles. Quand il avait consenti à se faire ausculter, toutes les recommandations que lui avait faites son assistant s'étaient avérées inutiles : il ne voulait plus se soigner, épuisé par de trop longues années de service et de solitude. La seule personne maintenant en qui il mettait sa confiance, c'était Joséphine. C'est elle d'ailleurs qu'il avait envoyé chercher par son assistant, quelques jours avant la Fête d'Automne.

« Le docteur Doiron dit qu'il faut que vous veniez.

— Donnez-moi au moins quelques explications, vous m'inquiétez. »

Le jeune homme avait hésité.

« Il s'est échappé au lit... Heu... ça fait tout un dégât. Ça va pas bien du tout, vous savez.

— Mon Dieu, pauvre homme. Je prends mon manteau et mon chapeau. »

Quand Joséphine était arrivée à la maison du vieux docteur, elle aurait pleuré tant elle craignait de ne pouvoir s'acquitter de la tâche. Elle se connaissait et savait bien qu'il lui serait très pénible de supporter la senteur, de ne pas vomir en même temps qu'elle allait tout ramasser, mais par-dessus tout, elle s'affolait à l'idée de ne pas savoir quoi dire. Dans la chambre, c'était la désolation, tout traînait et une odeur nauséabonde flottait dans l'immense pièce où elle pénétrait pour la première fois. Elle ne fut pas surprise outre mesure de découvrir ce coin de la maison dont personne au village ne parlait, ne se souvenant même pas en avoir eu vent. Seul l'attirait le pauvre vieux, recroquevillé sur lui-même, qui lui tendait une main, un maigre sourire aux lèvres.

« Ne vous inquiétez pas, ce n'est pas bien grave, dans un instant tout sera nettoyé. Il va falloir m'aider, je ne suis pas habituée à ce genre de... de choses.

— Merci, Joséphine. Ce n'est pas drôle de vieillir. »

Malgré quelques haut-le-cœur, elle parvint à tout nettoyer, à laver le lit et les vêtements du docteur et à faire de l'ordre dans la pièce, les yeux rivés sur le malade assis dans le gros fauteuil, en avant de la cheminée, les genoux recouverts d'une épaisse couverture.

« Et si nous prenions un thé, dit-il entre deux quintes de toux. Ça fait une éternité que je n'ai pas bavardé avec une jolie femme.

— Je vais faire bouillir l'eau et je reviens. »

Plus volubile, il raconta plusieurs choses, que tout le monde ignorait, sur sa jeunesse et ce grand amour qu'il avait dû sacrifier pour venir exercer dans le coin. Sa belle dame avait refusé de le suivre, mais longtemps il avait gardé l'espoir qu'elle changerait d'idée. C'est à cette fin d'ailleurs qu'il avait fait aménager les appartements qu'il avait tenus secrets. Il lui confia aussi ses craintes de ne plus pouvoir pratiquer bientôt, de devoir quitter le village pour nulle part, et lui avoua combien il avait trouvé difficile de vivre sa solitude et son abandon. Joséphine avait les larmes aux yeux rien qu'à imaginer le village sans le vieux docteur, avec qui l'histoire de trois générations disparaîtrait. Elle se voulut rassurante.

« Je viendrai vous voir tous les jours et nous prendrons le thé en bavardant. Vous avez un remplaçant, vous pouvez vous y fier.

— Même pas, Joséphine, il ne sait rien, il n'est pas compétent pour cinq sous. Avec lui, je ne suis pas sûr que vous soyez tous en sécurité et ça m'inquiète beaucoup. Sûrement nous a-t-on envoyé un dernier de classe, il fait tellement d'erreurs.

— Rassurez-vous, je vais vous aider à vous remettre sur pied et vos tourments cesseront prochainement. Allez, vous devriez lui faire confiance, il a l'air de savoir où il va, tout de même ! »

Après cette visite du début de la semaine, Joséphine était demeurée fidèle à sa promesse et avait passé beaucoup de temps auprès du vieux médecin qui tranquillement reprenait des forces malgré qu'il s'obstinât à travailler, mort d'épuisement à la fin de chaque journée.

Marie s'impatientait. Toutes les occasions de rire ou de s'amuser l'attiraient et elle n'avait plus qu'une hâte : se rendre au lac Caché avec ses deux jeunes frères. À dix heures, quand on annonça que les jeux allaient commencer, elle leur tenait compagnie ; ils riaient et sautaient partout, sans la quitter d'une semelle, tellement qu'elle dut attendre la partie de cache-cache pour respirer un peu et filer de son bord, sans se douter que ce répit allait servir les sombres desseins de Didier Langevin. Plus tard, quand Antoine avait appris les audaces du gros échevin, il s'était rendu immédiatement chez le garagiste, sans dire un mot, et lui avait asséné un coup de poing au visage. Puis, comme si de rien n'était, il était retourné à son magasin : l'honneur de sa fille était sauf.

Pendant ce temps, Doris s'occupait à fond des préparatifs de la Sainte-Catherine. Il avait décidé qu'il se jouerait cinq petites saynètes, mettant en vedette tous les élèves de l'école, et avait confié à Dollard Mercier le soin de l'animation.

Le jour venu, il ne tenait plus en place. Trop énervé, il passait et repassait régulièrement derrière le rideau où il cherchait, par un petit trou percé juste au centre de la grande masse de tissu jaune, à localiser l'endroit où son père, sa mère et ses frères avaient bien pu s'asseoir. Il les vit enfin. Mathilde, le plus raide possible sur sa chaise de bois trop étroite, tenait son sac à main serré contre son gros ventre à la veille d'éclater, encadrée par Rogatien et Romuald, mal à l'aise sur leur banc. Il savait que son autre frère, Harold, ne viendrait pas, il le lui avait dit clairement : « Si tu penses que tes jeux d'enfant m'intéressent ! J'irai sûrement pas à l'école faire rire de moi à cause de ma "p'tite sœur". » Il ne vit pas non plus son père et cela le surprit, car Didier avait donné sa parole qu'il serait présent, que pour rien au monde il ne manquerait une telle occasion de s'amuser. Même si Doris savait ce que signifiait cette insinuation, il se réjouissait de pouvoir enfin prouver à tous que lui, le fils cadet de Didier Langevin, avait du talent, qu'il faisait les choses en grand.

Le silence se fit dans la salle. Dollard commença son boniment et annonça le déroulement de la soirée. On allait ouvrir le rideau sur les tout-petits quand on entendit le brouhaha de Didier qui, dans l'unique but de ridiculiser son fils, avait revêtu son habit de noces, beaucoup trop petit d'ailleurs, qu'il avait paré d'un nœud papillon mal ajusté sur une chemise démodée d'où sortait le poil de sa grosse poitrine. Il avançait en titubant dans l'allée, soutenu difficilement par le conseiller Brideau avec qui il riait à gorge déployée, ses scrupules et son peu de savoir-vivre s'étant noyés dans tout l'alcool ingurgité depuis le début de l'après-midi.

Derrière la scène, Doris avait fondu en larmes devant mademoiselle Soucy.

« Tu ne vas pas rester là à pleurer comme une fille ? Fais un homme de toi, montre à ton père que tu as bien travaillé. La soirée commence ; n'oublie pas que c'est toi le responsable. Allez, ouvre-moi ce rideau ! »

Les plus petits avancèrent un à la suite de l'autre pour venir se placer aux endroits désignés par l'agencement de leurs costumes, les garçons avec leur chemise bleu poudre, les filles avec leur jolie jupe rouge, de telle sorte qu'ils devaient former deux boucles. Puis une fillette aux nattes blondes vint au milieu d'eux déclamer une comptine que Doris avait lui-même composée et intitulée *Les petits souliers*. Le public apprécia.

Les quatre premières présentations furent réussies, sans anicroche, sans erreur, et entre chaque numéro, Dollard Mercier vanta les talents du metteur en scène. Il ne restait plus qu'un groupe, celui des grands, qu'on entendait se déplacer bruyamment avant que le rideau ne s'écartât sur un décor impressionnant où une immense portée, toute remplie de notes, occupait la scène. Personne ne bougeait, ni dans la salle ni sur le plateau, lorsque Doris sortit de nulle part, habillé en chef d'orchestre, baguette à la main. Il salua le public, toussota trois fois et, au même instant, des visages apparurent derrière les notes qui se découvraient selon les sons. L'idée était géniale ! Les quelques fausses notes qu'on remarqua, si peu tout de même, furent oubliées sous les applaudissements qui réveillèrent Didier et annoncèrent l'heure de la tire de la Sainte-Catherine. On servit un goûter que seul Langevin refusa pour plutôt s'accrocher à son compagnon à qui il tint des propos peu coutumiers.

« Vois-tu, Brideau, c'est une fille que je voulais à la naissance de Doris. Imagines-tu combien elle serait belle aujourd'hui ? Une vraie fille, comme la Marie à Antoine, pas un semblant comme mon fils. » Il chercha des yeux Doris. « C'est pas mêlant, je ne peux plus supporter de voir ce minable faire des courbettes.

— Ouais ! Doris n'est pas une réussite, mais tes trois autres s'en tirent pas si mal.

— Je donnerais mon âme au diable pour être sûr que dans ma grosse Mathilde y a une belle fille. J'te garantis qu'il y en a pas un maudit qui pourrait s'en approcher. Si jamais je réussis à avoir enfin mon petit bonheur, y en a pas un traître qui va lui faire du mal, ça, j'te le jure ! Seulement, la malchance va-t-elle me lâcher un peu ?

— Cesse de t'apitoyer sur ton sort, tout le monde sait bien que tu aimes les femmes et si le bon Dieu est bon, c'est certain que ta Mathilde te donnera la fille que tu espères.

— S'il fallait que ce soit encore une mauviette comme celui-là, j'sais pas ce que je ferais, j'sais pas du tout ! »

Son ton devint si menaçant qu'il aurait été difficile d'ignorer la haine qu'il emmagasinait pour ce fils efféminé qui, par surcroît, trouvait le moyen de s'afficher sur la place publique en montant des spectacles ridicules. Il se leva subitement et sa chaise bascula. Tous se détournèrent. Le visage cramoisi, il bouillait de colère et vociférait sa déception en criant après Mathilde, qui disparut vers les toilettes jusqu'à ce qu'on vienne chercher son mari amoché et qu'on le reconduise vers la sortie. Par la suite, on vit le jeune Doris, la tête dans les épaules, se lever des marches d'escalier pour courir se réfugier derrière la scène où on savait bien que sa douleur sortirait comme un torrent qui chemine dans une terre aride et crée derrière lui de longues cicatrices.

Mathilde ne supportait plus la présence de Didier, encore moins de le sentir se frôler à son corps, et elle attendait de l'entendre ronfler profondément avant de se glisser, avec difficulté, sous les couvertures de ce lit dépouillé d'amour. Elle se couchait le plus près possible du bord, en position du fœtus, la seule qu'elle était encore capable d'endurer tant elle avait mal à son âme blessée, impuissante à punir ce père dénaturé juste bon à lui faire des garçons. Puis elle pensait à ce bébé, qui finirait bien par sortir de son abri. « Que ce soit une fille, Seigneur ! » priait-elle. Combien de fois Didier lui avait-il reproché de ne mettre au monde que des garçons ? Elle avait beau se défendre d'en être la cause, il finissait toujours par se moquer de ses connaissances et alors elle se taisait, repliée dans son isolement, ou retournait à ses livres dans lesquels elle plongeait, avide de consolation.

Elle ne fréquentait personne, pas même Rosalie qu'elle n'invitait plus à la maison depuis que Didier le lui avait interdit la dernière fois qu'il était rentré ivre, choqué par cette présence qui l'empêchait d'assouvir son instinct bestial.

« Si jamais Rosalie DuMarais remet les pieds ici, je

te flanquerai une de ces raclées que t'en accoucheras avant le temps. Et gare à toi si tu t'aventures à rapporter mes paroles à cette chipie ! Je te jure que je te tuerai si à cause d'elle je perds mon échevinage !

— Rosalie est la seule personne à qui je parle et j'ai besoin d'elle. Il faut que je puisse compter sur quelqu'un.

— Alors tiens-la loin de moi et garde ta langue sinon... »

Mathilde avait frissonné. Elle ne doutait pas un instant du sérieux de Didier, surtout qu'il vivait des moments difficiles depuis que sa notoriété en avait pris un coup avec les fêtes d'Automne et de la Sainte-Catherine. Toujours angoissée, ou par les humeurs de son mari ou par l'état de santé du vieux docteur Doiron, elle passait des nuits pénibles, peuplées de morts et d'êtres bizarres, et lorsqu'elle fit deux fois le même cauchemar, elle devint encore plus taciturne. Elle tournait et retournait les images macabres de ses longues nuits de sueurs afin de leur trouver une quelconque signification. Pourquoi voyait-elle le docteur approcher d'elle en brandissant un grand livre noir, qu'elle n'arrivait pas à reconnaître, pour le déposer sur son ventre enflammé ? Pourquoi lui était-il si pénible de soulever ses doigts pour s'en saisir et qu'au moment où elle lui touchait enfin, le vieil homme criait « Non ! » en portant les mains à sa poitrine avant de s'écrouler ? Pourquoi ces deux anges qui sortaient alors de son corps inerte pour disparaître en fumée à l'instant où elle se réveillait ?

Treize jours après la Sainte-Catherine, après toutes ces nuits d'insomnie et d'inquiétude, Mathilde avait eu bien du mal à se sortir du lit et à commencer le petit déjeuner, surtout qu'une douleur brûlante, omniprésente, semblait vouloir lui signifier que l'enfant tant attendu sortirait bientôt de son doux refuge. Elle avait réveillé aussitôt Didier.

« Es-tu sûre que ce sera pour aujourd'hui ? J'ai pas envie d'aller déranger le médecin pour rien.

— J'en suis pas à mon premier bébé, Didier, il y a des signes qui mentent pas. Fais vite, ça pourrait ne pas être long.

— C'est bon, je me lève.

— Dépêche-toi, supplia Mathilde, j'veux pas accoucher seule. »

Elle était assise sur la chaise, près de la porte, en sanglots devant Didier qui prit d'abord le temps de manger et de se faire la barbe avant de finalement s'habiller. Il lui avait souri, en soulevant les épaules, et l'avait aidée à se relever pour la conduire jusqu'au comptoir de cuisine où elle reprit son tablier pour préparer les déjeuners des gars, sous son regard approbateur. Elle n'en pouvait plus tant les contractions se faisaient douloureuses, invoquant tous les saints du ciel pour que Didier se décide enfin à partir.

« O.K., j'y vais, mais va dans la chambre, j'ai pas envie que les gars te voient comme ça. »

Il revint trois quarts d'heure plus tard accompagné de l'assistant du docteur Doiron.

« Où est le docteur Doiron ? Ce n'est pas du tout ce que nous avions convenu, dit-elle, livide.

— Je n'ai pas voulu le réveiller, il ne va pas très bien et ses nuits sont pénibles. Cette fichue toux le tuera ! Occupons-nous de vous, maintenant. Y a-t-il longtemps que les douleurs sont commencées ?

— Trop longtemps à mon goût et trop douloureuses aussi. On dirait que je suis déjà vidée de toute mon énergie !

— Il ne faut pas vous inquiéter, quand viendra le temps, vous trouverez bien le courage de faire le nécessaire. À mon avis, ce beau bébé a tout simplement décidé de se faire attendre.

— Je vous dis que c'est pas normal, comprenez-vous ? Il y a quelque chose qui ne va pas, le travail se fait plus au même rythme. »

Elle hurlait.

« Qu'y a-t-il, docteur ? Des complications ?

— Va chercher le docteur Doiron, insista Mathilde, affolée. J'ai peur... très peur !

— Mais il y a déjà un docteur ici, faudrait tout de même pas faire ta capricieuse ! Ah, les femmes ! grogna-t-il.

— Didier Langevin, va chercher le docteur Doiron, vas-y tout de suite, as-tu compris ? J'accoucherai pas avec ce jeune blanc-bec. Grouille-toi ! Je t'en conjure. Et ramène Rosalie en même temps, il faut qu'elle soit là, elle aussi. »

Il n'avait jamais vu sa femme dans un tel état, avec pareille détermination dans la voix. Même tiraillée par la souffrance, elle trouvait la force de crier ; elle pleurait et se tordait sur son lit, agrippée aux couvertures.

« Eh bien, faites de quoi, soulagez-la, vous n'êtes pas médecin pour rien. Vous devez bien savoir quoi faire, tout de même ! Va-t-il falloir que je vous amène de force jusqu'à elle !

— J'veux pas qu'il me touche, il connaît rien aux accouchements, il en a jamais fait. Va chercher le docteur Doiron, Seigneur Jésus, comment faut-il que je te le dise ?

— Calmez-vous, madame, je sais ce qu'il faut faire, laissez-moi vous examiner, puis nous verrons ce qu'il en est.

— Didier, par amour pour tes enfants, va chez le docteur. Si tu ne veux pas y aller, envoie Doris à la course chez Rosalie, mais fais quelque chose, bon Dieu ! »

Didier n'y comprenait rien et s'entêtait à vouloir que Wilbrod Toussaint fasse son devoir de médecin. Parce qu'il ne tenait pas à voir Rosalie DuMarais dans sa maison, pas plus que le vieux docteur devenu impotent. Désespérée, elle lui parla de ses inquiétudes dues à son âge avancé, des risques qu'elle encourait et fit même allusion au fait que sa grossesse, ayant été différente, voulait peut-être dire qu'il y avait là, bien nichée, une fille entêtée qui ne sortirait qu'une fois rassurée par la présence du bon vieux docteur. Elle réussit enfin à l'apitoyer.

« Soit, je vais le chercher. En attendant, laisse faire le docteur Toussaint, probablement que tout sera fini quand je serai de retour et que tu te seras inquiétée pour rien. Quant à vous, jeune homme, vous êtes mieux de savoir où vous allez, compris ? Si vous vous y connaissez, c'est le grand temps d'agir. »

Quand il fut parti, elle consentit à se laisser examiner parce qu'elle n'avait plus d'énergie et que son ventre crachait du feu. De plus en plus énervé, le jeune docteur au long visage ombrageux et inquiet auscultait, puis palpait et auscultait encore avec des gestes précipités, la sueur au front. Il grimaçait devant Mathilde qui tourna la tête, ressentant tout à coup dans ses entrailles que la vie venait de lâcher prise, que la douleur lui crevait l'âme, que le vide lui brouillait le cerveau, le corps en entier.

« Mon Dieu, ce n'est pas possible.

— Délivrez-moi maintenant, faites ce qu'il faut avant que j'meure à mon tour », murmura Mathilde d'une voix dont le son aussi se mourait.

Il fallut beaucoup d'adresse pour sortir le petit corps inanimé du ventre de sa mère alors qu'au même instant Didier arrivait, suivi de Rosalie et du vieux docteur à qui Wilbrod Toussaint confia ses craintes. Soudain ils entendirent gémir Mathilde.

« Je sens à nouveau une contraction. Aïe !... mon Dieu, aidez-moi. »

Elle perdit conscience. Le vieux médecin se précipita tandis que Rosalie fit rapidement sortir Didier dont les yeux de feu auraient tout ravagé.

« Il y a un deuxième enfant... vite ! »

Après de très longues heures, le vieux docteur apparut enfin dans la cuisine et se traîna jusqu'à la table où, brisé, exténué, il tenta de se tenir debout. Incapable de se laisser supporter davantage par ses jambes de vieillard usé, il s'assit et coucha sa tête sur le meuble devant le regard impassible de Didier qui ne pouvait plus parler. Quand il apprit que deux filles, des jumelles, gisaient dans sa chambre, une torpeur l'envahit, suivie de rires et de pleurs qui dessinaient sur son visage pâle, à même l'encre de la mort, des traits hideux.

« Je le tuerai, de mes mains, je le tuerai. Il a laissé mourir mes filles, il mourra aussi. »

Il s'était rué vers la porte de la chambre qu'il défonça d'un coup d'épaule. Le jeune médecin avait reculé jusqu'au mur quand le poing enragé qui se brandissait lui avait asséné un coup à la tête si puissant, qu'il s'était effondré. Alors Didier l'avait roué de coups avec ses pieds avant de le redresser et de recommencer, interrompu à temps par Rosalie, qui s'interposa.

« Arrête, ressaisis-toi, bon Dieu, Mathilde a besoin de toi. Il n'y a pratiquement plus de vie en elle, à peine si elle respire. Son chagrin est énorme, elle veut mourir, comprends-tu ?

— Ça serait mieux ainsi ! »

Elle le gifla à plusieurs reprises, de toutes ses forces, mais il ne sembla même pas s'en apercevoir, figé devant les deux petits êtres inanimés, qui reposaient sur un tapis, au pied du lit.

Doris crut d'abord que le vieux docteur Doiron s'était endormi et s'approcha pour le réveiller. Lorsqu'il entendit son père hurler et frapper dans le mur, affolé, il s'arrêta net, jusqu'à ce que le vacarme s'interrompît. Alors seulement il toucha au vieillard : le vieux docteur ne respirait pas, son cœur ne battait plus. Dans l'embrasure de la porte il y avait Didier, défait par le malheur, qui pleurait, là, devant son fils, sans scrupules, ravagé. Il ne trouva que le courage de dire : « Ta mère est sauvée. »

Les jumelles mort-nées laissèrent extrêmement d'amertume dans la vie de Mathilde qui semblait avoir vieilli de quinze ans. Elle avait perdu toute sa vitalité et se maintenait en permanence dans une espèce de torpeur que rien ne parvenait à réveiller. Et les mois passèrent ainsi, sans changement, malgré les efforts répétés de Rosalie pour sauver son amie alors que Didier délaissait la maison, lui-même déjà peu présentable, de plus en plus isolé et anéanti par la peine qui l'avait jeté à corps perdu dans le travail, d'où il rentrait très tard le soir, souvent éméché par l'alcool ou épuisé par une trop longue journée. Il ne parlait pas beaucoup et cherchait le moins possible à déranger sa femme qu'il retrouvait toujours au même endroit, assise près de la fenêtre, en train de se bercer, ses yeux vides fixés sur la porte de la chambre. Il supportait la scène avec difficulté et peu à peu la pitié prenait le dessus sur cet être qu'il n'arrivait plus à aimer, cette femme que la vie et l'espoir avaient quittée, qu'il ne reconnaissait pas et qui jonglait à longueur de jour. En désespoir de cause, il se retourna vers Rosalie.

« Elle est partie à la ville avec Antoine, depuis hier, et ils ne reviendront que dans trois jours, avait répondu Joséphine.

— Ouais... j'aurais voulu lui parler... au sujet de Mathilde.

— Je suis désolée... Enfin, puis-je t'aider ? »

Elle s'était proposée à contrecœur. Si Didier insistait, il lui faudrait l'inviter à entrer.

« Non, euh... peut-être... mais pas sur le pas de la porte. »

Elle le fit passer au salon et l'observa. Il avait un air chétif et misérable, tant il avait maigri, et il flottait dans son parka dont sa tête boursouflée de chagrin émergeait comme une marmotte sortant de sa cachette aux derniers jours d'hiver.

« Prends le temps d'enlever ton manteau, je t'offre une tasse de thé.

— C'est bien gentil. Je sais que tu me portes pas spécialement dans ton cœur et que je mérite les égards de personne, mais j'ai changé, tout ce qui est arrivé dans ma maison m'a fait réfléchir. Je pense que je me suis conduit comme un vaurien, un égoïste, que j'ai pas su rendre ma femme heureuse. »

Venant de Didier, c'était tout un choc ! Autant d'humilité méritait bien qu'elle lui accordât encore un peu de temps et qu'elle ramenât la conversation sur le but de sa visite.

« Mathilde jongle toute la journée, en robe de chambre, toujours assise dans la même maudite chaise, et elle refuse de parler.

— Elle n'arrive pas à oublier la mort de ses filles, faut la comprendre.

— Oui, mais tout de même, ça fait trois mois ! Il me semble qu'elle devrait reprendre goût à la vie. Elle est amaigrie et tellement silencieuse... Ça me fait peur. Les seules fois où je peux voir un peu d'éclat dans son regard, c'est lorsque Rosalie passe la voir, alors tu comprends que pour ne pas les indisposer, je me dépêche de m'éclipser et les garçons en font autant. Seulement, ta sœur vient pas assez souvent lui rendre visite. J'étais venu lui demander si...

— Rosalie a beaucoup de travail au magasin, ça lui est pas toujours facile de laisser.

— Elle vient pas à la maison parce que je l'ai déjà

mise à la porte et que nous nous sommes querellés. C'est pour cette raison qu'aujourd'hui je voulais m'excuser... et lui faire part de mes inquiétudes. Je sais plus quoi faire, Joséphine. »

Didier était sincère, elle le savait. Aussi, se montrat-elle très attentive, allant même jusqu'à supporter son regard avide quand il se leva pour sortir. Il avait changé, cet homme autrefois si arrogant et prétentieux qui maintenant parlait modestement sans se préoccuper de laisser paraître sa faiblesse. Elle avait fait preuve de toute l'humanité qu'elle pouvait en l'assurant que son message serait transmis à Rosalie, mais elle demeurait convaincue cependant qu'elle aurait pu faire davantage pour soulager le pauvre homme qui s'en retourna à la maison, ce soir-là, sans passer à la taverne de l'hôtel Carter. Quelque peu encouragé, il était allé rejoindre Mathilde qu'il trouva dans le même état. Alors il prit une couverture qu'il posa sur ses genoux, s'avança une chaise et tenta de lui parler sans se préoccuper qu'elle ne réagît pas, évitant seulement de regarder ses grands yeux exorbités qu'elle gardait toujours rivés au même endroit.

« J'arrive de chez Rosalie. Je voulais la ramener pour qu'elle s'occupe de toi, pour que tu lui parles. » Il chercha à prendre ses mains dans les siennes. « Elle ne reviendra de la ville que jeudi, mais à son retour, elle viendra, tous les jours, tous les soirs, je te le jure. Es-tu contente de ton Didier ? J'ai fait ça pour toi. Dis quelque chose, parle, maudit, j'en peux plus, Mathilde. »

Elle l'avait regardé un instant, comme si elle allait lui répondre, mais les mots n'étaient pas sortis de ce corps qui refusait de traduire les horreurs qui meublaient encore sa pensée. Impuissant, il prit son parka et repartit pour l'hôtel Carter.

Joséphine informa sa sœur et tenta de la rassurer sur les intentions de Didier, mais Rosalie resta froide, très méfiante envers la compassion de Langevin et son acte d'humilité. Tout de même, elle consentit à se rendre plus souvent auprès de Mathilde où elle passa de longues heures à faire la lecture ou à raconter les potins du village. À chaque fois où elle prononçait le nom de Marie, les pupilles de Mathilde se dilataient comme si elles sollicitaient désespérément de chaudes paroles à son propos.

« Ça t'intéresserait que je te parle davantage de Marie ? Eh bien, ma chère Mathilde, si tu ne me le demandes pas, je tais tout ce que je sais d'elle et tu n'en entendras plus parler. »

Elle dut se faire violence pour ne pas essuyer les larmes qui coulaient sur les joues de Mathilde.

« Non, gémit-elle.

— Non, quoi ?

— Non... ne... ne fais pas ça, s'il te plaît. »

C'était les premières paroles qu'elle prononçait depuis le jour fatidique, là, devant Rosalie, qui hochait la tête de satisfaction alors que, de ses bras usés par la patience, elle entourait sa grande amie qu'elle embrassa sur le front.

« J'attendais cet instant. Oui, je te parlerai de Marie, aussi souvent que tu le voudras. »

9

Ça faisait près de dix mois que Morris pratiquait à Bellesroches, et le territoire à couvrir, qui s'étendait au-delà des limites de la municipalité, l'obligeait à se déplacer avec l'automobile qu'Antoine avait mise à sa disposition à la demande de Marie.

« Une chance que tu travailles pour moi, Marie. Rares sont les médecins de campagne qui peuvent compter sur l'assistance d'une jeune fille aussi débrouillarde, instruite et avenante.

— Je préfère encore me sentir utile ici, près des gens, que de devoir répondre aux clients dans le magasin de mon père. Ma tante Rosalie et maman suffisent à la tâche.

— C'est la première fois que j'ai quelqu'un pour m'aider. Sans ta collaboration, je ne pense pas que je serais resté à Bellesroches. »

Exceptionnels étaient les moments où Morris se laissait aller à la confidence, mais ce matin-là, il s'était épanché longuement sur les bienfaits d'une présence à ses côtés, ce qui avait gêné Marie qui tenta de détourner la conversation.

« C'est aujourd'hui que Charlotte Brodeur vous rend visite. Tout le monde à Bellesroches le sait ! Elle croit sérieusement que son Clément pourra...

— J'ai bon espoir que cette femme soit comblée, surtout que son mari se montre très collaborateur. Il n'y a pas de raison évidente de douter de l'avenir. »

Marie remarqua qu'il serrait outre mesure sa serviette de table et pressentit que quelque chose le tracassait. Alors elle s'excusa et passa dans le cabinet où elle prépara la salle d'examen tout en jetant un coup d'œil dans la voûte restée ouverte. Le lit était défait, des tas de livres s'étalaient sur le plancher et sur une chaise s'amoncelaient des vêtements ; des tasses et des verres traînaient un peu partout.

« Il y aurait lieu de faire un peu de ménage, n'est-ce pas ? »

Elle sursauta.

« Pourquoi ne demandez-vous pas à Fabienne de venir ranger ? Un bon nettoyage, en plus, ça ne ferait pas de tort.

— Marie, personne d'autre que toi n'entre ici, tu le sais pourtant. Je manque de temps, c'est tout. »

Son ton avait changé.

« Eh bien ! nous pourrions le faire ensemble, osa Marie timidement.

— Non, j'ai surtout besoin d'aller marcher, la journée sera difficile et je dois réfléchir à bien des choses. Je te laisse ranger à ta guise, tu n'auras qu'à refermer derrière toi. À quelle heure doit se présenter madame Brodeur ?

— À dix heures, mais avant vous devez recevoir une des sœurs Soucy.

— Soit, je serai de retour dans une heure, ainsi tu auras du temps pour le ménage. »

Il n'ajouta rien d'autre et la laissa en plan. Ce genre de considération la blessait tellement qu'elle tira le rideau et referma la porte de la garde-robe derrière elle.

Il était de retour à neuf heures, comme prévu, et il sifflotait. Quand il passa devant elle, elle se contenta de l'informer froidement de son emploi du temps.

« Je n'ai pas fait votre ménage.

— Ah !... et pourquoi ? »

Il affichait son sourire narquois. Elle ne répondit pas.

« Ça va, je le ferai moi-même. »

Elle nota de la nervosité dans sa voix, mais il lui fut impossible de s'en expliquer la raison jusqu'à ce qu'en réfléchissant bien, elle se rappelât que la dernière fois où Charlotte Brodeur était venue, il en avait été de même. Elle allait lui en parler, mais Charlotte fit irruption, en avance comme d'habitude.

Encore une fois, elle apportait des fleurs et une petite boîte.

« Vous pouvez vous débarrasser de votre manteau, en attendant.

— Je supporte mal l'humidité, je le garde. »

Mais elle se déboutonna suffisamment pour laisser entrevoir la belle écharpe de soie qu'elle portait autour du cou. Elle avait soigné son maquillage et monté ses cheveux en chignon : ça lui allait bien. Puis elle parla de la dernière mode, de ses achats fantaisistes du mois, de ses souliers neufs assortis à son sac à main, de son dernier arrivage de fleurs, de tout et de rien. Marie dut en convenir, Charlotte était intéressante avec ses grands airs.

« On dirait que tu n'es pas dans ton assiette, Marie. Commencerais-tu à être fatiguée... ou bien je t'ennuie, peut-être ?

— Je suis fatiguée, excusez-moi. Si j'ai l'air épuisé, laissez-moi vous dire que vous, au contraire, vous semblez en grande forme. Votre mari doit trouver que vous rajeunissez, vraiment, vous avez changé.

— C'est vrai que ma vie est différente. Qui sait ? Je suis peut-être enceinte... on fait tout pour ça ! »

Sur ces entrefaites, Rose Soucy était arrivée, au grand soulagement de Marie qui pourrait rattraper l'horaire et faire attendre encore un certain temps la jolie Charlotte qui se morfondait. Morris entra à son tour, sans saluer la fleuriste qui partit derrière lui, le sourire fendu jusqu'aux oreilles, les yeux battants. Marie dut intervenir et lui rappeler qu'elle était la deuxième sur la liste.

« Il faudrait pas que ce soit trop long, tout de même, rétorqua-t-elle en toisant la timide vieille fille tordue sur sa chaise.

— Vous me voyez navré de ce petit contretemps, ma chère Charlotte, tout à fait désolé », dit Morris.

Il tenait encore son langage doucereux et Marie avait toujours l'étrange sentiment que l'essentiel lui échappait, que les recommandations qu'il lui avait faites à l'effet qu'il ne prendrait aucun autre engagement de l'avant-midi, qu'il ne voulait pas être dérangé, que son entretien avec madame Brodeur risquait de se prolonger, n'avaient rien d'orthodoxe.

Charlotte recommença à babiller, sur les fleurs, le printemps, son Clément... toujours avec le même ton pincé, exaspérant, que Marie ne pouvait plus supporter, quand enfin la demoiselle Soucy réapparut. Aussitôt, elle se précipita dans le cabinet. Elle misait beaucoup sur ce rendez-vous préparé avec une extrême finesse, parfumée uniquement pour l'occasion, et pour lequel elle avait commandé des sous-vêtements aguichants.

« Nous en sommes à un moment décisif pour l'avenir. Votre rendez-vous a bien été pris en fonction de la date de vos dernières menstruations ?

— Oui, ça fait dix jours aujourd'hui.

— Votre mari a-t-il suivi sa médication ? Il faut réellement mettre toutes les chances de votre côté, vous savez. » Il eut une légère hésitation. « J'espère, comme je vous l'ai demandé, que vous avez réservé la soirée juste pour vous deux ?

— Ne vous inquiétez donc pas, je suis trop heureuse à l'idée d'avoir un enfant pour prendre le moindre risque et tout faire échouer. J'ai suivi vos instructions à la lettre, je continuerai à vous écouter jusqu'au bout. »

Il l'invita à s'allonger sur le petit lit au fond de la pièce, troublé par ce regard qui ne cessait de lui tourner de beaux yeux langoureux pendant qu'elle se déplaçait, en se dandinant, avec des mouvements provocateurs. Elle s'assit sur le rebord du lit, replia une jambe et dégagea le haut du genou tandis qu'appuyée sur un bras, elle rejeta la tête vers l'arrière et se mordit les lèvres lentement. Son regard insistant envoûtait Morris qu'elle dévisageait de la tête aux pieds pendant qu'elle défaisait sa coiffure, comme elle l'avait vu dans les revues, et qu'elle complétait son spectacle érotique en sortant le bout de la langue qu'elle glissait de gauche à droite sur ses lèvres. Elle secoua la tête : ses cheveux tombèrent sur ses épaules. De toute évidence, elle était décidée à séduire son médecin qui assistait, impassible, à un véritable ballet nuptial. Elle s'accorda de brèves caresses avant d'enlever ses bas qu'elle fit rouler sous les paumes de ses mains toujours en se mordillant les lèvres. Emportée par son propre jeu, excitée, elle déboutonna sa blouse puis se leva et détacha sa jupe qui fila sur le plancher. Elle se cambra d'abord sur le lit avant de se redresser, ôter sa blouse et dégrafer son soutien-gorge dont les bretelles glissèrent tout doucement avant de libérer des seins gorgés d'impatience qu'elle présenta en bombant le torse. Un long silence suivit la scène.

« S'il me fallait assister à une telle séance de désha-billage à chaque fois que je fais un examen à une patiente, ce serait l'enfer. Je présume que vous venez de me donner un aperçu du cérémonial amoureux que vous offrirez ce soir à votre époux. »

Elle acquiesça d'un signe de la tête, incapable d'ajou-ter un mot ni de retenir avec orgueil ses larmes brûlan-tes d'attentes inassouvies. Le désir que Morris la prenne simplement et lui fasse de ces petits bonheurs qu'elle n'arrivait plus à connaître dans les bras de son mari lui embrasait le cœur, sans aucun remords.

« Si vous le permettez, je vais vous examiner. Étendez-vous et couvrez-vous avec ce drap, je vous prie. »

Il maîtrisait difficilement sa voix sautillante quand il s'éloigna, le temps de contrôler cette énergie du désir qui se manifestait trop ardemment. Après avoir fait semblant de consulter le dossier, il amena une chaise à côté du lit et lui mit une main sur son front moite. Doucement et à plusieurs reprises, il lui avait effleuré le visage et le cou alors qu'il gardait un silence que seul le souffle saccadé de Charlotte, trop frissonnante, parvenait à briser.

« Fermez les yeux, je vous en prie, essayez de suivre la chaleur de ma main. »

Il promena sa main à quelques centimètres au-dessus du visage haletant et dut prolonger l'exercice plus longtemps que prévu, jusqu'à ce qu'elle vît qu'il ne se passait rien d'autre et qu'elle se laissât enfin aller à la relaxation, plus réceptive au langage qu'il lui tenait, le même que lors de son premier examen, fait de mots caressants, plein d'odeurs et de couleurs. La voix devenait presque imperceptible et se perdait dans un nuage, une chaleur envahissante et confortable dans laquelle elle était bien, et rien au monde n'aurait pu l'empêcher de s'endormir profondément.

Lorsque Morris l'avait ramenée à la réalité, Charlotte s'était excusée de s'être ainsi laissée emporter dans un sommeil qu'elle ne comprenait pas. En guise de réponse, il lui avait simplement demandé d'écarter les jambes et l'avait examinée, les mains enduites de gelée spéciale, pour ensuite lui ordonner de rester allongée tant qu'il ne lui dirait pas de se lever.

Plus d'une heure et demie s'était écoulée. Morris voulut s'enquérir de l'horaire de l'après-midi, mais Marie était déjà partie dîner en lui laissant une note qu'il lut nonchalamment avant de retourner auprès de Charlotte.

« Tout est bien beau, madame Brodeur, maintenant c'est à vous et à votre mari de jouer. Si vous faites bien ce qui est convenu, le mois prochain pourrait vous réserver une surprise. »

Charlotte se rhabilla, très déçue, elle qui avait mis tant de soin et d'ardeur à séduire le jeune médecin. Elle serait plus déterminée la prochaine fois ! Pas question de se priver d'un espoir d'aventure avec le beau docteur Vanderstat ; Clément pouvait bien attendre encore deux semaines, elle n'avait qu'à dire que le moment n'était pas propice, c'est tout. Quand elle boutonna sa blouse, son sourire provocateur en disait long.

« Surtout, n'oubliez pas que ce soir vous devez avoir des relations sexuelles avec votre mari », insista Morris.

Il avait un nœud à l'estomac. Un peu de nourriture pourrait peut-être faire disparaître le goût amer qui lui remontait à la gorge.

Il s'assit à la table et mastiqua longuement le sandwich qu'il trempait dans un bol de soupe chaude, sans appétit. Causait-il encore sa propre misère ? Et il repensa à toutes ces calamités qui accablent l'humanité, à ces visages qui l'avaient marqué dans son enfance, surtout celui de la veuve de Frank le charretier, qui avait trouvé son mari pendu dans le grenier et qui était venue sonner à leur porte pour demander de l'aide que son père avait refusée, comme toujours. Devant si peu de mansuétude, Morris s'était promis, lui, d'aider son prochain, malgré toutes les conséquences qu'il pût y avoir, et de faire de l'altruisme sa meilleure protection.

Il jonglait encore quand Marie rentra de dîner. Elle se servit une tasse de thé et s'assit en face de lui.

« Vous n'avez pas l'air bien, Morris, vous êtes

blême. Voulez-vous que j'annule les rendez-vous de cet après-midi ?

— Non, ça ira. Y a-t-il beaucoup de cas ? »

Sa voix résonnait, fausse. Il fixait au loin un abri imaginaire.

« Victorien Brideau et sa femme, puis deux visites à domicile.

— Bon, ça va, je vais m'étendre un peu. Serais-tu assez gentille de changer le lit de la salle d'examen ? Je laisse la voûte ouverte, tu n'auras qu'à me prévenir lorsque les Brideau arriveront. »

Il s'était laissé tomber sur le lit, le visage entre les mains, l'esprit absent. Quand Marie était venue le prévenir qu'on l'attendait, sans presse, il s'était lavé le visage à grande eau avant de changer de vêtements, en soupirant : « Que Dieu nous vienne en aide ! »

« On dit grand bien de vous dans le comté, commença d'abord Victorien Brideau. Ça prend du temps avant qu'on réagisse, c'est vrai, mais quand la confiance est gagnée, y en a pas un maudit pour nous faire changer d'idée.

— Vous me voyez flatté, monsieur, je m'en souviendrai. »

Morris sourit à Jeanne Brideau avant de la questionner sur la raison de leur visite.

« C'est au sujet de ma belle-mère. Victorien dit qu'elle retombe en enfance. Moi, je pense pas que ce soit si grave que ça, mais c'est dérangeant des fois, elle fait pipi partout, elle n'est pas capable de se retenir. Il y a peut-être quelque chose à faire, vous pensez pas ? »

Victorien s'esclaffa. Jamais il n'aurait cru sa femme capable de raconter aussi directement cette histoire. Il se tapait les genoux, aux prises avec un fou rire qu'il retint juste le temps de lancer en boutade que ce n'était pas d'hier que les vieilles faisaient pipi partout.

« Vous riez de votre mère, monsieur Brideau. Les vieilles personnes ne méritent pas ces risées.

— Excusez-moi... vous n'êtes pas facile à faire rire ! Je disais ça comme ça, juste pour parler. Qu'est-ce qu'on doit faire avec, maintenant ? Voulez-vous qu'on vous l'amène ? Jeanne pourrait revenir avec ou bien vous pourriez passer à la maison.

— Je préfère quand les gens se présentent ici, je garde les visites à domicile pour les cas plus urgents. Amenez-moi votre belle-mère, madame, et nous verrons ce que nous pouvons faire. Maintenant, y a-t-il autre chose, monsieur Brideau ?

— Non, ce sera tout, de toute manière je... Viens, Jeanne, nous avons assez dérangé le docteur. »

Jeanne Brideau traînait le pas. Elle s'adressa au médecin pendant que Victorien réglait les honoraires.

« J'me demande si je ne devrais pas moi aussi passer un examen, comme Charlotte Brodeur. Elle dit que c'est nécessaire à notre âge. Qu'en pensez-vous ?

— Prenez un rendez-vous avec mademoiselle Richer, il me fera plaisir de vous recevoir. »

Il s'adressa ensuite à Marie : « Ça ne sera rien pour monsieur Brideau, remets-lui son argent, s'il te plaît. »

Il se retira dans l'autre pièce sans porter attention aux remerciements du plombier et de sa femme. Et quand ils eurent quitté, il prit son manteau et sortit par la porte de derrière en emportant sa trousse. Lentement, il marcha vers le magasin général où il savait qu'il pourrait utiliser l'automobile d'Antoine.

Quand il quittait ainsi le bureau, sans la saluer, Marie se sentait vraiment frustrée et au lieu de se montrer compréhensive, dans ce temps-là elle se rebellait. Entre la frustration et la satisfaction du travail accompli, elle choisissait sa satisfaction à elle et interrompait son travail pour s'offrir une longue marche.

Elle revenait de sa promenade lorsque Morris, au volant de la vieille Ford familiale, s'était arrêté à sa hauteur et lui avait offert de monter.

« Tout compte fait, je préfère continuer ma marche ; le soleil est encore bon et...

— Ne serais-tu pas supposée être encore au travail à cette heure ? Je suis en droit de te demander des explications, tu sais, mais si tu veux rester dehors, nous pouvons rouler jusqu'au lac et nous asseoir quelque part.

— Dans ces conditions, c'est différent. »

Cette proposition la flattait. Elle aimait se retrouver en compagnie de Morris en dehors du milieu de travail ; dans ces moments-là, il se montrait plus attentif et parlait beaucoup de lui, sans compter qu'elle adorait l'entendre raconter les visites à ses patients, surtout celles où il devenait vétérinaire. Ces instants se coloraient d'humour, d'éclats de rire et de mimiques où il ne ménageait rien pour amplifier ses narrations.

« Il m'est plus agréable de vous voir rire ainsi que de vous sentir comme ce midi. C'était plutôt inquiétant, confia Marie alors qu'elle jetait des cailloux à l'eau.

— Donne-moi ta main, Marie. Tu es la seule personne à s'inquiéter pour moi, mais tes craintes ne sont pas fondées. Mes changements d'humeur sont dus en premier lieu au fait qu'être médecin signifie souvent affronter le destin. Il faut vivre en silence des moments très pénibles qu'il est impossible de partager. Et il y a aussi le vide !

— Le vide ? Faites-vous allusion au fait que vous êtes éloigné de vos proches, vous avez la nostalgie de votre pays ? »

Il lui lâcha la main et se distança.

« Mon pays me manque, c'est vrai, mais le pire, je crois, c'est l'absence de compagnie. Si j'ai choisi volontairement la solitude en venant ici, aujourd'hui elle pèse lourd sur mes épaules. Il me faut affronter la réalité : je ne suis plus fait pour vivre sans la présence de quelqu'un qui partagerait ma vie, m'accepterait et m'aimerait envers et contre tous. »

Marie comprit qu'il y avait dans les propos de Morris des choses qui la concernaient, mais elle n'était pas prête. Ce caractère changeant qu'elle lui connaissait la troublait trop. Elle s'imaginait mal en train d'affronter continuellement ses inégalités d'humeur, de se questionner sur la cause de ses angoisses.

« Ouais !... Bien... il est un peu tard, voulez-vous me ramener à la maison ? »

C'est ainsi qu'elle clôtura la conversation, sans rien ajouter qui aurait pu déclencher des révélations encore plus engageantes envers elle.

Quand la voiture passa devant la boutique de la fleuriste, le rideau se tira devant Charlotte qui surveillait depuis plus d'une heure le retour de Morris, décidée à se précipiter chez lui dès son arrivée, pour qu'il sache qu'elle attendait de façon maladive ses caresses, qu'il faudrait tout recommencer, qu'elle renonçait à avoir un enfant de Clément. Une visite où la pudeur de toucher et d'aimer n'aurait pas dérangé la morale, elle qui vivait son fantasme à toute heure du jour, les yeux brillants de désir, elle qui était prête à n'importe quoi pour assouvir son mal d'amour ! Le scénario était simple : « Je ne veux plus d'enfant », s'imaginait-elle en train de lui dire, allongée à demi nue sur le lit étroit, « vous et moi, nous pourrions peut-être nous aimer un instant. »

Mais voilà que Marie revenait avec lui, assise dans la même voiture, du lac Caché, une route où personne n'habitait, un cul-de-sac. La colère jaillit d'elle comme la lave d'un volcan. Elle ne parvenait pas à identifier ce sentiment qui lui donnait envie de griffer, de mordre ; tout au plus savait-elle qu'elle souffrait, qu'il y avait dans ses entrailles un nouveau mal et que seul Morris Vanderstat pouvait la guérir.

Un mois plus tard, elle se présenta à nouveau chez le médecin, en avance, tout à fait resplendissante avec son allure femme de ville, habillée à la mode, encore maquillée. Cette fois, elle n'apporta pas de fleurs, uniquement la petite boîte enrubannée. Quand elle s'adressa à Marie, elle le fit brièvement, avec froideur, et préféra s'adonner à la lecture d'une revue agricole plutôt que de soutenir la conversation. Marie ne s'en plaignit pas. Elle n'aurait pas à converser avec cette femme aux yeux languissants, dont les grands airs commençaient drôlement à l'agacer. Même la petite boîte l'agaçait. Charlotte Brodeur était bien la seule patiente, maintenant, à apporter encore des cadeaux au médecin, sans doute des bonbons au caramel, ces affreux bonbons collants que personne ne mangeait.

L'heure venue, Marie frappa à la porte du cabinet pendant que Morris, assis derrière son bureau, écrivait dans un petit livre noir qu'il se dépêcha de glisser dans un tiroir.

« Madame Brodeur est là. Est-ce que je la fais entrer ? annonça-t-elle, mine de rien.

— Ah oui ! Dis-lui de venir. »

Il soupira. C'était la première fois que Marie sentait que la consultation de Charlotte Brodeur le contrariait. Ce manque d'entrain prouvait peut-être qu'il n'y avait rien entre eux, contrairement aux insinuations de Didier Langevin qui avait colporté jusqu'à la salle du Conseil municipal que les choses auguraient bien mal pour le cher Clément, en mal d'enfant, trop aveugle pour se rendre compte qu'il pouvait être cocu ! La remarque avait failli dégénérer en bagarre. « Des adolescents, avait dit le maire, et ça se dit échevins. Un peu de tenue tout de même, messieurs, vous n'allez pas ridiculiser le Conseil avec vos comportements idiots ! »

Morris était venu à la rencontre de sa patiente sans enthousiasme alors qu'elle, elle se dandinait, la bouche en cœur, les yeux palpitants.

« Docteur, je ne crois pas être enceinte.

— Il faut d'abord vous examiner, nous verrons par la suite.

— Examinez, examinez, vous m'en donnerez des nouvelles.

— Avez-vous eu vos menstruations comme d'habitude ?

— Je retarde quelque peu, mais ça m'est déjà arrivé. »

Morris la pria de s'allonger et l'examina sans préambule, plus froidement qu'à l'ordinaire, moins intentionné aussi. Elle le lui fit remarquer d'ailleurs. Comme si de rien n'était, il afficha tout à coup un grand sourire béat.

« Je pense bien, ma chère dame, que vous êtes enceinte. »

Ces paroles eurent un effet de choc.

« Il me semble que ce n'est pas possible... après tant d'années !

— Je vous l'avais prédit. Maintenant, ma petite dame, il va falloir prendre soin de ce beau petit bébé.

— Êtes-vous certain que je suis enceinte ? Réellement, ça me surprend... c'est pratiquement impossible ! »

Morris essaya de la convaincre qu'après tant d'années d'abnégation il était normal d'avoir une certaine réserve, mais elle douta encore.

« On dirait que vous n'acceptez pas le fait d'être enceinte.

— Mon cher docteur, tant de choses se précipitent que mes émotions en sont coupées, ne portez pas attention à mes caprices et expliquez-moi plutôt comment ça va se passer, je vous avoue que tout ça m'inquiète. »

Elle se voyait tout à coup ensevelie vivante sous son rêve, abandonnée par le destin qu'elle trouvait exceptionnellement arrogant, voire injuste.

« Vous aurez peut-être des nausées, je dis bien peut-être, et le cas échéant je pourrai vous aider. À cela s'ajouteront quelques goûts bizarres que vous ne saurez contrôler. Pour certaines femmes, ça dure des mois alors que pour d'autres ces symptômes n'existent même pas et, malheureusement, ni la science ni la médecine ne peuvent y remédier.

— Une grossesse, est-ce à dire que je vous verrai plus souvent ? À toutes les deux semaines peut-être ? À mon âge il vaut mieux être rassurée.

— Vous semblez en pleine santé, votre situation pour l'instant ne m'inspire aucune crainte. Une visite dans quelques mois suffira, profitez-en pour gâter le père, l'heureux élu, il sera content d'apprendre la nouvelle ! »

Charlotte n'ajouta rien, obligée de se rendre à l'évidence, mais elle ressentit un malaise, quelque chose d'impossible à définir, un maillon de la chaîne qui lui échappait. Tout son corps transpirait de contradiction : cette soirée d'amour avec Clément, qui n'avait pas eu lieu, cet enfant jadis désiré, Morris qu'elle ne posséderait jamais. L'ardent désir pour cet homme à qui elle amenait des boîtes de caramels cuisinés avec tant d'espoir, pour qui elle achetait de si beaux sous-vêtements et avec qui elle faisait l'amour en rêve, cet amour insensé, elle ne pourrait pas le satisfaire ? Une fois, une seule fois après sa visite au médecin, elle s'était offerte à son mari, mais c'était en dehors du temps favorable, il n'y avait pas grand danger. Mais le risque existait et de là toute l'horreur d'être enceinte, de devoir renoncer à ses projets d'amour et enterrer ses fantasmes.

« Docteur Vanderstat, je ne me sens pas très bien, je vais rester allongée quelques instants, si vous le permettez. J'ai des étourdissements et si je bouge, c'est bien simple, je vais vomir. Touchez mon front, vous verrez. »

Elle lui empoigna fermement la main qu'elle porta jusqu'à son front puis sur sa poitrine pour qu'il sente que ses seins impatients refusaient d'espérer plus longtemps les caresses. Morris s'agita. Elle s'empara ensuite de sa main enflammée pour la porter à ses lèvres humides, caressant ses doigts avec sa langue invitante qu'elle glissait dans les interstices.

Quand elle repensait à ces instants de vibrations, Charlotte ne s'expliquait pas son sans-gêne ni comment elle avait pu amener Morris à se coucher sur elle, l'embrasser fougueusement, finir de la dévêtir et l'aimer tel qu'elle le souhaitait dans ses rêves. Si le fait de porter un enfant engendrait ces plaisirs, elle était prête à donner son corps pour l'enfantement perpétuel et au diable les affres de la maternité. Sans remords, elle s'enveloppa dans son bonheur interdit avec la ferme intention de ne jamais y mettre fin. C'est pourquoi elle avait une dernière fois entrelacé Morris avec ses grandes jambes affamées et lui avait murmuré à l'oreille, le plus tendrement du monde, qu'elle reviendrait dans une quinzaine goûter à nouveau aux plaisirs de la chair, aussi donnante, aussi accueillante.

« Je ne sais pas ce qui m'est arrivé, madame Brodeur. Le bonheur d'être aimé, le plaisir de cueillir dans l'arbre un fruit défendu, tout ça m'a rendu fou.

— Le fruit défendu, je te le servirai autant de fois que tu le désireras. Clément s'absente souvent et quand il doit aller dans d'autres villages pour ses ouvrages de maçonnerie, il y reste plusieurs jours. Tu en profiteras pour venir chez moi.

— Y pensez-vous sérieusement ? Taisez-vous ! Vous portez l'enfant de cet homme et vous songeriez à maintenir une relation avec moi ? Cela n'a aucun sens, avez-vous au moins quelques scrupules ? Depuis des mois que vous me faites des avances. Il aura fallu que ce jour maudit arrive. Comment parviendrai-je seulement à regarder votre mari en face ?

— Ne fais pas tant d'histoires. Clément a une entière confiance en toi ; il se réjouirait de te retrouver à la maison si tu venais souper un beau dimanche soir. Il ne se doutera jamais de rien, surtout qu'il ne portera plus sur terre tellement il se trouvera choyé en apprenant ma maternité ! Tu seras béni d'entre les mortels, un dieu quoi, celui qui l'aura rendu semblable aux autres, celui grâce à qui il perpétuera sa descendance.

— Il n'est pas question que je devienne votre amant. Je me suis laissé aller à vous aimer pour un instant, mais c'est fini maintenant. Ma profession ne le permet pas.

— Je viendrai te voir aussi souvent que j'en aurai besoin. Tu me recevras. »

Ils n'étaient plus allongés l'un sur l'autre. Morris s'était chaviré de côté et tout ce temps il s'était tenu sur un bras, surplombant Charlotte, toute menue sous son aile, avec son air d'enfant sage, une enfant chérie à qui on ne saurait refuser ses plaisirs. Amoureusement, elle le caressa une seconde fois avec tant d'habileté qu'il ne put lui résister, tout son être à nouveau assailli par le plaisir. Alors il porta ses lèvres au ventre de cette femme encore en attente d'amour et, délicatement, il descendit l'embrasser jusqu'à l'orée du plus profond d'elle-même, aux prises avec une fièvre incontrôlable de satisfaction. Un autre instant, ils connurent la folie des amants, une autre fois, il ressentit le remords de la tricherie, à peine capable d'en percevoir la réalité, obligé d'implorer les dieux pour qu'on lui accorde la délivrance ou le courage de s'éloigner de sa compagne.

Il fut exaucé. Partagé entre la chair et la raison, il réussit, malgré la désapprobation de son corps, à se détacher de l'arbre donneur avec la force du condamné, désespérément abandonné avec sa passion.

Marie ne se contenait plus quand Charlotte sortit du cabinet après plus de deux heures de consultation, les yeux étincelants, le sourire aux lèvres ; même que Morris dut la solliciter du regard pour qu'elle reconduise sa cliente. Une fois seul, il eut bien du mal à trouver la paix avec cette image de Charlotte, dévêtue et invitante, qu'il n'arrivait plus à chasser de son esprit et qui se mêlait aux souvenirs qui revenaient le tirailler pour étaler devant son esprit réchauffé par la passion tous les événements qui l'avaient obligé à venir s'installer à Bellesroches. Bien sûr, il avait fui à temps, mais il ne voulait plus avoir à revivre la hantise des longues nuits d'insomnie. Maintenant qu'il avait enfin retrouvé la satisfaction du travail accompli dans la pureté, sans que ses sens le trahissent, pourquoi venait-il de succomber bêtement aux avances d'une femme mariée qui ne céderait devant rien et qui très bientôt reviendrait à la charge ? Il se devait de réagir rapidement et de consacrer toute son énergie à réparer les pots cassés, sinon sa vie redeviendrait un enfer.

Il avait déjà envisagé de courtiser la belle et pure Marie, mais quelque chose l'avait retenu : la conscience peut-être ! Cependant le temps pressait, Charlotte en demanderait encore, il en était certain. Les images qui s'enfoncèrent alors au creux de son esprit se gravèrent, telle une obsession, comme si sa seule planche de salut portait le nom de MARIE.

Il resta des heures ainsi, à spéculer sur son avenir, et lorsqu'il voulut sortir de sa chambre prendre une bouchée, des nausées le ramenèrent au lit, là où l'angoisse s'était déjà installée jusqu'au petit matin. Et il était encore dans le brouillard quand il se présenta devant le bureau vide de Marie. On était mercredi. Il s'habilla à la hâte.

« Puis-je voir votre fille ?

— Marie est partie très tôt ce matin et je crains qu'elle soit absente tout l'après-midi. Elle a préparé un sac et nous a simplement dit qu'elle allait vers le lac », répondit Joséphine.

Morris prit rapidement congé et s'en retourna, penaud, s'attabler devant une tasse de thé, vaincu par l'anxiété qui lui enlevait toute énergie.

« Tout ça, c'est de la fatigue ! Une journée de congé me fera grand bien à moi aussi. »

Il plaça le carton *Absent pour la journée*, chaussa ses grosses bottines, s'habilla plus chaudement et sortit en direction du lac Caché. Il avait l'impression d'aller nulle part avec son rêve de rencontrer, au tournant d'un sentier, Marie, la pure, à qui il aurait voulu confier sa peine. Son envie augmentait au rythme de ses pas, au fur et à mesure de ses foulées, et il aurait couru si son souffle court ne l'avait pas immobilisé. C'est alors qu'il avait entendu marcher derrière lui et qu'il s'était élancé derrière un bosquet, amusé à la pensée qu'il pourrait surgir au milieu de la route, comme il faisait dans ses jeux d'enfant, et surprendre celle qu'il ne pouvait plus chasser de son esprit. Il retenait son souffle, prêt à bondir, quand il vit apparaître, marchant à pas feutrés, Didier, qu'on aurait dit reniflant une piste. Il resta camouflé jusqu'à ce qu'il l'eût dépassé et le suivit. Quand il le rattrapa, Langevin s'était arrêté, bien droit, et s'étirait de satisfaction derrière Marie qui jetait des cailloux dans le petit ruisseau venu lui lécher les pieds. Sans bruit, Didier s'approcha et lui banda les yeux avec ses grosses mains qui sentaient l'huile.

« Qui êtes-vous ? Je n'aime pas beaucoup ces jeux.

— Jure-moi que tu ne te sauveras pas et j'enlève mes mains. Jure !

— Didier Langevin, cracha Marie, enlève tes sales pattes.

— Holà ! ma belle. J'te veux rien de mal, juste un bec. Tu oublies que t'es en dette avec moi. C'est le moment de rembourser. Ici tu auras beau crier, personne ne t'entendra.

— Enlève tes sales pattes, sinon je dis tout à ma mère.

— Elle te croira pas ! Tu es faite, ma pouliche, crâna Langevin.

— Didier, laisse-moi, supplia Marie. Je ne veux pas jouer à ce jeu.

— D'abord je t'embrasse puis on verra, si tu es sage. »

Il lâcha une main qu'il descendit jusqu'à sa poitrine.

« Moi, je la croirai, monsieur Langevin, je la croirai toujours. »

Bouche bée, Didier libéra son emprise et se recula de quelques pas alors que Marie se tourna à la renverse et saisit sa main qu'elle mordit au sang avant de s'élancer dans les bras de Morris où elle fondit en larmes.

« Attendez bien... tout le village saura que la Marie s'envoie en l'air avec son petit docteur ! Craignez pas, vous avez le tour tous les deux de vous organiser des rendez-vous galants. Vous me paierez ça, foi de Langevin. »

Encore sous le choc, elle n'arrivait plus à prononcer quoi que ce soit et restait là, blottie contre Morris qui lui caressait les cheveux et lui tapotait le dos.

« Tu n'as plus à craindre Didier Langevin, c'est fini, il te laissera tranquille dorénavant, j'y verrai. »

Il avait soulevé son visage et y avait laissé promener sa bouche, comme sur un bien sacré sur lequel il aurait

161

déposé de légers baisers, puis il l'avait embrassée, si passionnément qu'elle voulut se dégager, mais il colla toute sa chair à la sienne. Sans plus de résistance, elle lui avait présenté son visage mouillé, le menton fièrement redressé, prête à accueillir le suc divin de l'amour.

Ils prirent du temps à se séparer. Plus un mot ne sortit de leur bouche occupée tant qu'ils n'eurent pas assouvi leur besoin de donner. C'est Marie qui rompit le charme la première.

« Vous êtes arrivé au bon moment. Mais, au juste, que faisiez-vous ici ? ... et dans cette tenue ?

— Je te cherchais, tout simplement. Ta mère m'a dit que tu étais partie en direction du lac, alors j'en ai profité pour prendre congé moi aussi. J'ai à te parler, c'est très sérieux, surtout après la scène de tout à l'heure, car il est temps plus que jamais de t'éloigner des griffes de Langevin. »

Il prit un air grave de circonstance, les mains dans les siennes, et révéla son amour avec toute la couleur et la dimension du désespoir, à travers les apparitions sournoises de Charlotte.

« Je ne suis pas sûre de partager vos sentiments, Morris. Laissez-moi le temps de réfléchir, car si à l'instant je suis bien entre vos bras, parfois je me sens démunie, impuissante devant vous. Je ne peux définir ce que c'est, seulement une drôle de sensation, l'impression de perdre le contrôle de moi-même, d'être dirigée de l'extérieur.

— Tu te questionnes trop pour rien, le temps presse, jeune dame, je me torture la nuit lorsque je pense à toi, ne freine pas mes ambitions. Je veux faire de toi ma femme, Marie. Veux-tu m'épouser ? »

Quel bel accent il avait ! Elle se plaisait à l'entendre causer du bonheur, la chevelure ébouriffée, les yeux plissés par les rayons du soleil trop ardent, à peine abrités derrière ses lunettes, avec des gestes que tout son corps harmonisait avec une douce odeur de musc. Oui, il l'intéressait, malgré ses emportements, malgré ses mystères, mais quelque chose l'empêchait d'acquiescer à sa demande.

« Laissez-moi du temps, eut-elle le seul courage de répondre.

— Marie, je ne pourrai vivre sans toi, tu dois me sauver l'âme et le cœur, bien prendre soin d'eux, ne pas laisser le " Malin " s'en emparer, m'abandonner. »

Elle n'appréciait guère ces envolées métaphysiques et toutes ces angoisses qui reposaient, dans le fond, sur ce mal à l'âme dont il souffrait. Ces messages lui faisaient peur. Et parce qu'elle-même ne pouvait s'expliquer l'ambivalence de ses sentiments, elle insista pour qu'il lui accordât du temps, qu'il acceptât de lui consentir un délai.

« Non ! Je te veux, maintenant et pour toujours. Tu es ma délivrance, comprends-tu?

— Tout ce que je comprends, c'est que vous êtes trop pressé ! Je prendrai le temps de réfléchir, que vous le vouliez ou non. »

10

« Nous sommes fiers de profiter de cette fête de reconnaissance pour vous remettre une peinture de notre
petit garçon, Noël. Vous la placerez dans la salle d'attente,
en souvenir de ce premier enfant que vous avez mis au
monde à Bellesroches », dit Ludovic avec émotion.

Les enfants couraient entre les chaises tandis que
Dorothée servait des rafraîchissements et que Charlotte roucoulait auprès de Morris. Tous avaient un bon
mot à dire, seule Marie s'abstint de prendre la parole et
Didier s'en aperçut, ravi qu'il en soit ainsi. Il avait
attendu que sa morsure soit guérie avant de passer à
l'attaque et le moment était propice. Avec un bruit
d'enfer, il monta sur la tribune. On se tut.

« Chers concitoyens, chères concitoyennes, j'aurais
bien aimé laisser mademoiselle Richer adresser ces
derniers mots de remerciement, puisque c'est à elle
que revient en quelque sorte l'honneur d'avoir pu garder notre médecin ici, dans notre beau village, mais les
circonstances sont telles qu'il est de mon devoir de
faire les bons usages. » Il toussa grassement, comme à
son habitude. « Ce que vous ignorez tous, c'est que
Marie a su se placer les pieds et que ce n'est pas sans
intérêt qu'elle prend si soin de monsieur Vanderstat.
C'est qu'elle a de l'ambition ! Je demanderais donc à
Marie de venir nous révéler comment elle a su s'y
prendre pour séduire le beau docteur. »

Dans la salle, on entendit des murmures désapprobateurs, malgré qu'on connût si bien Didier et son manque de manières, mais Marie, le rouge aux joues, eut la finesse d'esprit de réagir en rejoignant Langevin, qu'elle gratifia d'un sourire narquois.

« Par chance que vous connaissez monsieur le conseiller : il n'a pas toujours le tour d'annoncer les choses, mais au moins les préambules sont courts. À vrai dire, ce que voulait vous révéler monsieur Langevin, aujourd'hui, se résume en ces quelques mots : il y a promesse de mariage entre Morris Vanderstat et Marie Richer. Je vous remercie. »

Les applaudissements étouffèrent le bruit de verre cassé de la coupe que Charlotte avait laissée tomber. En proie à des étourdissements, elle s'était agrippée au bras de son mari en cherchant du regard Morris, trop occupé à recevoir les félicitations pour se rendre compte de son malaise.

« Sortons d'ici, Clément, j'ai peur de m'évanouir. Je manque d'air, rentrons immédiatement. »

Au passage, Clément salua Marie et fit un clin d'œil à Morris tandis que Charlotte poursuivait son chemin, sans broncher, avec la double douleur d'avoir été trahie et aimée en même temps.

Marie avait parlé un peu trop rapidement ; son petit laïus était davantage une riposte à Langevin que la manifestation de sa véritable intention, mais Morris ne l'entendait pas ainsi.

« Il faudrait bien fixer une date, tout de même.

— Rien ne presse, il faut se laisser le temps de voir venir les choses. Maintenant que les gens savent que nous nous marierons, nous n'allons pas fixer un jour comme ça, sans y avoir bien réfléchi. »

Encore une fois, elle avait réussi à s'esquiver ou du moins à gagner du temps. Quelque chose, une sorte d'appréhension, lui disait d'attendre. Et le plus étrange, c'était que cette sensation s'intensifiait lors des visites de Charlotte, qui persévérait à vouloir rencontrer son médecin à toutes les deux semaines malgré qu'il ne lui accordât qu'une visite mensuelle d'où elle ressortait rayonnante alors que lui, il affichait un air funeste. Marie tentait bien de l'inciter à parler, à se confier, mais elle recevait toujours la même réponse de routine : « Je m'inquiète surtout de l'avenir. Un bébé à son âge, quand la nature ne l'avait pas tout à fait prévu... est-ce réellement une bonne affaire ? »

Dans tout ce va-et-vient, les deux femmes jouaient à chassé-croisé.

« Il me semble, ma chère Marie, que tu aurais pu avoir la pudeur d'attendre au moins que Morris respire un peu. On dirait que tu as peur de rester vieille fille ; le premier homme à passer et voilà que tu te jettes à son cou.

— Je suis en âge de penser au mariage ; ne suis-je pas majeure ! Je ne vois pas en quoi ça peut vous déranger, d'ailleurs, et remontrances pour remontrances, savez-vous que vous ne faites pas l'unanimité non plus ? Vos familiarités avec le docteur Vanderstat, Morris comme vous dites si bien, vos accoutrements qui ne font plus de votre âge et... ce souci de cacher votre état, ça fait parler le monde. »

Le ton montait, chacune y allait de ses récriminations.

« Mesdames ! Je ne tolérerai sûrement pas de tels comportements dans mon bureau. Marie, ça suffit, tu n'as pas à élever ainsi le ton. Dois-je te rappeler que madame Brodeur est ma patiente et qu'elle est ici pour une consultation ?

— Ah oui ! Madame Brodeur est votre patiente ! Si vous voulez savoir, c'est une pimbêche et une... une agace ! Voilà. Elle n'a aucune retenue et s'il n'en tenait qu'à elle, elle déménagerait volontiers pour s'installer ici. Ça fait plus d'un an qu'elle roucoule et joue à la séductrice.

— Marie, tais-toi !

— Son jeu se voit à l'œil nu, continua-t-elle de plus belle, et ces visites interminables, ça entre aussi dans... »

Morris, hors de lui, la gifla. Charlotte, à son tour, lança son venin.

« Oui, ferme-la. Ma pauvre Marie, tu n'es rien, tu vois bien que le mariage entre toi et Morris n'est que pure foutaise, n'est-ce pas, Morris ? C'est plutôt un mariage d'obligation. Dis-lui, Morris. »

Marie se tenait la joue, incapable de décoller sa main que la douleur retenait, une douleur si vive qu'elle lui brûlait aussi le cœur, et ses grands yeux couleur de cendre les fixaient tour à tour ; rien n'y coulait.

« Madame Brodeur, quittez ces lieux pour aujourd'hui, je vous rappellerai. Partez maintenant. » Il l'avait poussée jusqu'à la porte. « Vous n'auriez pas dû, Charlotte, c'est terrible ce que vous venez de dire. Je ne vous le pardonnerai pas. »

Il rejoignit Marie dans la cuisine où elle s'aspergeait le visage d'eau froide. Elle s'essuya, sans un mot, et retourna déverrouiller la porte qu'il avait barrée, pour ensuite s'asseoir devant le dossier de Charlotte où elle écrivit à l'encre rouge : *À RÉGLER*. Ignorant complètement Morris, elle plaça le dossier dans le tiroir tandis que lui la regardait aller et venir, indifférente, comme si rien ne s'était passé. Elle prit le téléphone.

« Papa, est-ce bien demain que toi et ma tante allez à la ville ?... Je me joindrai à vous. »

Lorsqu'elle raccrocha, Morris avait compris. Elle se leva lentement, ses gestes bien calculés, et se tourna vers lui avec un sourire qui en disait long, pour s'emparer ensuite de quelques dossiers qu'elle porta dans le cabinet. Il ne se contenait plus de la voir agir ainsi ; il aurait cent fois préféré qu'elle se révolte, le gifle ou lui fasse une crise de larmes au lieu de le désarmer avec son indifférence. Il savait bien qu'il ne s'agissait pas là du comportement sain auquel Marie l'avait habitué, elle qui ne retenait jamais ses émotions aussi longtemps. De voir ainsi son amour s'envoler, parce qu'il n'avait pas su se retenir, puis avoir à subir l'impassibilité de celle qu'il voulait pour épouse, le mirent en furie. Il n'allait pas la laisser partir sans lui fournir des explications, sans lui dire qu'il l'aimait.

Il la suivit jusqu'au cabinet où il referma violemment la porte avant de lui saisir la main et l'entraîner jusqu'à la voûte, restée entrouverte. Contrairement à ce à quoi il aurait pu s'attendre, elle se laissa conduire jusqu'au lit, sans résistance devant son regard d'acier. Pour la première fois, elle le tutoya.

« Arrête, tu me fais peur !

— Je sais, dit-il simplement en s'allongeant sur elle. Je ne te ferai aucun mal, Marie. Je t'aime et au nom de cet amour, sois certaine que jamais plus je ne lèverai la main sur toi. Pardonne-moi. Regarde-moi, Marie. Vois dans mes yeux, toujours dans mes yeux... encore... regarde-moi. C'est ça, dans les yeux... l'amour, toi et moi... pour toujours. Tu es lasse, Marie, tes paupières sont lourdes, de plus en plus lourdes. Je t'aime, ma chérie... je t'aime. »

Elle avait les yeux fermés et se laissait bercer par le flot de paroles qui doucement l'amenait à sombrer dans le noir. Alors il cessa de parler et se souleva, libérant ainsi le corps qui lui semblait endormi, avant de prendre la main qui reposait sur le lit, une main qu'il trouva molle. À son oreille, il avait murmuré des mots sans phrases, des images qu'il cherchait à ancrer dans son subconscient alors qu'elle ne bronchait pas, qu'elle s'endormait et ne désirait rien d'autre que la paix. Elle baignait dans une douce léthargie, mais sa conscience, en train de puiser dans son histoire, ne l'avait pas quittée. Au fur et à mesure qu'il chuchotait, elle résistait, emportée par la curiosité de savoir, par sa mémoire et sa souvenance de certaines lectures sur l'hypnotisme. Alors elle comprit, la rage au cœur, qu'elle venait d'élucider une partie du puzzle que ses prémonitions ne cachaient plus.

« L'amour... toi et moi... personne d'autre au monde... le matin... jeudi... août... »

Il continua de répéter des mots, de mettre des images, de former des phrases. « Nous sommes seuls, Marie. Voici Charlotte Brodeur. Regarde, elle te sourit, elle est heureuse de son bonheur, son enfant la comble. Tu lui souris également. Tu l'envies. Je t'embrasse, comme c'est bon ! Charlotte partage notre joie, elle s'en va. As-tu senti ma caresse sur ta joue ? Je t'aime, tu m'aimes. Nous sommes à nouveau seuls, goûte ce baiser. »

Il avait une voix si caressante, si envoûtante, au-delà du réel, que Marie ouvrit les yeux alors qu'il l'embrassait sur tout le visage pour ensuite déposer un long et langoureux baiser sur sa bouche à peine éveillée. Lasse, elle s'abandonna à ses paroles et sombra dans un sommeil profond d'où il la sortit peu de temps après, tout éberluée.

« Je vis comme dans un rêve ; je n'arrive plus à faire le partage entre l'illusion et la réalité. Que s'est-il passé ? »

Elle avait refermé les yeux et savourait cet instant d'euphorie qu'elle aurait voulu emprisonner.

« Il ne s'est rien passé, je t'ai aidée à te détendre, tu paraissais si fatiguée, ma chérie. Il y a ainsi plusieurs moyens de relaxation et il ne faut pas hésiter à s'en servir. Laisse-moi encore goûter tes lèvres si douces, écoute le son que fait notre amour, pur comme le chant des oiseaux à l'aurore, profitons-en pour aimer. »

Ils étaient ainsi allongés, chacun aux prises avec ses pensées, liés l'un à l'autre par la force de l'esprit, quand le téléphone sonna. Il courut répondre.

« Morris, me pardonneras-tu mon imprudence ? Je ne supporterai pas d'être rejetée pour cette fille. N'oublie pas que je suis à toi et qu'il y a bien des choses que je peux révéler. Je n'arrive pas à me raisonner, il faut que je te voie à tout prix... aujourd'hui ! »

Dans sa voix éteinte, que l'abandon faisait mourir, il y avait un appel de détresse qui bouleversa le médecin.

« Reprenez-vous. Je vous verrai, soyez sans crainte. Comprenez qu'il faut être très prudents, qu'il faut éviter des scènes comme ce matin, vous risqueriez de tout perdre. Vous m'entendez bien, j'espère. Attendez que je vous fasse signe. Pour l'instant, nous devons laisser filer. »

Il parlait en sourdine, exaspéré par ce timbre de voix qui l'agaçait et qu'il n'écoutait plus, les yeux fixés sur la porte restée déverrouillée et par où n'importe qui aurait pu entrer assister à sa séance d'hypnose avec Marie.

« Je dois vous quitter, attendez mon appel. Reprenez vos sens, je vous prie, et tâchez de retenir votre langue. Ça suffit, maintenant. Au revoir ! »

Il fit semblant de prendre en note l'appel quand Marie apparut dans la pièce.

« Une visite pour cet après-midi. Tu en profiteras pour te reposer, je te donne congé.

— Très bien, j'aiderai ma mère à cuisiner le souper ; je t'invite. Il est temps de nous comporter en fiancés si on veut rassurer le monde. »

De par son comportement et le beau sourire qu'elle arborait, elle ne semblait pas garder souvenance du début de la matinée et il s'en sentit soulagé. Tout compte fait, il l'avait échappé belle. Seule ombre au tableau : Charlotte. Comment s'en défaire, sinon la contrôler ?

Aussitôt seul, il appela chez les Brodeur, mais c'est Clément qui répondit.

« On dirait que nous faisons de la télépathie. Je voulais justement vous téléphoner. Je suis bien content d'entendre votre voix, je ne sais plus quoi faire avec ma femme. Elle pleure, elle crie et elle a vomi à deux reprises. Elle dit ne plus tenir sur ses jambes et qu'elle a des crampes. Pouvez-vous venir ?

— Je passerai dès que possible. Restez avec elle jusqu'à ce que j'arrive.

— Je dois partir pour Saint-Cyrille à l'instant. J'ai des hommes qui m'attendent pour finir les travaux de l'église. Ça peut pas être remis, il faut que l'ouvrage se fasse. Fabienne viendra trouver Charlotte en fin de journée, alors si vous pouviez la soigner d'ici là, je pourrais partir en paix.

— Soit, prévenez votre femme que je passerai tout à l'heure. Qu'elle prenne un bain tiède, ça la calmera, et préparez-lui un lait aromatisé. »

Finalement, les événements servaient Morris mieux qu'il ne l'eût espéré. Il mangea puis se fit couler un bain, prenant soin de débrancher le téléphone et de fermer la porte à clé. Quand il se fut glissé dans la baignoire, il appuya sa tête sur une serviette moelleuse, ferma les yeux et passa en revue les heures précédentes. Un frisson le parcourut lorsqu'il se remémora les doux baisers qu'avec Marie il avait échangés. Sa peau fine et satinée, sa bonne odeur de fruit frais, ses yeux gris bleu au milieu d'un visage divin... autant de désir et de passion qu'il savourait, mais aussitôt qu'il rouvrait les yeux, Charlotte apparaissait. Là encore, il frémissait. Seulement cette fois ce n'était plus de désir, c'était du souvenir charnel de tous ces plaisirs qu'ensemble ils avaient connus.

Il avait bien cherché à combattre ses instincts et à repousser Charlotte, mais à chaque visite elle s'était montrée plus aguichante, plus habile à diriger ses mains et sa bouche, et il avait succombé à chaque fois. Chaque fois, il se perdait dans cet amour fait de cris étouffés, de jouissance, d'incapacité à en refuser l'abondance. Il n'avait plus d'emprise sur sa vie, c'est Charlotte qui le dominait par l'attrait des frissons ardents et la délectation qu'elle lui procurait. Tant qu'il ne connaîtrait pas les mêmes plaisirs avec Marie, qu'il ne trouverait pas la sérénité au creux de ses entrailles, il lui serait impossible de lui résister.

Son impuissance à choisir entre les deux femmes l'obnubilait, le tourmentait au point de lui créer des serrements au cœur. Il souffrait comme jamais il n'avait souffert, partagé entre la soif d'aimer et d'être aimé, prisonnier de son plaisir insatiable, étranglé par le remords, vaincu par cette ambition d'aider le monde. Jamais il ne s'était senti aussi profiteur, jamais il ne s'était consenti de pareils plaisirs, lui qui toute sa vie avait voulu agir dans la pureté des actes, désintéressé du plaisir charnel : « Morris Vanderstat, docteur des pauvres, des mal-aimés, des malades. »

En se regardant ainsi, le corps enfoui sous l'eau refroidie, il avait une tout autre opinion de lui-même. S'il avait longtemps pu se satisfaire de sa propre morale, il constatait avec désarroi qu'il s'avérait impossible de continuer dans la même direction, que son actuelle ligne de conduite le mènerait directement en enfer, que le péril menaçait sa vie au-delà de la mort et de l'éternité. « Je vis mon purgatoire », s'étonna-t-il de dire à haute voix. Et il s'extirpa de sa baignoire sans avoir pu éloigner suffisamment Charlotte de ses pensées tellement sa présence lui était bonne; il rêvait encore de se retrouver dans ses bras, elle qui lui avait appris à aimer la chair de femme, à en découvrir le corps au-delà de l'esprit. Aussi prit-il grand soin de se parfumer, de soigner sa toilette et d'endormir sa conscience, tout comme sa honte, avant de sortir rencontrer chez les Brodeur une douce et tendre amante.

Morris connaissait suffisamment bien sa maîtresse pour ne pas s'inquiéter outre mesure de ses malaises. Il savait qu'aussitôt que Clément aurait quitté la demeure, elle reprendrait goût à la vie, surtout qu'elle avait obtenu ce qu'elle voulait : lui, dans sa maison, tel qu'elle l'avait toujours souhaité. Il ne se méprenait pas sur ses intentions, c'est ainsi qu'il l'avait désirée, mi-déesse, mi-démone. Il ne se trompait pas. Quand il mit les pieds chez elle, une Charlotte transformée l'attendait, au meilleur de sa forme, resplendissante dans son peignoir rose, un immense ruban de satin autour de sa chevelure encore humide. Elle avait simplement crié d'entrer, que la porte n'était pas barrée, pendant qu'elle continuait de peindre ses ongles d'orteils nonchalamment, nullement dérangée, bien assise au centre de son grand lit. Volontairement, le décolleté de son peignoir laissait poindre ses seins voluptueux.

« Eh bien, te voilà enfin chez moi. Ici, je dirige ta destinée. Veux-tu prendre soin de fermer à clé ?

— Je ne vous trouve pas très mauvaise mine, vous savez : vous ferez une très belle maman. Si à chaque fois que vous cherchez à attirer votre époux dans votre lit vous lui jouez le même scénario, je comprends qu'il succombe à la tentation. » Il y avait une pointe de jalousie dans sa voix. « Au téléphone, il paraissait plutôt urgent que je vienne.

— Tant que je te savais loin de moi, effectivement, je ne me sentais pas bien du tout. Mon mal en est un d'amour. Je t'aime, Morris... plus que tout, plus que cet enfant que je porte, je ne me raisonne plus tant mon désir de toi est grand. Tu es semblable à un arbre de vie, tu m'as redonné le goût de vivre. Je ne supporte pas de t'imaginer dans les bras d'une autre, je me tuerai plutôt que de te savoir en train de donner ta sève à Marie. »

Elle parlait calmement, comme si elle jasait de la pluie et du beau temps. Elle ne leva les yeux qu'à l'instant où elle le menaça, puis elle sourit innocemment tout en refermant le flacon de vernis. Consterné, il n'avait pas bougé. Elle lui fit signe d'approcher. Il s'assit près d'elle et renifla son parfum d'épices chauffées au grand soleil avant de lui tendre la main sur laquelle elle souffla un baiser. Dès cet instant, Morris sut qu'il ne lui résisterait pas. Il se laissa aimer, ainsi qu'il en rêvait à chaque nuit, apprenant sa leçon d'amoureux par cœur, une image au creux de ses pensées, celle de Marie pour qui il referait les mêmes gestes et à qui il donnerait les mêmes bonheurs.

« Nous ne pouvons continuer ainsi, la honte me ronge à petit feu, je vis un dilemme à chaque fois que nous nous quittons. L'enfant que vous portez a besoin d'être aimé par son père et il ne faut pas... »

Encore une fois, le courage lui manquait. Ils étaient allongés, leurs corps brûlants se touchant de partout. Tout doucement, il se détacha de sa passion pour se redresser et poursuivre d'une voix à peine perceptible qu'il aimait Marie et qu'il ne voulait plus maintenir sa relation.

« Et moi, et moi, Morris, que vais-je devenir ? Je suis folle de toi. Je n'arrive pas à effacer ton beau visage, tes yeux si captivants. Mes pensées pour toi sont sources de caresses, de bonheur. » Elle pleurait. « S'il n'y avait pas cet enfant, serais-tu mieux disposé à m'aimer ? »

Il se rhabilla en silence, cherchant les mots les plus simples et les moins douloureux pour lui expliquer que là n'était pas la question, mais il ne trouvait pas.

« Reste encore, supplia-t-elle. Clément ne reviendra pas aujourd'hui, alors reste avec moi, passons une nuit ensemble, juste une nuit, mon amour.

— Charlotte, vous me brisez l'âme. »

Il se rapprocha, à demi nu, et l'embrassa sur le front. « Je suis attendu pour le souper, chez Marie...

— Reviens après le souper. Je retournerai Fabienne chez elle. Je te jure que ce sera la dernière fois que nous échangerons nos corps. Donne-moi encore ce plaisir, tu me dois bien ça pour tous les instants où je t'ai espéré. »

Elle s'était accrochée à sa cuisse et y avait collé son visage tout en lui caressant le bas du dos. Veule, il se laissa encore séduire.

« Une dernière fois, mais vous vous engagerez à ne plus me torturer de la sorte, n'est-ce pas ? Je serai à votre porte à neuf heures. » Il se frappa le front. « Et plus jamais ! Plus jamais, Charlotte. Que Dieu me vienne en aide, je ne suis absolument pas capable de vous résister ! »

Quand il arriva chez Marie, on l'attendait depuis plus de trente minutes. Tout le monde était assis autour de la table et discutait avec entrain.

« Excusez mon retard, un imprévu me retenait.

— Ce n'est pas bien grave, monsieur Vanderstat, lança poliment Joséphine. J'espère que vous avez faim, car il n'est pas coutumier de voir Marie dans la cuisine en train de préparer un repas ; elle en a fait pour un régiment.

— Asseyez-vous, je vais servir. Profitez-en pour faire plus ample connaissance avec la famille puisque, semble-t-il, les noces pourraient bien se faire au printemps », dit Rosalie.

Morris se tourna vers Marie et remarqua son air sérieux. Il aurait préféré voir rire ce beau visage discret plutôt que de recevoir un sourire courtois. Il n'eut pas le temps de lui demander si elle était contrariée, Rosalie servait déjà le potage.

Chez les Richer, on n'était guère habitué à manger aussi tard, et les bouches affamées passèrent rapidement au travers du bœuf aux légumes et de la tarte au sucre. Entre deux bouchées, Morris n'en finissait plus de faire l'éloge des plats qu'il savourait avec nervosité, les apparentant à ceux de son enfance à travers les descriptions nostalgiques de son pays.

« Vous pourriez y retourner en voyage de noces, dit Antoine.

— Je n'ai plus revu ma famille depuis l'âge de quatorze ans ; bien des choses ont dû changer là-bas en quinze ans. Quand je suis traversé, on était à la veille de la guerre. Depuis je n'ai reçu qu'une lettre de mon jeune frère lorsqu'il s'est marié. »

Le ton devenait pathétique et Marie se sentait quelque peu exaspérée, elle qui avait souhaité une soirée où on s'amuserait. Quelque chose d'indéfinissable l'empêchait d'apprécier la compagnie de son invité, le même sentiment vague qui la troublait lorsqu'elle se retrouvait en sa présence après les visites de Charlotte. Elle entraîna donc Morris et son père au salon où elle s'assit au piano pour jouer sans interruption plusieurs mélodies étrangères. Quand elle fut fatiguée, elle choisit de s'asseoir à l'autre extrémité de la pièce, dans un grand fauteuil d'où elle dévisagea l'homme qui devait être son époux. Il était absent, il parlait et gesticulait, mais son regard vide ne disait rien. Elle comprit alors que jamais elle ne marierait cet homme si elle n'arrivait pas à percer les secrets qui le rendaient si obscur.

Antoine et Joséphine proposèrent une partie de cartes. Il était huit heures trente.

« Vous me voyez tout à fait désolé, je dois rentrer, j'ai beaucoup de travail qui m'attend et je dois mettre à jour certains dossiers. »

Morris se montra réellement navré, et devant son embarras, Rosalie prit la parole:

« De toute façon, Marie doit préparer ses bagages si elle veut vraiment nous accompagner demain.

— Mais oui, Marie, tu m'as demandé ce matin pour venir en ville. Aurais-tu changé d'idée par hasard ?

Au téléphone, tu étais plutôt avare d'explications, ajouta Antoine.

— Je ne me rappelle rien du tout, vous vous moquez de moi ! Il n'y a aucune raison que j'aille à la ville, voyons ! »

Morris toussota et se leva d'un coup sec.

« Marie ne m'a parlé de rien, monsieur Richer. Vous vous serez mal entendus, sans doute ! » Il tendit une poignée de main à Antoine. « Je dois vous quitter, maintenant. Excusez mon départ, je vous en prie. »

Il fit les salutations d'usage puis se pressa vers la sortie.

« Je ne sais pas ce qui leur prend, c'est à croire qu'ils veulent rire de moi. Excuse-les, parce que, quant à moi, le moment était fort mal choisi.

— Ma chère Marie, laisse-les s'amuser, ce n'est pas bien grave ! Nous nous reverrons demain. Passe une bonne nuit. »

Il se sentait odieux. Par crainte que sa voix ne le trahisse, il l'effleura à peine d'un baiser et prit rapidement congé.

Les fins de soirée du mois d'août étaient fraîches, mais les frissons qui lui sillonnaient l'échine provenaient d'ailleurs. Il avait dans la bouche un goût de dédain et la sensation qu'il ne contrôlait plus la situation, que Marie lui échapperait, qu'elle découvrirait finalement la vérité. Son regard était trop pur.

Il n'avait jamais éprouvé pareils regrets ni connu pareil manque de contrôle sur ses faits et gestes. Il avait l'impression qu'il commettait des sacrilèges et surtout qu'il n'utilisait plus à bonne fin son savoir. « Pourtant, bon Dieu, je suis honnête ! Je n'ai jamais cherché à nuire à quiconque. Comment se fait-il que je sois devenu si vil ? Par quel chemin tortueux suis-je passé ? »

Malgré ce tiraillement, il n'entra pas chez lui. Tel qu'il l'avait promis, il rejoignit Charlotte avec qui il passa la nuit à se délecter de tous les plaisirs pour ne la quitter qu'aux petites heures, comme un voleur, après avoir trouvé enfin le courage de mettre un terme à sa liaison.

« Dorénavant, Marie restera dans le cabinet lorsque vous viendrez me rencontrer. Il n'y aura plus rien entre nous, tout est consommé maintenant », avait-il dit. Il ajouta tout de même le seul mot qu'il considérât juste : « Merci ! »

Ce même soir, Marie n'arrivait pas à dormir ; aussitôt qu'elle fermait les yeux, elle entendait la voix de Morris répéter ce qu'il lui murmurait à l'oreille au début de la journée. Elle ressassait dans sa mémoire les événements, cherchait à reconstituer le puzzle. Il manquait plusieurs pièces au jeu. Ce qui l'inquiétait surtout c'était cette absence de mémoire, le trou noir où elle aurait demandé à partir en voyage avec Antoine et Rosalie, une chose qu'elle n'avait plus faite depuis ses seize ans et qu'elle refusait encore d'envisager. Il ne se pouvait pas que son père se soit moqué d'elle à ce point ! Elle décida donc d'en avoir le cœur net et d'aller en discuter avec Morris, qui au moins saurait lui rappeler ce qui s'était passé durant l'avant-midi !

L'horloge sonnait dix coups, il n'était pas trop tard. Mais chez le docteur, personne n'avait répondu. Alors elle avait tourné la poignée et la porte s'était ouverte, comme par enchantement. Dans le cabinet, il y avait bien un faisceau de lumière, mais personne ; la porte de la voûte était fermée à clé. Elle attendit donc Morris jusqu'à ce que, deux heures plus tard, somnolente, elle dût abandonner sa veille et retourner tout bonnement chez elle, passant devant toutes les maisons endormies, sauf celle de la fleuriste, où filtrait encore de la lumière. Marie repensa à la visite de Charlotte. C'était fou ! Elle avait un trou béant dans la mémoire, trou dans lequel venaient s'engouffrer ses élucubrations pour creuser un fossé encore plus grand dans son esprit.

Elle entra travailler un peu plus tôt que d'habitude et trouva Morris attablé devant une tasse de café, habillé comme la veille, la barbe longue, les traits tirés.

« As-tu dormi, Morris ?

— Mais oui ! »

Devant l'air ahuri de Marie, il jugea bon d'ajouter : « Mon bureau était sens dessus dessous ! J'ai travaillé et lu jusqu'au milieu de la nuit. J'ai dormi sur le canapé.

— Veux-tu dire que tu es resté dans ton cabinet tout ce temps ? Tu n'as pas travaillé dans la voûte ?

— Dans la voûte, je me sens comme un oiseau en cage ! Je préfère travailler dans ce bureau. Quand nous serons mariés, nous débâtirons le mur et aménagerons la maison autrement. »

Elle ne le démentit pas.

11

« Entrez, bienvenue chez le docteur.

— Heu ! Je ne suis pas venu voir le docteur, c'est pour toi, Marie. J'ai reçu des nouvelles de Doris. Il t'envoie une lettre qu'il m'a demandé de te remettre. »

Mathilde s'était habillée avec sa robe à carreaux par-dessus laquelle elle portait son chandail gris, fermé au cou mais déboutonné à la taille, et elle avait attaché ses longs cheveux noirs avant de les couvrir d'un foulard de tête fleuri, comme pour ses grandes sorties. Nerveusement, elle ouvrit son sac à main, qu'elle tenait à deux mains contre sa poitrine, pour en sortir une enveloppe rose qu'elle tendit à Marie.

« C'est bien gentil à vous de me l'apporter. Écoutez, prenez le temps de vous asseoir, je vais préparer du thé et nous parlerons de Doris.

— Là, tu me fais tellement plaisir, Marie. Il y a longtemps que j'ai pas parlé de Doris avec quelqu'un. C'est un peu gênant, tu comprends.

— Oui, je comprends. Je vais préparer le thé. »

Elle patientait sur sa chaise droite, les fesses à peine appuyées sur le siège, quand Morris vint la voir.

« Quel bon vent vous amène, madame Langevin ? Est-ce que vous vous portez bien ?

— Oh, ma santé est bonne, docteur ! Je suis moins occupée depuis que j'ai deux de mes gars qui travaillent au chantier. Y me reste juste Harold à la maison et il aide son père au garage. Moi, je continue de rendre visite aux femmes enceintes, comme on avait convenu. L'autre jour on est venu me chercher de Saint-Cyrille. D'ailleurs, Lili Trottier devrait accoucher avant la fin du mois. Ce sera son premier bébé et elle est nerveuse.

— Êtes-vous retournée voir mesdames Blanchard et Proulx ? Je ne les ai pas revues depuis leur accouchement, mais je passerai la semaine prochaine voir comment se portent tous ces bébés. Aimeriez-vous venir ?

— Ça me ferait plaisir. Je leur ai parlé au téléphone, justement avant-hier, et tout semblait bien aller. » Mathilde, plus volubile, s'animait. « Tout le monde pense du bien de vous et des accouchements que vous faites, vous savez. Quand je vais voir Lili, je lui parle un peu de la naissance de Noël Panet et elle m'écoute avec des yeux grands comme ça ! Je lui dis qu'avec des mots, juste des mots, vous faites des miracles. »

Silencieusement, Marie apporta le thé sans que Morris l'aperçoive.

« Soyez prudente quand vous en parlez, peu de gens sont habitués à ces pratiques et plusieurs pourraient mal interpréter vos paroles, chuchota Morris. Je préférerais que vous gardiez le silence sur cela.

— Oh, nous en parlons entre femmes seulement ! Je fais très attention, je raconte pas tout dans les détails, mais de m'entendre ainsi parler, ça les rassure beaucoup. »

Marie toussota.

« Comme ça, Mathilde, nous nous reverrons la semaine prochaine ! Bonne fin de journée. »

Il prit une tasse au passage et laissa les deux femmes à leur bavardage.

« Votre travail aide beaucoup le docteur Vanderstat, Mathilde. Vous faites une bonne équipe.

— Si tu pouvais le voir, avec ses belles paroles, ses

gestes méticuleux et cette tendresse qui se dégage de tout son être. Il est habile et extrêmement consciencieux, on dirait qu'il exorcise la douleur quand il appose ses mains, que la souffrance prend un autre visage. Marie, cet homme est pas un homme ordinaire. Tu es bien chanceuse qu'il te choisisse comme épouse. Il est d'une grande générosité et d'une sensibilité insoupçonnée, il va bien avec toi. Oui, oui, toi aussi tu es généreuse. Doris, mon petit Doris, m'a tout raconté dans sa lettre et je sais que c'est grâce à toi s'il a pu aller en ville. Doris et moi te devons beaucoup ; sois certaine que jamais, jamais, j'oublierai ce que tu as fait ! Tu mérites pas les misères que mon mari a cherché à te faire et désormais je veillerai à ce qu'il te laisse tranquille. »

À travers les larmes qui ruisselaient sur son visage usé, des yeux déterminés prouvaient qu'elle ne craignait plus Didier. Elle se métamorphosait devant Marie, plus grande et encore plus forte, décidée à ne vivre que pour Doris et à rembourser sa dette.

« Votre fils est un ami, je n'ai fait que l'aider. Parlez-moi de lui, maintenant, où est-il au juste ? A-t-il trouvé du travail ? »

Le regard de Mathilde s'enflammait. Avec fierté, elle raconta que Doris travaillait avec une troupe de danseurs, qu'il s'était fait plusieurs amis, qu'il partageait un appartement avec deux autres membres de la troupe et qu'il préparait une tournée. Son nom apparaissait même sur une affiche.

Marie s'était approchée de la fenêtre et faisait tourner impatiemment l'enveloppe rose entre ses mains.

« Il est temps de prendre congé, je crois », dit Mathilde.

Elle souriait.

Ma très chère Marie,

Pour moi, la ville est le paradis. Je suis arrivé ici comme une pauvre bête perdue, ne sachant trop où me diriger. Ton amie Aline m'a beaucoup aidé. Elle m'a présenté son frère Charles, un charmant jeune homme, qui à son tour m'a mis en contact avec Alfred, son confrère de travail. Alfred est très beau. Il vit chez sa mère, mais nous nous voyons souvent. Personne ne sait que nous nous fréquentons. Parfois, lorsque mes compagnons partent en tournée et qu'il ne travaille pas au musée, nous passons quelques jours ensemble. Alfred est un artiste, il peint toutes sortes de belles choses qui se vendent très bien.

J'ai trouvé du travail dans une troupe de danseurs professionnels. Je suis habilleur, maquilleur et couturier. J'ai dit à ma mère que je dansais, mais ce n'est pas encore le cas. Cependant, je suis des cours que me donne la directrice de la troupe. Elle dit que j'ai beaucoup de talent et que bientôt je pourrai me joindre aux autres comme figurant. N'est-ce pas merveilleux !

Tu avais raison, Marie. Ici, personne ne porte de jugement sur mes manières. Les deux compagnons avec qui j'habite vivent ensemble comme homme et femme, mais on ne dirait pas ça. Ils sont très gentils avec moi. Ça fait deux mois que nous cohabitons et jamais ils ne m'agacent.

Des fois, j'invite Aline à sortir. Nous parlons beaucoup ensemble. Elle est très dynamique, elle m'entraîne dans toutes sortes de soirées où je rencontre plusieurs personnes, des artistes pour la plupart. Comme j'aime la ville ! Je ne retournerai plus jamais à Bellesroches.

Je t'embrasse,

Doris

Mathilde était revenue à la maison avec une nouvelle pulsion, une espèce de sérénité qui la rendait plus forte, plus audacieuse aussi, et elle avait pris la décision qu'elle irait à la ville visiter son fils, qu'elle partirait sans l'accord de Didier si nécessaire, qu'elle organiserait son voyage avec l'aide de Rosalie. Elle sourit devant tant de hardiesse et se sentit soulagée juste à l'idée que pour une fois dans sa vie, elle ferait ce que bon lui semblait : « Cette fois, Didier Langevin, c'est à mon tour. Doris est en sécurité, je n'ai plus à craindre ni tes sarcasmes ni tes menaces. »

De son côté, malgré l'annonce officielle d'une union entre Morris et Marie, Didier n'avait pas abandonné ses projets de mariage pour son fils Harold. Ça n'avait rien changé à ses élucubrations ; il avait projeté de le marier et comptait bien le faire grâce au plan démoniaque qui lui permettrait d'arriver à ses fins. Pour lui aussi le temps pressait.

C'est ce même jour qu'il entreprit de faire part de ses intentions à son fils de vingt-cinq ans, resté à table avec lui pour partager un fond de whisky. Les deux hommes s'entendaient bien quand il s'agissait de boire ou de fêter, même qu'à deux reprises ils étaient allés en ville draguer, complices pour s'adonner aux mêmes passions. En fait, ils se ressemblaient malgré leurs trente kilos de différence... et ils riaient du même rire gras.

À l'adolescence, Harold avait développé des tics nerveux, un rictus ridicule ou bien un clignement de l'œil droit, qui à la longue agaçaient, et qui apparaissaient dans des moments de stress ou de grande contrariété, ce qui indisposait les gens à un point tel que plusieurs détournaient le regard ou fuyaient discrètement, appréhendant un accès de colère chez le jeune homme. Cependant on aimait son rire facile et ses belles manières avec les femmes. Grâce à lui, Didier était assuré que le Garage Langevin & Fils continuerait de faire de bonnes affaires : de plus, il était vaillant et surtout très compétent.

« Que penses-tu de Marie ?

— Vous parlez de Marie, la fille d'Antoine ? Un beau brin de fille, mais elle aime pas beaucoup les Langevin.

— J'haïrais pas ça de l'avoir comme bru. Cette fille-là m'a toujours impressionné, elle a du caractère.

— Mais voyons, l'père, vous savez bien qu'elle est promise au docteur. C'est pas une affaire pour moi, je suis pas de calibre.

— Arrête de voir de la petite misère partout. Avec l'allure que t'as, tu s'rais capable de décrocher ce beau morceau. T'as juste à te prendre au sérieux, à la courti-ser un peu, tu vaux sûrement autant que ce Vanderstat. L'avenir est devant toi, je vais t'aider. Avec un bon plan et un peu de tactique, à deux nous devrions en venir à bout. Ha ! Ha !

— C'est pas pour moi, cette fille, papa. Elle est trop belle et ses manières raffinées vont pas avec mes gros doigts sales. Laissez tomber, je regarderai ailleurs. »

Didier donna un coup sur la table et réveilla Ma-thilde qui s'était assoupie sur l'ancien lit de Doris. Comme elle avait laissé le repas reposer dans le four, elle pensa avec effroi que Didier attendait pour se faire servir. Elle allait sortir de la chambre lorsqu'elle enten-dit parler de Marie.

« J'te dis que c'est possible de t'offrir Marie Richer, c'est du bon gibier à se mettre sous la dent, laisse-la pas filer. J'vais t'aider, j'ai déjà pensé à tout. » Il se versa les dernières gouttes de whisky et marcha lentement jus-qu'au bahut d'où il ramena une autre bouteille. « C'est un grand jour, mon fils, il faut fêter comme il se doit. Tiens, bois ça d'une traite pis tu m'en donneras des nouvelles.

— J'ai pas envie d'embarquer dans ce jeu, l'père.

Marie voudra jamais de moi, elle se mariera au printemps, j'suis pas pour la talonner et la courtiser bêtement. Elle m'enverra promener, c'est certain. Vous la connaissez suffisamment pour savoir de quoi je parle, il me semble. J'ai pas envie d'être la risée du village, j'ai d'autres projets d'avenir.

— Tu feras ton avenir avec Marie Richer, foi de Didier Langevin. » Il hoqueta bruyamment. « Une fille, ça se prend, tu sais. Prends-la de force, elle sera à toi. Que crois-tu qui se passe dans la nature ? T'as déjà vu un étalon lorsqu'il veut sa jument ? Y passe pas son temps à faire de belles manières, il attaque, il montre qu'il est le plus fort. Vas-y toi aussi, attaque !

— Mais vous divaguez ! Elle me tuera ! Je peux pas faire ça, c'est un viol ! »

Didier le gifla en lui crachant au visage.

« Tu vas respecter ton père, mon gars, et tu vas faire ce que j'te dis si tu veux pas te retrouver dans la rue comme ta tapette de frère. Ça va être le temps que tu prouves que t'es un homme. Gare à toi, Harold, t'as pas fini d'en voir si tu refuses. C'est ton avenir qui se joue là-dedans et je te laisserai pas le gâcher comme un poltron. Tu me r'mercieras plus tard, quand la Marie s'ra à tes pieds pour se faire épouser et sauver son honneur. Faut que tu prennes l'taureau par les cornes, c'est toujours bien rien qu'une fille, sacrement ! » Il se versa un autre verre qu'il remplit à ras bord. Il fit de même avec celui d'Harold. « Levons nos verres et buvons à la belle Marie... Bois, allez, ça donne du cran. »

Mathilde, adossée à la porte de la chambre, se retenait de peine et de misère tant ses jambes tremblaient sous le poids du dégoût. Les yeux fermés, elle pria le ciel de lui donner la force de rester debout, de tout entendre des projets abjects et vils de Didier. On l'exauça : elle cessa de trembler, sa bouche redevint humide, sa respiration moins saccadée.

« D'abord il faudrait bien que j'essaie les bonnes manières, osa Harold entre deux rictus. Peut-être qu'avec des fleurs et des parfums, je pourrais l'attirer. » Il cligna de l'œil. « C'est vrai qu'elle est pas mal racée, il y en a pas d'autres comme elle dans le coin. »

Didier rit, d'un gros rire de satisfaction ; Mathilde frissonna.

« T'as pas de temps à perdre, mon gars. Oublie les p'tites fleurs, prends les grands moyens. Il faut que ça se fasse à l'automne au plus tard, à la Fête du village, au lac Caché. Tu peux bien faire le Valentino si ça te chante, mais perds pas de vue que tout doit se jouer à ce moment-là. Je rêve de cet instant depuis cinq ans... cinq longues années.

— O.K., ça va, l'père, nous en reparlerons d'ici là. Il nous reste toujours bien six semaines pour organiser quelque chose. »

Il allait se lever quand Didier le retint fermement, la main sur l'épaule.

« Reste assis, j'ai pas fini. Voilà comment les choses se passeront. D'abord, tu t'organises pour te r'trouver dans le bosquet avec elle, la place est toute choisie d'avance, je connais bien le coin. S'il le faut, je te l'amène de force, pieds et mains liées, et bâillonnée en plus ! J'espère au moins que là tu sauras quoi faire, car il faudra pas que tu manques ton coup. Elle essaiera de se défendre, c'est certain, mais à la grosseur que t'as, c'est comme rien si t'en viens pas à bout. Au pire, tu l'assommes un peu... et hop ! le tour est joué. J'arrive par hasard avec un ou deux gars et nous assistons à vos ébats. Tu l'embrasses, personne n'y verra d'assez près pour s'apercevoir de quoi que ce soit. Nous vous dérangerons pas longtemps, juste le temps de voir. Après ça, la Marie, elle aura plus qu'à filer doux si elle veut se trouver un mari... et ce mari, Harold, ce sera toi. »

Le regard perfide, Didier était méconnaissable avec sa bouche tordue, d'où coulait la bave, alors qu'il savourait son plan derrière un gros rire pervers. Harold ne pouvait en supporter davantage. Il détourna les yeux sur la bouteille et se servit à son tour un verre qu'il but tout d'un trait, le visage contorsionné. Puis il éclata de rire lui aussi, d'un rire hystérique. En gambadant, il se dirigea vers le placard et revint avec une arme qu'il chargea maladroitement sous les yeux de son père. Il la lui tendit.

« Vous êtes mieux de me tuer, l'père, j'ferai jamais une chose pareille. Si un jour j'en arrive là et que je vous ressemble à ce point, je préfère mourir. Allez, tirez avant que je vous vomisse dessus. »

À son tour il vociférait, l'œil droit complètement fermé. Didier s'empara du fusil.

« Arrêtez ! vous êtes fous. »

Mathilde avait descendu l'escalier en criant, fixée par le regard glacé des deux hommes sur lesquels elle s'était ruée. Didier bascula en se frappant la tête sur le coin de la chaise avant de s'affaisser de tout son poids sur le plancher. Un cri de douleur perfora le silence de la pièce. Elle s'était agenouillée à ses côtés, lui avait soulevé la tête et, devant la bénignité de la blessure, l'avait laissé retomber. Mais Didier criait toujours et se tordait sur lui-même en essayant d'étirer le bras vers Harold qui soutenait avec peine ses yeux ahuris, la bouche grande ouverte. Il ne pouvait être d'aucun secours. Alors Mathilde sortit chercher de l'aide. Quand elle revint, accompagnée du maire et du docteur Vanderstat, Didier gisait sur le sol à demi éveillé et Harold ronflait devant la bouteille vide.

« Réveille-toi, Harold ! Dis-nous ce qui s'est passé, demanda le maire en voyant l'arme sur la table.

— Hein !... Quoi ?... Rien...

— Une fracture à la jambe... il s'en remettra, lança Morris. Venez m'aider, Mathilde. Avec tout l'alcool qu'il a ingurgité, il ne sentira rien. Il vaut mieux en profiter maintenant. Non, non, dit-il au maire qui cherchait à se montrer utile, ne le déplaçons pas. Téléphonez plutôt chez les Richer et faites venir Rosalie, elle pourrait être utile.

— Et le fusil ?

— C'est rien, c'était pour la partie de chasse de demain, répondit calmement Mathilde. Je le ramasse à l'instant. Qu'est-ce que vous croyez ? Ils ont pris un verre ensemble, c'est tout. Didier est tombé, vous voyez bien qu'il n'y a pas autre chose.

— C'est quand même bizarre, mais si vous le dites, lança le maire en prenant son chapeau et son manteau. Appelez mademoiselle DuMarais. Je vais la chercher en voiture, nous gagnerons du temps. Ah ! les chicanes de famille. »

Dans moins de vingt minutes, il était de retour avec Rosalie qui ne put retenir un sourire de satisfaction. Elle s'étonna cependant de voir Mathilde, si calme, en train d'exécuter avec adresse les ordres de Morris alors que le maire avait parlé d'une grave scène de ménage.

« Vous avez l'air bien affairé, tous les deux.

— Ah, Rosalie. Excuse-moi, on a du pain sur la planche. » Mathilde avait levé les yeux et regardé son fils. « J'apprécierais que vous vous occupiez de l'autre. Amenez-le dans une chambre, qu'on le voie plus et l'entende plus ronfler comme ça. Et puis, aérez s'il vous plaît, ça fera du bien. »

Cette odeur de souffrance humaine rappelait à Rosalie le jour où sa sœur avait accouché de Marie. Mathilde avait pris en main la situation, tout comme à l'instant, et elle avait vu dans ses yeux la même soif d'apprendre, le même désir d'exécuter à la perfection. Là aussi, Mathilde questionnait le docteur du regard ou l'approuvait en hochant de la tête, complice de son art, mais ce qui frappait surtout Rosalie, c'était la place qu'il lui consentait : il lui expliquait au fur et à mesure ce qu'il faisait et pourquoi il le faisait, on aurait dit une leçon d'anatomie, et elle écoutait religieusement, prête à revenir sur son geste.

« Si vous n'avez pas besoin de moi, je vais préparer du café », dit Rosalie subitement. Personne ne lui répondit. « Vous, monsieur le maire, vous en prendrez bien un ?

— Non, merci. Je vais rentrer si vous voulez bien m'excuser. Voulez-vous que je vous reconduise ?

— Pas besoin, je reste avec Mathilde. Monsieur Brillant s'en va, vous n'avez plus besoin de lui ?

— Attendez, nous allons porter Didier dans son lit. »

Il passait minuit quand ils eurent fini de soigner Langevin. Épuisé, Morris quitta la maison en même temps que le maire, et aussitôt Mathilde se mit à trembler, incapable de contrôler cette nervosité qui effaça du même coup l'image de la femme forte qui soignait placidement son mari quelques heures auparavant.

« Tu ne me feras pas croire que ça va, Mathilde. Il s'est passé quelque chose de grave et tu nous l'as caché, n'est-ce pas ? Avec moi, ça ne marche pas ce petit jeu, je te connais suffisamment pour me rendre compte que ça ne tourne pas rond. Il faut tout me raconter. Nous sommes de grandes amies et pas question de te revoir dans le même état qu'il y a cinq ans avec les jumelles. Parle, ne garde pas le silence inutilement.

— Laisse-moi, Rosalie, je pense que j'ai rêvé. » Elle pleurait, malgré elle, cherchant en premier lieu à retenir ses mains tremblantes. « Je ne suis pas capable, j'ai peur des mots pour le dire. J'aurais dû le laisser souffrir jusqu'à ce que mort s'ensuive.

— Mon Dieu, mais c'est terrible, jamais je ne t'ai

entendue parler ainsi. Remarque que, quant à moi, je ne suis pas contre ! Tu sais ce que je pense de ton mari. » Elle se leva et entoura affectueusement son amie. « Bon, puisqu'il en est ainsi, il vaut mieux vider la chose tout de suite. Je t'avoue que je prendrais bien un petit remontant. As-tu du brandy ? »

Mathilde la regarda avec surprise.

« Du brandy ? Tu penses pas qu'il s'est bu suffisamment d'alcool ici pour aujourd'hui ?

— Si tu n'en as pas, tu le dis tout simplement.

— Regarde dans le haut de l'armoire, qui sait ? Et puis, tout compte fait, pourquoi pas ! Je pense qu'il y a du porto. »

Elles restèrent ainsi assises près de trois heures où Mathilde raconta finalement comment les choses s'étaient déroulées, baissant les yeux à toutes les fois qu'elle prononçait le nom de Marie devant Rosalie qui l'écoutait scrupuleusement, sans émettre aucun commentaire. Elle se permit cependant une remarque lorsqu'elle entendit Didier se lamenter.

« Quand bien même il souffrirait un peu, ça va juste lui rappeler que la vie se charge de le ramener à l'ordre. C'est une belle ordure ! »

Mathilde haussa les épaules et tourna la tête vers la chambre.

« Tout de même, c'est un être humain.

— Un type dangereux, Mathilde, tu connais ses projets.

— Il sera immobilisé durant plus d'un mois, au moins il y a rien à craindre d'ici là et, quant à Harold, s'il se souvient de quelque chose, jamais il osera quoi que ce soit.

— Je dirai à ton... à ton... mari que je suis au courant de tout. Il est mieux de bien se tenir, nous sommes deux à avoir l'œil ! Arrête de te mortifier, tu devrais aller te reposer ; je reste et si Didier se réveille, je t'avertis. J'aurai toute la journée de demain pour m'en remettre. »

Quatre jours plus tard, quand Rosalie revint rendre visite à Mathilde, elle lui trouva très mauvaise mine.

« Que se passe-t-il encore ?

— Harold ne vient plus à la maison. Il s'est aménagé un petit coin au garage et a pris la plupart de ses affaires. Me voilà toute seule avec lui – elle pointa la chambre – à subir ses sarcasmes, ses affronts et ses colères. Il est foncièrement mauvais, je crois. J'en ai le dédain, je sais pas ce qui me pousse encore à en prendre soin.

— L'amour de la vie, l'altruisme, la vocation peut-être !

— Qu'est-ce que tu veux dire par là ? C'est quoi ce ton ?

— Tu as l'âme d'une hospitalière ou d'une infirmière, si tu préfères. Je t'ai vue le soigner, je t'ai observée travailler auprès du docteur, tous ces accouchements dont tu me parles, ces livres que tu dévores... tout ça ! Voilà ! Ce n'est pas ici que tu devrais être.

— C'est pourtant ici que je suis.

— Mais ça peut changer. Quitte la maison. J'ai encore une très grande amie en ville, Pauline, elle a notre âge. Sais-tu ce qu'elle fait dans la vie ? Elle travaille comme bénévole dans un hôpital. Les bonnes sœurs lui fournissent le gîte et la nourriture en échange de ses soins aux malades. Sa vie est bien remplie et je suis certaine qu'elle se ferait un plaisir de t'introduire dans son monde.

— Rosalie DuMarais, tu y penses pas ! Je suis jamais allée en ville de toute ma vie. Et j'irais mourir toute seule là-bas ?

— Qui as-tu ici pour te retenir ? Harold au garage, Rogatien et Romuald aux chantiers et ton abruti de mari, excuse-moi, qui te crie après. En ville, n'y a-t-il pas Doris ? Et j'y vais souvent, tu sais. Laisse-moi organiser une première visite et tu décideras ensuite. Pourquoi pas y aller durant la fin de semaine de la Fête d'Automne ? Didier pourra se déplacer en béquilles et je demanderai à Joséphine de s'occuper de lui. Ils s'entendent bien tous les deux, il ne devrait pas y avoir de problème.

— Je dois dire que je projetais d'aller voir mon Doris et que j'aurais voulu que tu m'accompagnes ; j'osais pas te le proposer. Tu es plus qu'une amie, tu es ma sœur ! »

Les deux femmes convinrent qu'à toutes les fois où Mathilde aurait à s'absenter, Rosalie viendrait la remplacer auprès de Didier, du moins pour les premières semaines. Elle pouvait donc en profiter pour accompagner plus souvent le docteur Vanderstat et s'occuper des femmes enceintes.

« Mathilde, Mathilde, cria encore une fois Didier.

— Qu'y a-t-il ? Ta femme est sortie, je suis de garde ! Alors dis rapidement ce que tu veux.

— Descends de sur tes grands chevaux, Rosalie, ou bien débarrasse ! Je suis assez vieux pour rester seul.

— C'est bien, je te laisse. Tu en as pour environ quatre heures. D'ici là, prends ton mal en patience. »

Elle tourna les talons avec indifférence ; il la supplia de rester et promit de ne plus l'embêter pour rien. Alors elle approcha une chaise et entreprit à haute voix la lecture d'un recueil de poésie que Didier écouta religieusement, comme s'il savourait les paroles de chaque vers. Pour une fois, ils se rejoignaient au-delà de leur animosité. Quand elle referma le livre, il garda les yeux clos, le sourire béat.

« Ma grande foi de Dieu, tu as apprécié !

— Tu me connais mal. D'ailleurs, personne me connaît vraiment sauf... »

Il ouvrit les yeux.

« Sauf qui ?

— Ta sœur. Joséphine est ce que j'ai de plus cher depuis longtemps. Ça t'en bouche un coin, hein ! Il y a bien d'autres choses que je pourrais te révéler et peut-être que tu serais pas mal plus fine avec moi, que tu passerais plus volontiers de temps à me faire de tes belles lectures. »

Elle se sentit rougir jusqu'à la racine des cheveux. Elle releva fièrement le menton et du même regard hautain que jadis elle le dévisagea et se pinça le bec en prenant un air arrogant, un ton prétentieux.

« Joséphine ! Sans doute est-ce par amour pour elle que tu cherches à violer sa fille ? Belle façon de dire "Je t'aime".

— De quoi parles-tu ? Es-tu folle ? Tu sais plus quoi inventer. Compte-toi chanceuse que je sois immobilisé, tu verrais de quel bois je me chauffe, je te ferais regretter ton bec pincé !

— Ça ne marche pas avec moi, change de ton, car tu risques fort de t'en repentir. Mathilde m'a tout raconté. Tu mériterais la potence, tu es tordu, et juste à savoir que tu as une relation avec ma sœur, ça me donne mal au cœur.

— Et toi, avec Antoine, c'est du joli, ça ? Penses-tu vraiment que je me suis pas aperçu de votre p'tite affaire ? C'est pas pour rien que le champ était libre. Ça fait que, ma belle, si tu veux pas que j'étale tout sur la place publique, t'aurais avantage à te montrer discrète et plus gentille avec moi. Pour ce qui est de Marie, c'est autre chose. Je regrette sincèrement toute cette histoire-là, j'avais bu ; la leçon m'a servi. »

Toujours raide sur sa chaise, Rosalie gardait une allure altière, comme si rien des révélations de Didier ne l'atteignait. Elle le fixait avec mépris, imaginant sa sœur en train d'embrasser cet être odieux ou d'écouter ses belles paroles hypocrites. « Je ne te crois pas. Tu inventes des choses pour me provoquer. Je sais à quoi m'attendre avec toi, alors crache ce que tu veux obtenir avec tes manigances.

— Envoie-moi Joséphine, j'ai besoin de sa présence et je vous laisserai tous tranquilles. Arrange ça comme tu veux ! Tiens Mathilde occupée, je peux plus la supporter dans cette maison. En fait, c'est elle la grande responsable de tout. Si seulement elle avait su se tenir, être autre chose qu'une femme docile, juste bonne à enfanter, mais non, avec son visage de femme battue, ses grosses hanches, son silence et son regard... elle est toujours en train de quémander un peu d'affection. Ma plus grande erreur, c'est de l'avoir mariée sans l'aimer, autrement, j'aurais été bien différent. »

Il regarda le vide, les yeux embués par ce moment de confession, et elle dut se retenir de lui cracher à la figure, arrêtée uniquement par la pensée qu'elle venait de proposer à Mathilde un virement de bord.

« Soit, Didier, tu auras ce que tu désires. Mathilde ne t'encombrera plus l'existence, mais tu devras consentir un montant d'argent. Tout a un prix ! »

12

L'absence prolongée du conseiller Langevin à la table du Conseil municipal risquait de compromettre la réalisation de la grande fête annuelle d'automne parce que c'est lui qui en avait obtenu l'entière responsabilité après que le maire Brillant eut dû intervenir auprès du conseiller Brideau pour que ce dernier cède enfin sa place. Le temps courait, il ne restait que deux semaines avant l'événement et rien n'était encore planifié. On songea même à tout annuler, mais le maire Brillant, pour sauver la face, en prit lui-même la charge. Il sollicita la collaboration d'Antoine Richer.

« Je vous aiderai, mais la traditionnelle partie de cache-cache devra être abolie et remplacée par une course en bateau sur le lac, avait-il dit. Ne vous inquiétez pas, le pique-nique gardera sa place d'honneur, même s'il faut en raccourcir la durée, mais il n'y aura ni danse ni tombola. »

Malgré ces modifications au programme, beaucoup de monde s'était déplacé, mais on ne vit personne de la famille Langevin, pas plus que Joséphine et Rosalie. Seule Marie accompagnait son père. On avait demandé à la fanfare de jouer au moins à l'heure du lunch et à Marie d'animer en attendant le départ de la course en bateau.

Au bord du lac, le maire et sa femme se tenaient immobiles et regardaient le ciel se couvrir. À quelques reprises, Marthe Brillant fut secouée par un étrange frissonnement.

« Joachin, j'ai des craintes. Tu devrais annuler la course avec ce temps de plus en plus gris.

— Voyons, c'est impossible, les gens sont venus exprès pour ça ! Dans moins d'une demi-heure, tu verras, le soleil reviendra.

— Je n'arrive pas à me détendre, j'ai un drôle de pressentiment. Où est Antoine ? On pourrait lui demander ce qu'il en pense.

— Il est allé chercher le docteur Vanderstat. Il se joindra à nous pour la course. » Le maire regarda sa femme du coin de l'œil. « Vas-tu encore me faire la farce de la prémonition ? Tu m'as déjà fait rater un voyage à cause de ça et aujourd'hui tu voudrais qu'on annule la principale activité de la fête. Non, madame, cette fois, les choses se passeront comme je veux. Va plutôt te reposer ou joins-toi au groupe qui chante, là-bas ! Ce sont tes lectures bizarres qui te rendent folle, laisse les hommes faire ce qu'ils doivent et occupe-toi des femmes, s'il te plaît. »

Le maire bomba le torse, prit une grande respiration puis laissa sa femme à ses pressentiments, pressé de rejoindre Dorothée, la « p'tite secrétaire », à qui il demanda le porte-voix et le sac brun qu'il avait laissés sur la banquette de son auto. Quand elle revint, il prit d'abord le sac d'où il sortit une flasque de whisky.

« Une p'tite gorgée?

— Vous savez bien, monsieur le maire, que je n'oserais jamais.

— Allez, aujourd'hui tu as ma permission, c'est fête. »
Dorothée prit deux gorgées et s'étouffa.

« C'est bien, ça ! dit-il, en s'esclaffant. Je vais annoncer le début de la course. Combien on a d'embarcations ?

— Il y en a sept, plus le petit chaland du conseiller Langevin, naturellement.

— Ouin ! on va laisser faire pour Langevin. Nous garderons son bateau pour le docteur, il voulait justement participer à la course. Tiens ! Prends donc une autre gorgée avant que j'appelle le monde. Tâche cette fois de faire mieux que tout à l'heure. » Il lui tendit le reste du flacon. « Allez, finis-le ! Ha ! Ha ! »

Quand la course commença, Antoine et Morris n'étaient pas encore arrivés.

« Nous ne pouvons plus les attendre, avait dit le maire, le temps va se gâter. »

Quand les deux hommes arrivèrent, ils enjambèrent en vitesse la petite embarcation des Langevin avec Marie qui les avait attendus. Dorothée, à l'écart, juste à côté du maire, ne pouvait retenir son fou rire.

« Pourquoi ne la prenez-vous pas avec vous ? Une personne de plus ou de moins ! Avec votre retard, ça changera rien.

— Viens, Dorothée. Tu me tiendras compagnie, car je ne pense pas que papa ou Morris me cédera les avirons. »

Sur la pointe des pieds, à peine suffisamment grande pour l'enjambée, la petite femme se glissa jusqu'au banc arrière. Elle riait toujours et le maire aussi pendant qu'il poussait le petit chaland, entraînant dans leur euphorie les passagers.

Une heure plus tard, les premières embarcations franchissaient les balises de retour tandis que le tandem Richer-Vanderstat était loin derrière, bien résolu cependant à faire le parcours au complet. Au passage, Dorothée et Marie saluaient de la main. Le rire tonitruant de la « p'tite secrétaire » était porté à l'autre extrémité du lac par un vent du nord qui forçait de plus en plus.

« Il serait sage de rebrousser chemin, un gros orage se prépare.

— Mais non, Marie, rendons-nous jusqu'aux bouées,

nous avons quand même un honneur à sauver ! Imagine un peu, c'est moi qui ai organisé la course et je ne la compléterais pas ? On se moquera de moi, tout le monde passe au magasin ! Allez, tu es plus brave que ça, voyons. »

Antoine se voulait rassurant. Il n'aimait pas voir ainsi sa fille s'inquiéter inutilement, lui qui avait passé sa jeunesse sur le lac Caché et qui en connaissait tous les dangers.

« Je suis bien d'accord avec vous, mon " p'tit " monsieur. Ce n'est pas un " p'tit " orage qui va nous arrêter. »

Marie regarda Morris avec appréhension, mais comme réponse, il souleva simplement les épaules et rama avec plus d'ardeur. Elle lui fit signe de réagir, exaspérée, et lui signala du revers de la main que tous les autres participants étaient rendus à destination. Devant l'anxiété qu'il lisait sur son visage, il tenta une intervention.

« Il vaudrait mieux que le vent baisse un peu sinon il faudra retourner au point de départ... Je ne sais pas nager du tout !

— Moi non plus, lança Dorothée en se levant. Pourtant, j'ai pas peur de l'eau.

— Assois-toi ! »

Ils avaient tous crié en même temps. Elle faillit tomber. Morris lâcha sa rame et se leva, mais en prenant sa main, il bascula sur Marie. Antoine essaya à son tour d'agripper Morris. La petite embarcation, en déséquilibre, subit l'assaut des vagues et chavira sur le côté.

« Je ne sais pas nager, je ne sais pas... criait désespérément Morris en s'enfonçant à deux reprises.

— J'arrive, calmez-vous, tendez votre main. Non, votre main... Votre main ! Lâchez-moi ! »

Antoine eut du mal à se défaire de l'emprise de

Morris. Il dut resurgir par-derrière et l'empoigner au cou pour l'immobiliser.

« Laissez-vous traîner, nom de Dieu, on est pas très loin du bord. »

Pendant ce temps, Dorothée se débattait alors que Marie se tenait accrochée au petit bateau. Elle essaya bien de lui tendre un bras, mais comme dans son énervement la pauvre secrétaire battait l'eau, toussait et pirouettait sur elle-même, Marie dut lâcher le rebord du chaland et nager jusqu'à ses côtés. Dès qu'elle émergeait, Dorothée tentait de s'accrocher à sa compagne qu'elle griffa à plusieurs reprises avant de pouvoir la saisir par les cheveux et l'emporter sous l'eau. Une lutte à finir s'ensuivit.

Antoine atteignit enfin la rive et laissa Morris à lui-même pour s'en retourner vers le bateau où il ne voyait aucune des deux femmes. Il nageait désespérément, sans savoir où se diriger ni où plonger, quand tout à coup, à quelques mètres de lui, une tête brune apparut pour disparaître à nouveau dans un grand tourbillon. Il plongea tout de suite. Marie se débattait en tenant d'une seule main le corps de Dorothée qu'elle n'arrivait pas à maintenir à flot. Il dut les séparer de force et empoigner sa fille pour la remonter à la surface. Lorsque enfin elle vit le ciel, elle cria « Dorothée » et s'évanouit dans les bras d'Antoine qui dut abandonner l'autre corps qui flottait, inanimé.

Morris s'empara de sa fiancée qu'il déposa sur les cailloux, sous les yeux ahuris du père qui s'effondra, complètement exténué. Quand elle reprit conscience, ce fut pour crier lamentablement « Dorothée », à genoux dans l'eau, et regarder, impuissante, l'embarcation où deux hommes, venus à leur secours, sous l'orage et le vent, tentaient de remonter à leur bord un corps inanimé.

Morris avait porté sa fiancée sur plus d'un kilomètre avant de consentir à la déposer par terre, où maintenant elle marchait machinalement dans le sentier
boueux, trempée jusqu'aux os, devant Antoine qui fermait la marche, silencieux. Comment ne pas se reprocher toute l'atrocité de cette fin d'après-midi, lui qui
connaissait pourtant si bien le lac ?

« Enfin, nous vous rejoignons. Vite, mettez ces couvertures sur vos épaules. Marie, on va vous porter, la
tête du lac est encore à un kilomètre. » Le maire Brillant
fit signe à trois hommes de s'approcher. « Il faut la
transporter, elle est à bout de force. »

Antoine décrivait les événements tandis que Marie,
les yeux fermés, n'arrivait pas à chasser de sa mémoire
le visage de Dorothée en train de se débattre désespérément. Morris l'observait du coin de l'œil. Lorsqu'elle
ouvrit de grands yeux tristes, en larmes, et qu'elle
tendit sa main, entre deux soubresauts, il sut qu'il
devrait effacer l'atroce souvenir.

Ils arrivèrent au lieu de rassemblement où le corps
de la noyée reposait sous une couverture. Morris cons-
tata le décès et prit les mesures nécessaires pour qu'on
transportât la dépouille jusqu'au village voisin, où on
l'embaumerait. Sur le lac, il y avait encore une
embarcation de sauveteurs qu'on voyait peiner et lutter
contre les vagues de plus en plus fortes.

« Vous avez bien fait de revenir à pied, ceux-là sont
loin d'être rendus, déclara Victorien Brideau. Retournez chez vous, nous nous occuperons d'eux. Vous en
avez assez vu pour aujourd'hui. »

« Je veux vous examiner, vous aussi, monsieur Richer.
— Non, ça ira. Je préfère qu'on s'occupe d'elle. »

Marie était assise dans le fauteuil bergère, derrière
le bureau du médecin, et elle les regardait fixement,
encore en état de choc.

« Elle n'a pas dit un traître mot depuis l'accident !
Fais quelque chose.

— Ne vous inquiétez pas, elle est entre bonnes mains.
Je tiens à ma fiancée, vous savez ! Je la soignerai au
mieux de ma connaissance. J'ai déjà traité des cas sem-
blables. »

Une fois seuls, Morris souleva la jeune femme sans
qu'elle s'y opposât et l'amena jusqu'à la voûte où il la
déposa délicatement sur le sol pendant qu'il déver-
rouillait la lourde porte. Il reprit sa charge, se dirigea
jusqu'au lit et l'étendit sous l'épais édredon.

« Ma douce amie, regarde-moi. Concentre-toi sur
ma voix et mes yeux, suis le chemin que je t'indique.
Tes paupières sont lourdes, de plus en plus lourdes. Il
fait noir maintenant et une lumière s'infiltre lentement.
Du souvenir il ne te restera que vagues illusions, le jour
se lèvera et ta douleur se sera endormie. »

Il lui caressait les cheveux et promenait ses lèvres
sur son front chaud tandis qu'elle s'abandonnait au
monde de l'oubli. Sa respiration se faisait plus régu-
lière, ses muscles plus détendus, mais Morris ne se
lassait pas d'inonder de son flot de paroles son esprit
engourdi. Quand il la réveilla, elle referma les yeux
comme si elle savourait un doux instant de réconciliation avec la vie. Alors, seulement, il se permit de s'allonger à ses côtés et de la couvrir de son long bras.

« Quelle étrange sensation que de se savoir dépouillée
d'une partie de son esprit et de sa mémoire. Je sais que
Dorothée est morte noyée, que j'ai tenté de la sauver,
que nous avons tous failli y passer et ça me laisse quasi
indifférente. Toutes ces images d'abandon qui envahis-
saient ma tête après l'accident sont devenues presque
normales, acceptables.

— Marie, je t'ai hypnotisée. Il m'arrive à l'occasion
d'utiliser cette pratique, mais personne d'autre que toi
ne le sait.

— N'est-ce pas un peu inquiétant que ces choses-là ? Plusieurs diraient que tu traites avec le diable. Chez les bonnes sœurs, on avait déjà parlé de quelqu'un qui hypnotisait des foules, mais jamais il ne fut question de médecine. On accusait même ce personnage d'avoir vendu son âme à Satan, d'être un charlatan guérisseur.

— Tout ça n'est que pur ragot de gens ignorants. Les pouvoirs de l'hypnose sont insoupçonnés et moi, je cherche toujours à les utiliser à de bonnes fins ; mon seul but, c'est de soulager la misère humaine, rien d'autre. »

Marie, qui en savait déjà beaucoup plus qu'elle n'en laissa voir, se tourna vers son compagnon de qui elle se rapprocha jusqu'à sentir son haleine chaude sur sa joue.

« Comme je t'aime, ma douce Marie. Tu seras bientôt mon épouse, alors pourquoi... »

Elle devina ses intentions.

« Je ne suis pas de cette école, tu sais. J'attendrai le mariage avant d'entreprendre quoi que ce soit que je pourrais regretter.

— N'es-tu pas bien, ainsi blottie dans mes bras ? Je te protégerai, tu le sais bien, j'en ai les moyens, laissa-t-il tomber.

— Que veux-tu dire par là ? Explique-toi, s'il te plaît. »

Elle se détacha de lui.

« Pourquoi tant de suspicion ? Je te protège depuis que nous nous connaissons. N'ai-je pas écouté ta tante Rosalie et amélioré tes conditions de travail ? Je t'ai aussi tirée des griffes de Didier Langevin, et maintenant, ne te sens-tu pas délivrée de l'angoisse qui t'étranglait depuis la tragédie de cet après-midi ? Tu peux me faire confiance, je suis ton ange gardien, Marie. Fais ta vie avec moi et tu n'auras rien à craindre. Aimons-nous dès cet instant, je t'en prie... laisse-moi te faire connaître les plaisirs de l'amour. Tu sauras mieux m'apprécier et nous pourrons nous marier plus vite.

— Rien ne presse, je ne suis pas prête. Et ça m'apparaît immoral de penser à cela alors qu'on vient de mourir sous nos yeux. Laisse-moi partir.

— Mais au contraire, ça presse. Je suis sollicité de toutes parts, échappa-t-il, un étranglement dans la voix.

— Tu es sollicité, tu es sollicité... tu parles sans doute de sollicitation telle que le fait la belle Charlotte Brodeur ?

— Oui, comme elle. Au moins, fixons une date bien précise et faisons publier les bans.

— Rien ne presse, je te le répète. Maintenant, parlons d'autre chose sinon, taisons-nous et savourons le silence d'être ensemble.

— Marie, tu me fais souffrir. Je suis incapable de rester ainsi près de toi sans penser aux mille bonheurs que je peux te donner avec mes caresses, mes baisers, notre union. Laisse-toi aller, ma douce, buvons à la fontaine de l'amour. »

Elle se leva et resta plantée un instant près du lit à le fixer.

« Sers-toi de ta boîte à images, moi je rentre, je préfère prier pour Dorothée. »

Il se retourna. Il ne la reconduisit même pas, se contentant de guetter le bruit de la porte d'entrée qui se referma doucement. Puis, de fatigue ou d'émotion, il sombra dans un sommeil profond, bouleversé par des rêves morbides que les événements de la journée alimentaient.

Quand Antoine réveilla Marie, le lendemain, il la trouva trop sereine. Il connaissait suffisamment bien sa fille pour savoir que cet état lui cachait quelque chose.

« Tu me sembles très détendue ; la médecine de Morris te réussit bien ! Moi, je n'ai pas fermé l'œil de la nuit. Aussitôt que je faisais le noir, des images macabres m'apparaissaient et m'engloutissaient avec elles. J'ai tremblé jusqu'aux petites heures ; il m'a fallu deux bons verres de cognac pour m'en remettre, j'avais peur pour toi, ma fille. Je me disais que j'aurais pu faire plus vite et t'épargner toutes ces peines.

— Vous n'allez pas commencer à vous culpabiliser. Je suis là bien en chair et j'ai dormi toute la nuit. À peine si je me souviens de la journée d'hier, même que ça me surprend encore de ne pas en être plus bouleversée !

— Tu as dû recevoir de bons médicaments. J'irai voir Morris parce que, en ce qui me concerne, c'est loin d'être terminé cette histoire-là. »

Marie n'avait pas tant dormi qu'elle l'avait laissé croire, au contraire, une bonne partie de la nuit s'était passée à ressasser les paroles de Morris. Il lui avait semblé que tout ce flot de beaux mots ne lui était pas inconnu. Vaguement, elle se rappelait, comme dans un lointain souvenir, avoir déjà vécu pareille situation, mais elle n'arrivait pas à en identifier ni le lieu ni le temps et ne se sentait même plus la force d'explorer davantage sa mémoire. Il lui fallait guérir de cet émoi, dont elle soupçonnait si bien la cause, et la meilleure façon d'y parvenir, c'était peut-être de se distancer de son fiancé, de partir et de s'offrir un temps d'arrêt où Morris ne pourrait jouer de son influence ou de sa protection.

« Je n'irai pas travailler, aujourd'hui. Vous préviendrez Morris pour moi. J'ai décidé d'aller rejoindre ma tante Rosalie et Mathilde. Je leur raconterai toute l'horreur du lac Caché.

— Mais elles reviennent dans deux jours. Ça ne vaut pas la peine de faire le voyage, elles sauront bien assez tôt.

— Ça fait rien, je pars quand même. Au fait, où est maman ? Je ne l'ai plus vue depuis hier matin. Elle a bien dû s'inquiéter pour moi.

— Quand je suis rentré, hier soir, elle était toujours chez Langevin et je l'ai appelée pour lui raconter. Tu comprends qu'elle ne pouvait pas laisser Didier seul à la maison, elle avait promis à Rosalie de s'en occuper. Je l'ai assurée que tu passerais la voir ce matin, qu'elle pourrait t'embrasser et juger par elle-même que tu vas bien.

— Et moi qui ai horreur d'aller là-bas. C'est bien juste pour maman que je me déplacerai. Je la préviendrai de mon départ par la même occasion.

— Es-tu sérieuse ? Tu partirais comme ça, le cœur au bord du chavirement ? »

Il se mordit la langue.

« J'ai besoin d'air, de changer de décor, de réfléchir. Est-ce suffisant ? Deux semaines, je ne serai partie que deux semaines. J'irai voir Aline. »

Antoine savait qu'il ne parviendrait pas à la faire changer d'idée. Il l'enviait presque. Toute la nuit, il n'avait espéré qu'une chose : se retrouver près de Rosalie, à des kilomètres de là, sa belle Rosalie, si forte et si courageuse, lui consacrer du temps, l'aimer aussi souvent qu'elle l'espérait. Leurs voyages à la ville ne duraient que quelques jours, c'était trop court, et jamais ils n'avaient fait de vrais voyages d'amoureux. Au contraire, ils se montraient distants en public, comme des gens d'affaires pour qui on monnayerait l'amour, et taisaient leur passion, la dépouillaient de son essence. Ils n'affichaient jamais rien de leurs sentiments et arrivaient même à oublier qu'ils étaient amants. La mort de Dorothée lui faisait réaliser combien un être pouvait disparaître vite, que le temps ne s'arrête pas pour donner une seconde chance. Et si Rosalie disparaissait, elle aussi, sans que personne eût su leur grand amour !

Des décisions, il en avait pris durant ces longues heures de noirceur, tout comme Marie d'ailleurs, et de la voir ainsi relever la tête, décidée à se rendre jusqu'au bout, il en était fier et la comprenait. Son tour viendrait à lui aussi, et ce jour-là, tout le village de Bellesroches saurait son bel amour.

Marie arriva à la ville au moment où Mathilde et sa tante en revenaient. Elles ne se croisèrent même pas. Quand elle descendit du train, bien seule, sans personne pour l'accueillir, obligée d'affronter tous ces visages surpris auxquels elle n'était plus habituée, elle vit les vieux bancs noirs toujours adossés à la gare et se rappela le plaisir qu'elle avait lorsqu'elle revenait du village au temps où elle étudiait. Aline venait la rejoindre et ensemble elles marchaient longtemps, se racontaient leur séjour respectif à la maison et riaient de bon cœur, faisant fi de tous les regards réprobateurs. Ensemble, elles devenaient aussi doublement audacieuses, allant même jusqu'à oser quelques flirts. C'est ainsi qu'elles avaient connu « Phil », le beau serveur de restaurant avec qui Marie serait sûrement allée au-delà des belles paroles si elle n'avait pas eu à rentrer au couvent à chaque soir.

Ils ne s'étaient jamais revus, mais Aline lui avait écrit qu'elle le croisait quelquefois quand elle allait au restaurant La Chamade. L'envie folle de le revoir lui trottait dans la tête, et comme elle n'était pas d'humeur à se refuser ce petit bonheur... elle mit ses bagages à la consigne et retoucha son maquillage, toute fébrile juste à la pensée de faire enfin quelque chose qui la distancerait de Morris et lui permettrait de respirer un peu de liberté. Elle retrouvait sa gourmandise de la vie. N'avait-elle pas appris à voler de ses propres ailes ? Tout l'air qui lui manquait à Bellesroches arrivait ici, à profusion, et l'enivrait des plaisirs de la ville, de ses bruits invitants. Elle revivait !

« Monsieur Philibert Létourneau travaille-t-il encore ici ?

— S'il travaille ici ? Monsieur Létourneau est le pro-

priétaire, madame, mais il n'est pas là. Désirez-vous
l'attendre ?

— Eh bien, je ne sais trop. Je viens de l'extérieur et
je ne faisais que passer le saluer. Je ne voudrais surtout
pas le déranger. Il y a bien longtemps que nous ne nous
sommes rencontrés et... »

Elle n'eut pas le temps de finir sa phrase : Phil
entrait en coup de vent. Au premier coup d'œil, il la
reconnut.

« Est-ce bien possible que ce soit toi, Marie Richer ?
Dans la grande ville, un soir de semaine ? Et toute
seule, dit-il, en regardant autour de lui. Tu n'as pas
changé, toujours aussi ravissante. Dis-moi que tu es
venue pour me voir ! »

Elle le trouva surexcité, mais ça ne lui déplut pas ; il
paraissait si vivant, si exalté, l'antithèse de Morris. On
aurait dit qu'il jouait avec la vie, à genoux devant elle,
la suppliant de rester, de souper ensemble pour tout lui
raconter des cinq dernières années. Autour d'eux, le
personnel voulait se montrer indifférent tandis que les
clients circulaient, l'œil amusé. Elle riait, ravie d'être
ainsi adulée, prête à acquiescer à sa demande et à jouer
le jeu.

On les servit comme des princes, avec les meilleurs
plats et le bon vin qui coulait à flots. Personne ne
portait plus attention à leurs éclats de rire malgré une
salle bondée de clients. Ils avaient les dieux à leurs
côtés, isolés du reste du monde par un paravent que le
maître d'hôtel était venu installer, complice.

Marie ne retomba sur terre qu'au moment où Philibert lui demanda l'objet de sa visite. Entre le mensonge
et la vérité, elle opta pour déguiser quelque peu la
réalité, racontant bien sûr l'histoire de la récente tragédie du lac Caché, mais se gardant bien de parler de son
futur mariage. Elle expliqua qu'elle était venue à la
ville pour oublier les tristes événements des derniers

jours et que La Chamade était sur son itinéraire de dernière minute.

« Mes bagages sont encore consignés ! Je dois téléphoner à Aline, elle ne sait même pas que je suis là.

— Préviens-la maintenant, puis allons danser quelque part. Faisons une vraie fête de cette rencontre. »

Elle s'exécuta et revint peu de temps après, déçue.

« Aline est en voyage.

— As-tu quelque autre endroit où aller ?

— Il y a toujours les bonnes sœurs ; je ne pense pas qu'elles me laisseraient dans la rue, répondit-elle en ricanant.

— Il est déjà tard pour se présenter ainsi chez elles. N'y a-t-il personne d'autre ?

— Je connais Doris, j'ai son adresse, mais il est préférable que je passe chez lui de jour. Je n'arriverai certainement pas à cette heure comme un cheveu sur la soupe, j'aurais bien trop peur de ne pas être à ma place, s'exclama-t-elle, grisée par l'alcool.

— Que veux-tu dire ? Qui est ce Doris ? Sa femme est jalouse, il y a eu quelque chose entre vous ?

— Mais vous posez beaucoup de questions en même temps, monsieur l'investigateur. Avant de t'imaginer quoi que ce soit, attends que je te le présente et tu vas comprendre ! En attendant, j'irai à l'hôtel Royal, ce n'est pas bien loin et le confort y est très bon. Je vais réserver une chambre. »

Il se tourna vers un employé. « Réserve une chambre pour mademoiselle Marie Richer à l'hôtel Royal et demande ce qu'il y a de mieux. Elle est mon invitée. Amène une autre bouteille, c'est fête aujourd'hui. »

Marie n'eut pas le goût de riposter à tant d'égards. Elle aimait ce bon vin, qui lui taquinait le palais et l'esprit, et devenir ainsi princesse d'un soir, en aussi belle compagnie, l'amusait.

Comme prévu, ils allèrent danser, n'arrêtant qu'aux

intermèdes, où ils revenaient s'asseoir, exténués, pour commander un « diabolo menthe » qu'ils ne terminaient jamais, et finirent la soirée enlacés, à écouter des airs de plus en plus langoureux.

« Les " slows " sont de loin mes danses favorites, dit Philibert, qui lui mordillait le lobe d'oreille.

— Quant à moi, aujourd'hui, je les aime toutes. Je flotte bien au-delà des vapeurs de l'alcool, il me semble être à des lieux de mon univers. Tout se passe comme si je retrouvais le pouvoir de moi-même et je suis bien, terriblement bien. Je ne voudrais pas que ça finisse. Je ne veux pas rentrer et me retrouver seule avec la réalité. Allons marcher, longtemps, jusqu'à ce que je meure d'épuisement.

— Je ne marcherai pas bien longtemps, tant qu'à ça. Tu m'as fait danser toute la soirée, à peine si nous nous sommes assis cinq minutes. Je suis d'accord pour passer prendre tes bagages et te conduire à l'hôtel, d'accord pour que l'on marche lentement, mais il faudra bien que tu finisses par rentrer.

— Soit, puisque je t'ai écouté à la lettre depuis mon arrivée, je me plie à tes recommandations et m'incline devant ta sagesse. »

Quand ils arrivèrent à l'hôtel, le jour se levait presque. Philibert monta les bagages à la chambre, mais rendu devant l'entrée, il demanda à Marie de l'attendre dans le couloir, le temps de porter les valises à l'intérieur pour revenir lui faire franchir le pas de la porte dans ses bras.

« N'est-ce pas là une coutume réservée aux jeunes mariées ? Tu es fou, toujours aussi fou, Philibert Létourneau.

— Eh bien, jouons à la mariée d'un soir. Tu es si ravissante, si enjouée, la tentation est grande. Tu t'en retourneras bientôt, puis comme tu ne donnes pas souvent de tes nouvelles... » Il la regarda droit dans les yeux : « Quand je pense, une visite par cinq ans ! Disons que je prends de l'avance. Je serai le premier homme à t'avoir fait franchir la porte nuptiale. Dans cinq ans, je te demanderai en mariage et dans cinq autres années, nous nous marierons en souvenir de cet instant. »

Elle était bien, ainsi blottie dans ses bras, le visage caché au creux de son cou à humer l'odeur invitante de l'homme en appétit. Elle pouffa de rire, davantage grisée, et offrit ses lèvres alors qu'il continuait à la porter jusqu'au lit où, haletant et tremblant, il la recouvrit de tout son corps. Elle s'amusait de le voir ainsi, piégé par l'euphorie du moment, emporté par cette liberté soudaine qui la faisait frissonner elle aussi. Ils s'embrassèrent longuement, sans aucun interdit, laissant leurs mains patiner sur leur peau nue, chemin dangereux qu'ils n'arrivaient plus à distancer de leur désir. Comme un envoûtement, leurs corps se collaient et leurs bouches ne cessaient de réclamer la sève qui en coulait. Et si Marie n'osait prononcer des mots d'amour, qui auraient pu profaner cet instant de délices, il n'en était pas de même pour Phil, emporté par sa découverte d'une jeune femme pure et vierge.

« Je t'aime... comme c'est bon ! Tout ce que j'arrive à soutirer de moi-même a un goût tellement différent de ce que je connaissais. Oh ! que je t'aime ! Nous nous marierons, ne t'inquiète pas ma chérie.

— Hein... oui... peut-être ! » arriva-t-elle à murmurer.

Elle ronronnait de délectation. Béatement, elle souriait à ce nouveau bonheur, sans remords, sans pensée pour ce fiancé qu'elle avait laissé à des centaines de kilomètres.

« Je t'aime et te garde près de moi, pour toujours. C'est promis, n'est-ce pas, nous nous marierons, insista Phil.

— Es-tu fou ? » répondit Marie, revenue à la réalité.

Sa réponse, très sèche, le surprit autant qu'une gifle et le sortit brusquement de sa douce léthargie.

« Mais qu'est-ce que j'ai fait de pas correct ? Je t'aime et nous venons de nous unir, de nous donner l'un à l'autre. C'est pas possible qu'après tant de bonheur, tu ne penses même pas à...

— Je pense à tout, même à recommencer, dit-elle, délicieusement langoureuse, mais je ne veux pas m'engager tout de suite, voilà ! »

Elle n'avait aucune envie d'être confrontée. Loin de là, car elle entreprit à nouveau des caresses invitantes que son compagnon accueillit, fou de passion, par des baisers dans le dos, assis derrière elle. Il la berça en lui effleurant les seins jusqu'à ne plus pouvoir s'arrêter, trop plein de son amour naissant, puis l'invita à s'asseoir sur lui, face à face. Il scella leur union par un baiser qu'il voulut fougueux à un point tel qu'ils éclatèrent du même plaisir, en un même moment. Ils ne purent réprimer leurs cris saccadés ni amortir le bruit au cœur de leur bouche.

« C'est trop de plaisir, réussit à dire Phil, il faut voir là un signe du destin. Nous devons nous unir, ne pas laisser passer cette chance de pouvoir nous aimer et en profiter ensemble. Sais-tu que c'est très rare qu'un couple arrive à connaître ces joies en même temps ? Il paraît qu'il faut des années de vie commune, bien des discussions et des frustrations pour aboutir à la plénitude sexuelle.

— Comme tu es excité. Arrête un peu de parler, profite du silence. Moi, je veux dormir au lieu de méditer sur le destin. Regarde, le soleil se lève. »

Elle se glissa sous les couvertures, blottie derrière lui, et s'endormit aussitôt, un léger sourire aux lèvres. Une heure plus tard, il ne dormait toujours pas.

« Réveille-toi, Marie, il faut que je parte. Je veux déjeuner avec toi, nous devons parler de choses sérieuses.

— Oui ? Il faut vraiment que je me lève ?

— Nous devons décider de certaines choses. Fais vite, je descends réserver ta chambre pour la semaine et je remonte tout de suite. »

Brusquement, elle se redressa dans le lit ; le drap tomba et dépouilla à la lumière du jour une poitrine encore désireuse de caresses.

« Je ne peux pas rester ici. J'aurais dû te dire que je suis fiancée et que bientôt je me marierai.

— Mais, voyons, tu te moques de moi. Tu me rencontres après cinq ans, nous soupons ensemble pour nous retrouver dans une chambre d'hôtel, nous faisons l'amour plutôt plus que moins, je te dis à travers tout ça que je t'aime, que je te marierai, et voilà que mademoiselle m'apprend qu'elle est fiancée. Tu ne trouves pas que tu te conduis en... putain ? »

Le mot était lâché. Il ne se contenait plus et frappait de toutes ses forces sur le lit, incapable de cacher la déception qui coulait sans retenue sur ses joues fatiguées. Elle aussi pleurait.

Subitement, il s'interrompit et se redressa pour sortir un billet de sa poche qu'il lança sur le lit : « Ça, c'est pour la nuit. Tu sais où me trouver, alors quand tu voudras te payer une autre sauterie, tu m'fais signe, O.K. ? »

Et c'est de peine et de misère qu'elle s'était rendue jusqu'au lavabo vomir toute sa honte en même temps.

Midi sonnait au clocher des églises lorsqu'elle arriva à l'adresse de Doris où elle gravit péniblement les marches. Quand elle cogna à la porte 12, le grand jeune homme qui lui ouvrit s'empressa de la libérer de ses bagages en la priant de s'asseoir.

« Mon nom est Marie. Je viens du même village que Doris et comme je suis de passage en ville, je me suis dit qu'une petite visite... Il m'avait invitée d'ailleurs !

— Je suis Alfred, un ami de Doris. » Il crut bon d'ajouter : « Nous n'avions, heu... il n'avait plus de lait ; il est allé à l'épicerie au coin de la rue. »

Sur ces entrefaites, Doris entra.

« Tu vois, Alfred et moi avons déjà fait connaissance. Je suis passée te saluer et prendre quelques nouvelles.

— Bienvenue, ma... Marie. » Il l'embrassa maladroitement sur la joue ; elle sentit son malaise. « Que veux-tu, j'ai toujours le réflexe de vouloir me défendre d'être ce que je suis... Alfred n'habite pas ici, il est seulement venu dîner en ma compagnie. Il doit se rendre au musée tout de suite après le repas. J'espère que tu vas rester avec moi pour l'après-midi, nous allons dîner puis tu me parleras de toi, de ce qui t'amène ici. Pour une surprise, c'en est toute une. Pourtant maman est venue en fin de semaine dernière et elle ne m'a rien dit de ta visite.

— Elle ne savait pas que je viendrais. Des événements tragiques se sont passés et... »

Elle s'effondra en larmes. Dans ses pleurs se mêlaient le remords d'avoir oublié si rapidement Dorothée et le goût amer de la trahison.

Les deux hommes s'assirent à ses côtés, mais lorsque Marie appuya sa tête tout contre Doris, Alfred les laissa, incapable de supporter le regard attendri de son amant, qui par surcroît laissait courir sa main effilée sur la joue mouillée de la jeune femme.

« Qu'est-ce qui s'est passé, ma chouette ? » questionna Doris.

Elle raconta la tragédie du lac Caché, parla de ses amours avec Morris, mais se garda de prononcer quoi que ce soit sur sa nuit d'amour et sa fin dramatique.

« Je suis quand même étonnée de voir comment tout ça me paraît lointain. Je me sens bien, ici, près de toi. Vois-tu, cette sensation de grande paix, je n'arrive plus à l'éprouver lorsque je suis à Bellesroches. C'est comme si j'étais dépossédée de mon âme, sans réaction, en perte de contrôle. J'imagine que les prisonniers ressentent la même chose.

— Et quand tu es près de Morris, sûrement que c'est différent ?

— C'est à ces moments-là que c'est le pire. Je ne sais pas comment t'expliquer, tout ça est bien flou dans ma tête, on dirait que je perds ma liberté de penser, qu'au-delà de moi-même, on me contrôle, me dirige et me guette. Bizarre, n'est-ce pas, comme sensation ? Maintenant que j'en suis loin, je respire, je redeviens moi-même.

— En as-tu discuté avec lui ?

— Pour tout te dire, je n'arrive pas à diriger suffisamment la conversation pour en parler, et d'ailleurs, je me demande si vraiment je tiens à l'informer de tout ça. En sa présence, je deviens plutôt ambivalente, quelque chose m'attire vers lui alors qu'une étrange impression m'en éloigne. Mais il y a plus horrible pour l'instant, dit-elle vaguement.

— Oh ! là ! là ! ma chère, te voilà bien compliquée tout à coup. Quelque chose ne tourne pas rond, c'est certain.

— Je préfère ne pas en parler.

— Tu m'inquiètes, Marie, je n'aime pas ça du tout. As-tu des projets pour aujourd'hui ?

— Il faudrait que je rejoigne Aline, je ne sais pas où dormir. J'ai bien tenté de lui parler hier, mais elle est en voyage.

— Je sais, elle rentrera demain. » Devant l'air étonné de Marie, il enchaîna aussitôt : « Nous nous voyons régulièrement et sa compagnie me plaît beaucoup, faut dire. Bon ! en attendant, tu restes ici. »

Elle avait hâte de rejoindre Aline à qui elle pourrait se confier en toute liberté, Aline, si généreuse, qui ne

ferait aucun commentaire, ne porterait aucun jugement et qui parviendrait à relativiser les événements
quand elle dirait que tout ça, c'est la destinée, qu'il
n'arrive rien pour rien.

Elle logea cinq jours chez son amie. Elle y serait
demeurée plus longtemps si elle n'avait pas dû subir
les nombreux appels téléphoniques de Phil, toujours
en quête d'un dernier rendez-vous. Toutes les fois où
elle saisissait l'appareil, elle se contentait d'écouter,
incapable de répondre froidement à ses avances amoureuses alors qu'il lui faisait des promesses, voulait réparer ses torts, s'accablait des conséquences de ce souper
« d'amis ». Si elle se laissait séduire par les paroles
tendres et amoureuses, sur le mur, en face d'elle, réap-
paraissait le visage impassible de Morris, et sa conscience la rappelait à l'ordre. Aussi, n'avait-elle pas d'autre
choix que de mettre un terme final à ces appels boule-
versants et laisser croire à Phil que seuls la honte et le
regret l'empêchaient de le revoir. Elle était certaine au
moins d'une chose : Philibert Létourneau l'aimait plus
que n'importe qui... et il lui pardonnait.

13

Le train roulait tristement, sans se presser, sur la neige fine qui tombait, comme s'il avait voulu étirer le temps et permettre à Marie de savourer sa liberté plus longtemps malgré la douleur de laisser derrière elle le bonheur. Curieusement, les remords n'étaient pas au rendez-vous ; tout au plus de la honte à l'idée de revoir Morris à qui elle devait rembourser l'amour par le prix d'un mariage.

Il était venu l'accueillir dans la neige, en souliers, la tête découverte, le paletot grand ouvert, empressé de lui tendre la main pour la soulever de terre et déposer deux tendres baisers sur ses lèvres desséchées avant de la porter jusqu'à l'automobile empruntée à Antoine. Un bouquet d'œillets, épargné du froid par sa pellicule de papier, l'attendait sur la banquette arrière, mais Marie eut un haut-le-cœur juste à la pensée qu'il venait de chez « Charlotte Brodeur Fleuriste ». Tout ce temps, il l'observait attentivement.

« Tes yeux ne sont plus les mêmes, Marie, ils ont quelque chose de brillant, de rêveur. Ce voyage semble t'avoir fait grand bien, tu dois en avoir long à raconter.

— Je n'ai pas envie de te parler de mon voyage maintenant, laisse-moi reprendre ma routine d'abord. Peut-être pourrais-tu souper avec nous et alors je raconterai mon histoire à tout le monde en même temps.

— Marie, je ne veux pas te partager avec les autres

pour aujourd'hui. Nous souperons chez moi, juste tous les deux. L'heure du souper est déjà passée pour ta famille et j'ai prévenu que je t'enlevais. Fabienne a préparé quelque chose, un petit tête-à-tête où nous parlerons de notre avenir. Moi, j'en ai bien besoin, je me suis tellement inquiété à ton sujet que je n'en dormais plus.

— Soit, puisque tout est organisé. »

Elle eut un frisson en entrant dans la maison où elle reconnut le parfum d'épices chaudes dont s'aspergeait Charlotte.

« Madame Brodeur est venue ici, aujourd'hui ? demanda-t-elle avec dédain.

— Elle est venue porter ce bouquet d'œillets.

— Ouais !... Mets-les toi-même dans l'eau, je vais jeter un coup d'œil sur mon bureau, il y a du travail en retard si j'en juge par la pile de dossiers.

— Pas tant que ça ! On est surtout venu me voir par curiosité ou pour prendre de tes nouvelles. Tous étaient malades pour parler de la pauvre Dorothée, mais le jour de ses funérailles, tout le monde se portait bien ! L'église était bondée, il y avait des gens de partout. Tu n'as pas idée combien de fois il m'a fallu raconter les événements. J'ai tellement répété la même histoire qu'il me semble que ça fait des siècles que ça s'est passé. Tu as bien fait de partir, sinon tu n'aurais jamais eu la paix.

— Étrange tout de même ! Dire que c'est arrivé il y a à peine huit jours et... »

Marie s'interrompit lorsqu'on cogna à la porte. Elle n'eut pas le temps d'ouvrir que Charlotte Brodeur se tenait dans l'entrée, un chapeau d'homme à la main, l'air plus épanoui que jamais.

« Morris ! c'est ta petite Charlotte ! »

Elle resta bouche bée lorsqu'elle vit Marie. Elle tenta bien de bafouiller quelque banalité, mais Morris n'entendait pas à rire.

« Madame Brodeur, je vous en prie, cessez ce petit jeu. »

Son ton sec et cassant la fit déguerpir. Calmement, Marie referma la porte, ramassa le chapeau que Charlotte avait lancé, s'assit sans dire un mot, même au sujet des fleurs, et prit les dossiers qu'elle empila attentivement un à un sur une chaise.

« Où est le dossier de cette chère Charlotte ? »

Il ne répondit pas et se contenta de reprendre son chapeau qu'il secoua plusieurs fois.

Morris servit le souper, un délicieux lapin à la mode hollandaise, qu'ils mangèrent en silence, puis se dépêcha de tout ramasser avant de se verser une autre coupe de vin.

« Traversons dans la voûte, un bon feu nous y attend. J'amène le vin. Nous prendrons le dessert plus tard. »

Sur la table basse, juste devant le canapé, Marie remarqua des fleurs quelque peu défraîchies. Elle eut tôt fait de penser à Charlotte, mais elle ne dit mot, et camoufla ses doutes derrière un sourire mielleux où se cachait Philibert. Elle avait bien des choses à se faire pardonner, alors à quoi bon se montrer mesquine et faire des scènes.

Morris aussi avait remarqué les fleurs.

« Plutôt accaparante, cette dame Brodeur. Depuis ton départ, elle ne se lasse pas de me harceler. À tous les jours, elle vient me porter des œillets ou des bonbons au caramel.

— Laissons, ce n'est pas grave, sans doute de la reconnaissance pour ce bébé qu'elle porte. Ça fait bien six mois qu'elle est enceinte, n'est-ce pas ?

— Sept mois exactement et les choses vont bien. Ce sera un autre bébé de Noël.

— Cette fois, j'espère qu'il attendra au surlendemain.

— Peut-être même devrions-nous songer à nous marier à Noël, tenta Morris.

— Noël ? Mais... c'est un peu tôt. Je n'ai rien de prêt, pas de trousseau... on se mariera à Pâques, avec le printemps ! »

Elle s'était retournée, de peur que Morris ne puisse lire dans ses yeux l'inquiétude, la honte aussi. Elle avait manqué à sa parole de fiancée, la moindre des choses aurait été de tout lui avouer, et s'il avait encore voulu d'elle, de dire oui au mariage le plus rapidement possible, mais quelque chose cependant, cette sensation indéfinissable qui l'empoignait en sa présence, l'incitait à retarder l'échéancier.

« Tu repousses sans cesse la date, Marie. Je suis impatient de te serrer tout contre moi, à tous les soirs, de me savoir aimé et de t'aimer, de te faire connaître les plaisirs que procure l'union de deux êtres qui s'aiment. J'ai hâte de semer en toi le fruit de notre amour. Je t'aime, je veux des enfants qui te ressemblent, je veux de la vie dans cette maison. Accepte de me marier à Noël ! »

Il savait qu'il n'aurait de paix avec Charlotte que le jour où il serait marié, car elle continuait à le tourmenter, et le voyage de Marie n'avait pas arrangé les choses. À tous les jours, elle était venue le voir, toujours plus aguichante, toujours plus menaçante. Il n'avait pas pu résister à ses avances et à chaque fois il avait succombé à la tentation, malgré ses résolutions, malgré Marie. C'est que le souvenir de la chair était fort et Charlotte savait s'y prendre avec ses longues mains habiles et sa bouche affamée. Elle avait bien promis qu'elle le laisserait tranquille au retour de Marie, qu'elle s'effacerait pour ne se consacrer qu'à l'enfant qu'elle portait, mais il la connaissait maintenant, elle renierait sa parole.

« Pour Noël, je ne peux pas. Avançons la date pour la Saint-Valentin, si tu veux, mais pas avant. »

Il l'exaspérait avec son insistance.

« Ça va, nous nous marierons à la Saint-Valentin. Maintenant, levons nos verres à ton retour. »

Ils burent une gorgée, debout, l'un près de l'autre, et s'enlacèrent. Mais Morris désirait davantage. Il l'embrassa plus d'une fois en baladant ses mains amoureuses le long de son corps immobile jusqu'à descendre lentement au creux de ses reins puis remonter et créer les agréables frissons qui la secouaient doucement.

Il la serra contre lui et ouvrit le fermoir de sa robe d'une main pour détacher les agrafes de son soutien-gorge de l'autre, puis, tel un serpent, ses mains se faufilèrent sur sa peau douce jusqu'à l'extrémité de ses seins durcis. Ce premier geste osé fut scellé par un autre baiser tandis que Marie, les yeux fermés, accordait le droit de passage. Il s'empressa alors de faire glisser la robe sur le sol et de déboutonner ensuite sa chemise, pour la serrer à nouveau contre lui, caressé par la pointe de ses seins engorgés de désir. Il descendit sa bouche tout le long de ce corps chaud et porta sa langue assoiffée au creux même de la passion. Marie ne bougeait pas ; les bras pendants, elle se tenait debout, les jambes quelque peu écartées, le souffle coupé par l'haleine chaude que soufflait l'homme passionné, à genoux devant elle.

Il se releva doucement, mais continua de laisser courir sa langue partout pendant que ses mains défaisaient le bouton de son pantalon, et monta cueillir le fruit rose de la bouche accueillante qui s'ouvrait pour lui. Quand il y déposa le dernier baiser d'invitation, ils étaient nus, collés l'un contre l'autre. Marie sentit poindre dans son ventre le membre grossi tandis qu'une main s'activait entre ses jambes et lui procurait tant de frissons qu'elle ne pouvait trouver le courage de refuser à Morris ce qu'elle avait si facilement consenti à un autre.

Il la porta jusqu'au lit où ils finirent l'un dans l'autre,

passionnément fous et ardents, goûtant au fruit défendu, chacun perdu dans ses pensées. Marie revoyait le visage amoureux de Phil en train de murmurer ces phrases tendres qui lui avaient arraché le cri échappé pour la première fois lorsque au creux de ses chairs avait éclaté le plaisir. Elle n'arriva pas à ressentir la même euphorie avec Morris. Le plaisir n'avait rien de comparable, tout au plus, avait-elle vibré à l'instant où il était parvenu au soulagement de son ardeur. Mais cet éclatement qui fait chavirer, secouer le corps et perdre contact avec le monde entier, elle n'aurait pu l'exiger ; c'était le prix à payer pour oublier, se pardonner, retrouver la paix.

Assouvi dans sa chair, Morris était plus déterminé que jamais à rester fidèle à sa fiancée. Il était plus serein, aussi, avec une nouvelle force de caractère et une assurance que Charlotte sentit dès la rencontre suivante où elle était arrivée au bureau en larmes et, pour une fois, les mains vides. Elle avait dévisagé Marie et s'était dirigée directement vers le cabinet du médecin. Vivement, elle avait refermé derrière elle et le ton avait monté.

« Je n'en veux plus de cet enfant, as-tu compris ? Si tu ne me débarrasses pas à l'instant de cette lourdeur, je le ferai moi-même! hurla Charlotte.

— Taisez-vous, ne dites pas de paroles sacrilèges. Cet enfant ne vous a rien enlevé, au contraire. Vous avez obtenu grâce à lui tout ce que vous désiriez.

— Je te hais, et je hais ce que tu as touché. Je dirai tout à Clément, je dirai tout à Marie... à tout le monde ! Jamais je ne te laisserai à une autre femme.

— C'est votre état qui vous rend ainsi, dit Morris en s'approchant. Bientôt, très bientôt, vous serez délivrée. Vous n'avez que deux mois à patienter. Calmez-vous, je vous en prie.

— Mon état n'y est pour rien, c'est toi et ton rejet, si

tu veux savoir. Je n'en peux plus, il faut que nous nous revoyions, une autre fois, je t'en supplie.

— Venez, venez vous étendre, parlons de tout ça calmement. »

Il jeta quelques coups d'œil inquiets vers la porte.

« Non ! Je ne veux plus de ces satanées paroles endormantes, laisse-moi tranquille avec tout ça. Tu sais ce que je veux, alors donne-le-moi. Donne-le-moi tout de suite ! »

Cette fois, il la poussa au fond de la pièce où il l'adossa au mur et la gifla à deux reprises. Il rageait.

« C'est fini... fini, Charlotte. Tout ça n'existe plus, enlevez-vous mon corps de l'esprit. Il n'y a jamais rien eu entre nous. Oubliez, c'est différent maintenant. »

Elle était figée de dépit. Il craignit un instant qu'elle ne tombât, sous l'effet du choc, et changea d'approche, prêt à se parjurer.

« Oubliez l'instant présent, revenez en arrière, sentez à nouveau la chaleur de nos deux corps, sentez la présence en vous, ces longues caresses sur ce ventre rond, abandonnez-vous, Charlotte. »

Il la tenait toujours aussi fermement adossée au mur et la fixait à travers la buée épaisse qui lui brouillait les yeux. Sa voix tremblait, mais il continuait de répéter les mêmes phrases insistantes jusqu'à ce qu'il la sentît enfin se détendre. Alors il l'étendit sur le petit lit où il continua sa séance d'hypnose. La sueur perlait sur son front. Jamais il ne lui fut aussi difficile de pratiquer, de dire tous ces mots qui endorment l'esprit pour guérir le cœur. Il ravala sa salive et recommença. Sa voix parvenait-elle jusqu'au plus profond de son âme ?

Quand Charlotte se réveilla, calmée, ils s'assirent l'un près de l'autre, la femme complètement démunie, l'homme impuissant. Elle ne pleurait plus et son regard s'était éteint comme si l'enterrement de son unique amour venait de la faire vieillir de dix ans. En persécutée du cœur, elle porta les mains autour de son ventre meurtri.

« Grâce à lui, je vous ai connu, commença Morris, et je n'aurais jamais pu vous rencontrer aussi souvent s'il n'avait pas été là. Il ne s'agit pas de tout renier, il y a eu des moments de volupté extrême dans notre relation, mais nous savions bien tous les deux qu'un jour ou l'autre il faudrait y mettre un terme. Serez-vous capable d'accepter que mon chemin passe loin du vôtre ? Je vous ai donné tout ce dont j'étais capable et j'ai pris le maximum de ce que vous m'offriez. Le souvenir restera toujours aussi bon si nous décidons de le sauvegarder et en faisons notre secret le plus profond.

— Tu sais bien qu'il y a plus que de la passion entre nous.

— Expliquez-vous, Charlotte. Peut-être que dans votre cas il y a l'amour, mais en ce qui me concerne, c'est différent.

— Il y a ton amour en moi, il y est resté accroché. Cet enfant que je porte, il est de toi, dit-elle en pleurant à nouveau.

— Comment pouvez-vous dire une chose pareille ? J'avais prévu le coup, vous savez. Souvenez-vous que nous n'avons jamais eu de relation tant que je ne vous savais pas enceinte. Soyez certaine que ce bébé est bel et bien l'enfant de Clément Brodeur. »

Il se leva et se dirigea vers la fenêtre à travers laquelle il ne regardait nulle part.

« Je n'ai pas fait l'amour comme prévu avec mon mari, même si tu me l'avais demandé. »

Maintenant elle parlait d'un ton neutre. Combien de fois elle avait rêvé de cet instant où elle prendrait force devant lui, capable de le faire chanter, de le faire son prisonnier !

« Je sais que cet enfant est le tien. Tes procédés, pas très orthodoxes, et tes belles paroles engourdissantes ne réussissent pas toujours aussi bien que tu crois. J'y ai suffisamment réfléchi pour penser que tu t'es peut-être servi de ton pouvoir pour me prendre et...

— Arrêtez, vous êtes ridicule, vous blasphémez. Comment pouvez-vous dire pareille insanité ? Vous êtes folle. »

Elle alla s'appuyer à la grande armoire, juste à ses côtés.

« Ah oui ? Je suis folle ? Je n'ai pratiquement pas donné de ces fameux comprimés à Clément. Alors ?... L'action du Saint-Esprit peut-être ?

— Je ne sais pas, un autre amant !

— Tu m'insultes, Morris. Que tu aies mal agi, au nom de la science ou par grandeur d'âme, c'est une chose, mais que tu insinues pareille infamie, c'en est une autre. Je ne te demande pas d'accepter cette paternité, je ne fais que te dire ce qui en est. J'y ai souvent pensé et j'ai retourné la question dans tous les sens. Tu es tellement plein de mystères et tes yeux si... dérangeants ! Voilà ! Maintenant, je peux partir. Je te laisserai en paix, ne sois pas inquiet, mais promets-moi une chose.

— Que voulez-vous ?

— Concernant mon accouchement... je ne veux personne d'autre dans la chambre. Arrange-toi pour que Mathilde Langevin ne soit pas là et débarrasse-nous de Clément pour l'occasion. C'est tout ce que j'exige pour mon silence. Notre enfant devra naître ainsi, seul avec son père et sa mère.

— Mon Dieu, Charlotte ! Quel cauchemar ! »

Il tomba à ses genoux en enfouissant son visage défait dans les plis de sa robe.

« Clément et moi désirions un enfant, nous l'avons. Qu'est-ce que ça peut bien faire qu'il soit de toi ? Je t'ai tellement aimé ! Et à ce que je vois, la belle aventure se meurt, alors il me restera une part de toi et peu m'importe que ce soit celle de Dieu ou celle du Diable ! »

Elle le laissa sur ces mots pour se diriger dans la salle des toilettes où elle se fit couler un bain. C'était le dernier pouvoir qu'elle se donnait sur cette maison d'où elle aurait voulu sortir purifiée, lavée de son péché et de celui de son amant.

Effondré sur le petit lit, Morris, lui, aurait souhaité mourir en enfer plutôt que d'affronter Marie qui frappait à la porte, de plus en plus fort.

« Réponds, Morris. Ça ne va pas ? Ça fait plus d'une heure que vous êtes là, tous les deux. Ouvre, je dois te parler. Il y a une urgence, finit-elle par dire.

— Je termine avec madame Brodeur et j'arrive.

— Ouvre, Morris, je veux te voir. »

Sa voix tremblait.

« Voyons, calme-toi, Marie ! Mon Dieu que tu es nerveuse ! »

Il avait eu le temps de se recoiffer et tentait tant bien que mal de se ressaisir.

« Où est Charlotte Brodeur ? »

Elle regarda du côté de la voûte.

« Ne t'inquiète pas, il n'y a rien de grave. Je t'expliquerai. Madame Brodeur prend un bain, elle relaxe et moi je travaille mes dossiers. Un point c'est tout. Rappelle-toi dans quel état elle nous est arrivée. Et cette urgence ?

— Il n'y a pas d'urgence. Je n'en pouvais plus de vous savoir ensemble. Au début, vous parliez si fort que j'entendais tout, puis le silence s'est fait. Morris, tu me caches quelque chose, qu'est-ce que c'est ?

— Rien, que je te dis ! Laisse-moi travailler en paix, je sais ce que je fais après tout. »

Elle tourna les talons, et comme à chaque fois où il la repoussait, elle ne put réagir autrement qu'en fuyant. Aussi prit-elle son sac, son chapeau et son manteau pour se rendre aux trois roches, à l'extrémité du parc, pleurer des larmes à saveur d'abandon.

Quand elle revint travailler, peu après le dîner, la maison était vide, mais un mot l'attendait.

Je suis allé à la ferme des Fillion. Je n'entrerai pas avant quatre heures.

Elle était soulagée ; elle pourrait fouiller à sa guise et peut-être découvrir quelques notes sur Charlotte Brodeur, peut-être même pourrait-elle lire dans le fameux livre noir que Morris cachait dans le tiroir barré de son bureau ! Il lui fallait trouver la clé au plus vite. Elle fit le tour complet de la pièce où l'odeur de bain moussant flottait encore. Elle alla ensuite dans la salle de bains, comme pour s'assurer que Charlotte n'y était vraiment plus, puis revint tâter sous l'armoire à pharmacie pour y prendre un trousseau de clés qu'elle essaya une à une, à la hâte. Aucune ne convenait. Elle se tourna immédiatement vers la petite penderie, qu'elle alla ouvrir sans scrupules, et découvrit que la grosse porte d'accès à la voûte n'était pas verrouillée. Lentement, en étirant le cou de tous côtés, elle s'aventura dans la pièce sur la pointe des pieds, mais elle frappa le cendrier sur pied et la pipe en écume de mer du vieux docteur Doiron vola sur le plancher. Cette pipe, Morris tenait à la laisser à sa place et à chaque fois qu'il en parlait, il donnait l'impression qu'un malheur arriverait si elle disparaissait. Et voilà qu'elle était cassée. Elle allait s'en retourner quand tout à coup elle vit, entre deux morceaux d'écume blanche, une clé de bois. Elle prit alors le temps de tout ramasser et de replacer la pipe, avec sa cassure, avant de ressortir calmement essayer la clé. Comme elle s'y attendait, le tiroir s'ouvrit sur le livre à la couverture sombre.

Assise dans le grand fauteuil, le livre contre sa poitrine, elle savait qu'elle pourrait y découvrir des choses qui ne lui appartenaient pas, des secrets capables de chambarder sa vie et celle de Morris, mais c'était plus fort que tout, elle se devait de lire. Quelle ne fut pas sa surprise de n'y rien comprendre ; tout était écrit en hollandais, une langue dont elle n'arrivait même pas à deviner quelques mots. Elle tournait les pages une à une, toujours plus déçue, lorsqu'elle aperçut son nom et celui de Charlotte. Elle remarqua qu'à chaque fois qu'un nom était écrit, la lettre H ou P, ou les deux, apparaissaient à sa suite. Elle comprit qu'il s'agissait d'un code et qu'elle était encore bien loin de connaître l'énigmatique docteur Vanderstat.

« Tu te permets des indiscrétions inacceptables, Marie ! »

Elle sursauta vivement, assise sur son banc d'accusée d'où elle ne pouvait s'échapper. Lui, il la regardait sèchement.

« Tu as raison, c'est inacceptable... d'autant plus que j'ai tout fait ça pour rien, c'est illisible, lança-t-elle.

— Comment as-tu trouvé la clé ? Tu aurais mieux fait de me demander ce livre, car là-dedans il y a des écrits protégés par le secret professionnel. Tu viens de commettre un délit, si tu comprends bien. »

Il n'était ni fâché ni agressif. Un homme froid, qui réagissait sans émotion, comme s'il avait calculé le moindre mot. Marie était frustrée, elle aurait préféré le voir s'insurger, lui crier après, se comporter autrement, mais il se voulait posé, maître de lui, supérieur, et elle détestait ce comportement condescendant.

« J'ai fouillé pour la trouver ; j'ai même cassé la pipe du docteur, si tu veux savoir. »

Là, il changea de ton. Il lança son chapeau, ses gants, son imperméable mouillé, puis se précipita jusqu'au bureau où il frappa, du poing, le livre qui reposait au centre du meuble. Sa pâleur marmoréenne faisait peur.

« Tu es une... une... peste ! Tu ne me respectes pas, il faudra corriger ça, m'entends-tu ? Tu seras ma femme et je dois te faire confiance. Je n'ai pas l'inten-

tion d'avoir de secrets pour toi, mais bon Dieu, pourquoi cette fouille systématique, cette curiosité mal
fondée ? Je suis médecin, sais-tu ce que ça signifie ?
Jamais tu ne sauras tout de ma vie, il y aura des
choses que je ne pourrai te révéler. Devrai-je m'attendre à ce que tu passes ton temps à fouiller ou à
m'épier ? Devrai-je me surveiller sans cesse et tout
cacher ? De quel droit te permets-tu de saccager mes
biens, mon intimité ? »

Il allait lever la main vers elle quand brusquement il
se calma et ramassa ses vêtements qu'il accrocha comme
si de rien n'était.

« Je regrette. Tu as raison, j'ai violé ta vie privée et
professionnelle, j'ai brisé tes choses ! Tout ça à cause
de l'ignorance. La visite de Charlotte, ce matin, m'a
bouleversée au point que... J'ai besoin d'une explica-
tion, je me sens menacée.

— Viens t'asseoir à la table, je vais te donner des
explications, mais sers-moi une tasse de thé. Je te re-
joins dans un instant. »

Et il lui expliqua ce qu'il jugea favorable de dire. Il
la prévint qu'effectivement, Charlotte avait un béguin
pour lui, une sorte de reconnaissance pour le miracle
de vie qu'il avait fait. Il souligna une certaine forme de
schizophrénie, dont il n'était pas facile de prévoir les
crises, et ajouta que la pauvre femme avait des tendan-
ces suicidaires. Il fallait plus la plaindre que l'envier.
Grâce aux traitements par l'hypnose, il y avait des
progrès marquants, mais il fallait s'attendre qu'à l'occasion, les crises la reprennent. Les soins médicaux, c'est
tout ce qui les unissait, prit-il soin d'affirmer. Marie se
contenta d'écouter jusqu'à la fin puis elle le questionna
sur le contenu du fameux livre noir, sur la signification
des lettres qui suivaient le nom des patients.

« H pour traitement d'hypnose, P pour pratique
approfondie.

— Puis-je revoir le livre ? De toute manière, je ne peux rien y lire d'autre que les dates et les noms. Ça ne fera pas grand mal au secret professionnel. »

Morris ne voulait pas reprendre le débat. Il acquiesça à sa demande. Elle feuilleta les dix dernières pages et remarqua qu'une lettre H apparaissait au bout de son nom à la même date où Dorothée s'était noyée, le 8 octobre 1953. Sur les pages précédentes, elle retrouva son nom et celui de Charlotte en date du 28 août 1953, date où elle avait reçu, semble-t-il, un traitement d'hypnose, et la fleuriste, une pratique approfondie. Elle ne posa pas de question et se contenta de refermer le livre en lui jurant que jamais plus elle n'y retoucherait.

La nuit fut longue pour celle qui ne cessa de tourner et retourner les vagues souvenirs qui refaisaient surface aussitôt qu'elle fermait les yeux, captive de son pressentiment. Alors elle s'était relevée après deux heures d'insomnie, avait sorti son journal intime, abandonné depuis son séjour chez Aline, et l'envie d'écrire, de coucher ses émotions sur papier, l'avait emporté sur le sommeil. À la lueur d'une lampe de chevet, elle commença par relire d'anciennes confidences, comme elle le faisait à chaque fois, et tomba sur celles du 28 août.

Sans doute suis-je très fatiguée, car aujourd'hui, semble-t-il, j'ai demandé à papa pour aller en ville avec lui et ma tante Rosalie. Je n'arrive pas à comprendre comment il se fait que papa ait inventé cette histoire. Morris a soupé chez nous, je n'ai guère apprécié la farce de mon père. Je suis incapable de me rappeler une partie de l'avant-midi. Je me souviens bien avoir rencontré madame Brodeur, mais c'est tout. J'aurais voulu en parler avec Morris, il n'était pas chez lui. Je l'ai attendu plus de deux heures.

Puis celles du 29 août.

Étrange, Morris dit être rentré tout de suite après le souper. Je ne l'ai pas confronté inutilement, sans doute a-t-il des raisons de me cacher quelque chose. Il est médecin après tout !

Là, elle se souvenait. Le soir du 28 août, quand elle était revenue, bredouille, elle avait remarqué que seule la maison de la fleuriste était encore éclairée. À ce moment, elle n'y avait pas porté attention, pas plus qu'à Fabienne qui, en faisant le ménage du bureau, quelques jours plus tard, en avait parlé. La pauvre fille s'était plainte de Charlotte, sur qui elle devait veiller en l'absence de son mari, et était offusquée d'avoir été reconduite dès le souper, sous prétexte que Madame se couchait et n'avait plus besoin d'elle. Inquiète, elle était revenue lorsqu'elle avait vu de la lumière malgré l'heure tardive, mais elle s'était fait répondre sèchement par Charlotte. « Elle n'avait rien d'une femme en crise, bien au contraire, avait-elle insisté. Madame s'était parfumée, belle comme un cœur, avec du rouge aux lèvres à part de ça ! »

Tout s'expliquait : Morris était chez Charlotte, évidemment ! Puis elle se souvint peu à peu de la visite de la fleuriste, de son arrogance et... de la gifle ! Morris l'avait giflée, elle, sa fiancée, et il avait tenté de lui faire oublier la scène en utilisant l'hypnose. Elle s'inquiéta davantage. Combien de fois s'était-il servi de l'hypnose pour s'approprier sa personnalité, son esprit, son âme ? En repensant à l'accident du lac Caché, elle comprit pourquoi elle s'était sentie tellement impassible devant ce drame. Morris l'avait protégée, comme il disait. Il possédait le pouvoir de la dépouiller d'elle-même, et s'ils devaient se marier, il faudrait absolument qu'elle développe une tactique pour lui échapper. « Pour qu'il y ait hypnose, il faut des patients consentants, aptes à recevoir et à s'abandonner », lui avait-il expliqué, un jour. « Eh bien ! Morris Vanderstat, une femme avertie en vaut deux », dit-elle à voix haute, enfin apaisée.

14

Dehors, il neigeait. De gros flocons indolents se balançaient devant la fenêtre, comme s'ils ne voulaient pas recouvrir ce sol dont ils deviendraient prisonniers, et Marie les regardait s'amuser, envieuse de leur insouciance, alors qu'elle collaborait aux préparatifs de Noël.

« Je regrette de ne pas savoir cuisiner mieux que ça ! Je ferai une bien piètre épouse, ma tante. »

Elle éclata en sanglots.

« Voyons, Marie, on ne reconnaît pas les vertus d'une bonne épouse à sa façon de cuisiner, tu devrais savoir qu'il y a plus que ça ! La femme du docteur... tu prendras quelqu'un pour t'aider, voilà tout. »

Le ton sur lequel Rosalie avait répondu avait irrité Marie qui rendit son tablier et monta en courant se réfugier dans sa chambre. Sa tante la regarda filer : sa nièce n'avait pas l'habitude d'être susceptible et de faire preuve de si peu de sang-froid devant l'avenir !

Marie aussi s'inquiétait de ces sautes d'humeur qu'elle savait anormales, mais au fil des jours, par les symptômes qu'elle reconnaissait, elle finit par accepter les faits : ce n'était pas pour rien qu'elle s'endormait autant ou bayait aux corneilles à longueur de jour. Deux mois plus tôt, n'avait-elle pas découvert ce qu'étaient les frissons d'amour et la passion dans les bras de Phil, et presque deux mois plus tôt également, ne s'était-elle pas livrée corps entier à Morris, pour oublier, pour se pardonner ? À peine une semaine d'intervalle séparait les deux relations ! Elle avait péché quelque part, il était normal qu'elle dût expier à un moment donné, conclut-elle. Oui, elle regrettait son libertinage, non, elle ne regrettait pas ce bonheur que lui avait donné si amoureusement Phil, et si elle pensa un instant que sa vie basculait, elle eut tôt fait de se ressaisir et d'analyser la situation avec plus de distance. Dans son malheur, elle pouvait s'arranger pour sauver la face en se mariant à la Saint-Valentin, à peine aurait-elle quatre mois de grossesse ! Par après, les gens jaseraient, bien sûr, mais sa conduite exemplaire compenserait ses écarts de jeunesse.

Le réveillon de Noël se passa comme prévu, sans anicroche, sans dérangement, et personne à Bellesroches ne fut malade ou n'accoucha la même nuit. Quand Marie en fit la remarque à Morris, il devint pensif. Il revoyait la naissance de Noël Panet, cet enfant qu'il avait mis au monde en osant se servir de l'hypnose, lui qui s'était bien promis, lorsqu'on l'avait chassé de Sainte-Bernadette, de mettre un terme à toutes ces pratiques peu orthodoxes, de rentrer dans le rang des médecins traditionalistes ! Comment se faisait-il qu'il n'avait pu s'en empêcher, pas plus qu'il n'avait su résister à la tentation de venir en aide au couple Brodeur ? Quant à Charlotte, là c'était différent ! Le surhomme qu'il se croyait, le messager divin devenu homme, avait été incapable de contrôler ses pulsions sexuelles, attiré aveuglément par la chair. Une épreuve, s'était-il dit, et il en avait imputé la faute à l'influence du « Mauvais », car jamais il ne s'était servi de son pouvoir autrement qu'avec l'intention de semer le bien. Il fut épargné par le remords jusqu'au moment où, consciemment, il avait fait l'amour avec Charlotte, et plus il pensait à ses fautes, plus sa hâte d'être délivré de sa torture augmentait.

Il voyait en Marie l'incarnation du bien, celle qui lui permettrait de revenir dans le droit chemin, et il avait passé la soirée à l'observer, à l'aimer à distance, la sachant perdue quelque part dans ses rêves. Était-ce sa robe blanche de Noël qui lui conférait ce teint blafard ? Elle lui parut à des kilomètres, inaccessible à ses yeux qu'elle refusait de croiser. Il l'avait questionnée une fois, mais elle avait répondu avec un flegme déchirant : « Ne cherche pas à me trouver une quelconque maladie. Quand j'aurai besoin d'un docteur, je saurai bien où m'adresser. Peut-être que je couve un rhume, j'ai souvent le frisson ces temps-ci et je me sens lasse. Si je m'écoutais, je dormirais tout le temps. »

Son ton n'admettait aucune riposte et il se sentait lui-même trop fatigué pour poursuivre la discussion. Il reporta donc au lendemain son interrogatoire et décida de rentrer directement à la maison, d'en profiter pour se reposer tandis que tout le village semblait, pour une fois, l'avoir oublié.

À peine arrivait-il chez lui que le téléphone sonna. Au bout du fil il reconnut la voix de Clément Brodeur, surexcité par l'alcool.

« Salut, le beau médecin de ma Charlotte. Joyeux Noël ! Vous aurez pas grand temps pour vous amuser puisque le bon Dieu veut que mon bébé vienne dire bonjour au monde.

— Un peu de sérieux, monsieur Brodeur. » Morris ne savait pas très bien comment interpréter le ton sarcastique de son interlocuteur. « Comment va votre épouse ? Est-ce elle qui vous a demandé de me téléphoner ?

— Oh ! elle va bien. Si je l'avais écoutée, vous auriez réveillonné avec nous, vous nous laisseriez pas d'une semelle. Je l'ai fait patienter, mais là, j'pense que c'est l'temps, répondit Clément entre deux hoquets. J'pense même que ça presse.

— J'arrive. Faites prévenir madame Langevin, elle doit m'assister. »

Morris savait que le temps était venu de se confronter à lui-même, qu'il aurait grand besoin de sang-froid : « Pourquoi toujours à Noël, nom de Dieu ? » Ce qui l'inquiétait le plus, ce n'était pas de mettre au monde l'enfant, non, c'était davantage le comportement de Charlotte avec ses yeux langoureux, sa voix mielleuse, ses paroles audacieuses et tout ce qu'elle pourrait révéler de leur relation en présence de Mathilde.

Ainsi tourmenté, quand il sonna à la porte des Brodeur, il tremblait. Clément s'en aperçut et éclata de rire.

« Vous êtes dû pour un bon gin, docteur. Voyez, moi j'me remets de mon anxiété. »

Il gambada, un verre à la main, avant d'administrer sans retenue une claque dans le dos de Morris.

« Laissez faire pour l'alcool, je vais tout de suite auprès de votre femme.

— Attendez, j'y vais aussi.

— Il n'en est pas question. Regardez dans quel état vous êtes ! Je vous interdis formellement de franchir cette porte, m'avez-vous bien compris ? »

Morris fulminait, prêt à tout pour empêcher Clément d'assister à l'accouchement, et il allait le saisir par les épaules lorsque Mathilde arriva enfin.

« Docteur, mais qu'est-ce qui se passe ? Calmez-vous, je vous en prie.

— J'accoucherai madame Brodeur tout seul, occupez-vous de tenir cet énergumène loin de la chambre. Faites-lui boire du café, ça lui changera les idées. Vous ne devez le laisser entrer dans cette pièce sous aucun prétexte, assommez-le s'il le faut.

— J'veux pas que vous soyez seul avec ma femme ! cria Brodeur. J'veux pas que vous la voyiez comme ça. Elle est devenue folle avec ce bébé. »

Clément pleurait comme un enfant. Mathilde le prit dans ses bras et le berça doucement sous le regard indifférent de Morris qui se glissa dans la chambre de Charlotte, belle dans sa douleur, nue dans son lit, qui tentait de lui sourire entre deux contractions. Toute sa chair s'étirait à vouloir fendre. Son gros ventre se contractait à intervalles réguliers, et chaque fois, elle gémissait.

« Vous auriez dû vous vêtir, ce n'est pas bien de vous exposer ainsi.

— Morris, cet enfant est le tien, prends-en bien soin. »

Elle grimaça une fois. Il commença le même rituel qu'à l'accouchement de Cécile Panet, sensible à la douleur de la femme aimée, mais sa voix tremblait.

« Ça y est, Charlotte, l'enfant est là. C'est fini, ma chérie. Vois le beau garçon que le ciel nous donne. »

Il prit l'enfant par les pieds, lui tapa dans le dos et au même instant retentit dans la chambre le cri merveilleux du nouveau-né. Il le posa sur sa mère et reprit sa place au pied du lit. Il travailla délicatement pour sortir le placenta, toujours en parlant, le regard illuminé par la joie qu'il lisait dans les yeux de Charlotte. Tous deux souriaient, en proie à une euphorie qu'ils n'arrivaient plus à retenir ; ils riaient et pleuraient en même temps, insouciants du temps qui venait de s'arrêter au-dessus d'eux. Pourtant, les coups qu'on donnait dans la porte auraient dû les ramener à la réalité, mais ni l'un ni l'autre ne les entendaient.

Fou de rage, Clément défonça la porte pour se précipiter au chevet de sa femme, Mathilde sur ses talons, préoccupée davantage par le médecin et sa patiente que par l'homme ivre qu'elle avait dû supporter. Au premier coup d'œil, elle s'aperçut qu'il venait de se vivre un autre mystérieux accouchement : Morris exultait avec le même regard vitreux et lointain, avec le même sourire béat sur son visage. Seulement, pourquoi ces yeux rivés sur l'enfant ?

Pour Clément, rien n'existait plus à part ce fils qu'il contemplait en silence et cette épouse qui fixait Morris, sans accorder quelque intérêt à son mari ou à Mathilde, et qui vivait sa peine hors de ses entrailles, sachant très bien qu'elle gagnait un fils mais perdait un amant. De son amour impossible, il ne restait que l'enfant à aimer.

« Ouah ! c'est le premier rouquin du village. Faut le faire, un bébé roux. Ça, c'est une belle marque de commerce. Merci, merci, chérie. Nous avons un fils, quel bonheur ! »

Il se pencha vers sa femme, mais dut s'appuyer à la tête du lit. Il empestait l'alcool.

« Tu pues, ôte-toi, va-t-en, Seigneur ! »

Il aurait voulu prendre sa femme et l'embrasser, prendre cet enfant et le lécher, mais quelque chose d'autre que l'alcool l'en empêchait. Il se contenta donc de rester accroché à la tête du lit, les yeux hagards.

Mathilde était de plus en plus convaincue de ce qu'elle pressentait. Il n'y avait pas de doute, cet enfant n'était pas de Clément, elle le savait juste à regarder le docteur et sa patiente planer, hors d'eux-mêmes, et communiquer par la pensée, loin de toute réalité : il s'était tissé entre eux un fil conducteur qu'elle sentait vibrer.

Quand elle eut fini de nettoyer la mère et l'enfant, elle déposa le bébé dans son berceau puis conduisit Clément à la cuisine où elle lui versa un autre verre. Elle s'en servit un également avant de se laisser choir dans le fauteuil berçant, près de la fournaise, frissonnante à la pensée de ce qu'elle avait cru découvrir, incapable de fermer les yeux sans entrevoir Marie, la douce et pure Marie, qui bientôt se marierait, innocente victime.

Dehors, le jour se levait. Clément s'était effondré sur la table et ronflait bruyamment devant Morris, debout, un verre à la main. Mathilde aussi dormait. Elle se réveilla en sursaut, crut au mauvais rêve, son verre encore entre les mains, et comme pour exorciser ses pensées, regarda autour d'elle d'un œil farouche.

« Madame Brodeur et l'enfant se portent bien, dit Morris, la voix éteinte. Ils dorment, nous ferions mieux de rentrer à la maison.

— Mon Dieu ! il faut absolument que j'appelle Fabienne, c'est elle qui doit venir aider Charlotte. Quelle heure est-il ? Oh ! là ! là !

— Voyons, remettez-vous, Mathilde. Il n'est que huit heures et c'est Noël. Quel bel accouchement ! Et dire que je craignais le pire avec l'âge de madame Brodeur ; même les médecins se font jouer des tours ! Qui aurait cru qu'après cinq heures de travail tout serait fini ? C'est à croire qu'accoucher le jour de Noël porte chance à mes patientes.

— C'est plutôt vous qui leur portez chance ! Quand je vois la façon qu'elles ont toutes de vous regarder et la confiance qu'elles mettent en vous, il y a lieu de croire que vous êtes surnaturel, un démon de bon Dieu comme qui dirait ! »

Ses paroles eurent l'effet d'une bombe. Un instant, Morris parut s'affaisser, accablé, mortifié, le visage défait.

« Qu'avez-vous, docteur ? Mon Dieu que vous m'inquiétez.

— Ça va. La fatigue, un étourdissement... sans doute mon ulcère d'estomac, ça va passer.

— Y a-t-il quelque chose qui vous tiraille ? Êtes-vous inquiet ? Je peux vous reconduire et rester avec vous pour la journée, si vous voulez.

— Non, merci, vous êtes trop bonne, Mathilde, je vais rentrer et m'allonger. Assurez-vous que tout va bien dans la chambre et faites venir mademoiselle Laflamme. Ensuite, allez vous reposer vous aussi. »

Elle s'était exécutée comme demandé, mais quand elle s'était penchée au-dessus du berceau, qu'elle avait vu à nouveau le petit aux cheveux roux, son entrain avait disparu et ses doutes s'étaient confirmés : c'était plus qu'une prémonition. C'était pour s'en convaincre qu'elle était retournée une fois chez les Brodeur. Elle y avait appris bien des choses sur la vie de tous les jours, sur la visite quotidienne de Morris, ses longs entretiens particuliers avec Charlotte, le soin qu'il donnait à l'enfant, ainsi que sur l'exacerbation et la colère de Clément. Fabienne n'était vraiment pas avare de renseignements.

« Quand le docteur est ici, madame Brodeur est plus la même. Ça fait du bien de l'entendre rire et parler avec douceur. Autrement, elle crie après tout le monde. Des fois, quand je sers des clients dans la boutique, on l'entend se chicaner avec son mari. Elle est pas de tout repos. Monsieur Brodeur n'a même pas le droit de toucher au bébé, il y en a juste pour le médecin qui reste au moins une heure avec elle dans la chambre à chacune de ses visites. Dans ce temps-là, monsieur Clément va prendre une marche sinon il se chicanerait avec le docteur, comme il l'a fait l'autre jour. C'est à croire que Madame est devenue folle ; elle a pas fini d'avoir besoin du docteur si elle change pas. C'est à l'asile qu'on la retrouvera.

— Et le bébé ?

— Oh lui, c'est un bon bébé. On l'entend pas souvent pleurer, madame Brodeur l'a toujours dans les bras. Savez-vous qu'elle voulait que le docteur Vanderstat soit le parrain du bébé ? Elle me disait qu'ils ont les mêmes yeux et que ça aurait porté chance s'il avait été parrain. Elle dit que les parrains ou marraines ont une influence sur les enfants qui finissent tous par leur ressembler.

— Qu'en pense Clément ?

— Ça fait longtemps qu'il s'oppose plus à sa femme. Quand elle est fâchée, c'est une vraie furie, surtout lorsqu'elle laisse planer la possibilité de le quitter et de s'en aller à l'autre bout du monde. Je crois pas qu'il s'attendait à un pareil changement avec la venue du bébé. Je vous dis qu'il rentre au poste quand elle lui parle. Pas facile, la vie de famille. »

Après ces révélations, Mathilde était allée frapper discrètement à la porte de la chambre de la belle Charlotte, maquillée, vêtue de son joli peignoir et coiffée à la Marilyn Monroe. Pour une jeune mère de quinze jours, elle resplendissait de santé.

« Ah ! c'est vous, Mathilde !

— Êtes-vous déçue ?

— Heu ! Non... c'est que Morris... heu ! le docteur Vanderstat devait justement passer à cette heure. Je suis quand même contente de vous revoir, approchez, venez jeter un coup d'œil sur mon joli poupon. Savez-vous comment nous l'avons baptisé ?

— J'sais pas ! Jean-Noël, peut-être ? Après tout il est né le jour de Noël.

— Voyons ! il y a déjà Noël Panet, c'est suffisant dans le village. Son nom est Maurice, n'est-ce pas que ça lui va bien ? »

Mathilde aurait dû s'en douter, c'était l'évidence même avec ces yeux et cette couleur de cheveux !

Elle garda précieusement son secret jusqu'à la fête de l'Épiphanie alors qu'elle était invitée à souper chez les Richer. Elle avait longuement hésité avant d'accepter l'invitation, à cause du malaise d'être en présence de Morris et de Marie d'abord, mais surtout par crainte de laisser transparaître ce qui s'avérait maintenant une certitude pour elle.

Pendant le repas, elle observa le couple avec attention, à la recherche d'une faille, mais elle ne vit qu'un homme affable et distingué, franc et direct dans toutes les conversations que Marie ne semblait même pas écouter. Elle avait l'air de voyager à des kilomètres de là, absorbée par le bruit de sa fourchette qu'elle écrasait machinalement sur l'énorme pointe de gâteau qu'on lui avait servie, comme elle l'avait fait d'ailleurs durant tout le repas, alors qu'on remplissait son assiette jusqu'à ras bords et qu'elle la retournait à moitié vide.

Joséphine non plus ne mangeait pas beaucoup, mais c'était la présence de Mathilde qui la dérangeait. Parce qu'elle la savait au courant de sa relation avec Didier, elle n'avait qu'une hâte : qu'on trouve la fève et le pois, que ces mondanités en finissent pour qu'elle puisse enfin se réfugier au petit chalet où l'attendait son amant. Elle avait pris grand soin de marquer le gâteau pour ne pas se retrouver avec les honneurs d'être reine et le devoir de prolonger la soirée inutilement. Elle réservait ce plaisir à Rosalie et Antoine, qui s'amusaient beaucoup à ce jeu qui les autoriserait à s'embrasser et à jouer au couple que la destinée unissait.

Pierre et William s'impatientaient et n'attendaient que le couronnement pour lever les pieds et retrouver les jeunes du village, rassemblés au sous-sol de l'église pour fêter. Ils taquinèrent leur sœur au passage.

« Tu devrais venir, grande sœur. Nous te ferons danser, ça va te faire du bien. Après tout, tu es encore célibataire ! Tu devrais t'amuser un peu, t'as l'air de t'embêter royalement. »

Elle regarda ses frères à tour de rôle et leur sourit.

« Pourquoi pas, aller danser, quelle bonne idée !

— Marie, tu as un invité, voyons ! Occupe-toi de ton fiancé, tu vas te marier dans un mois à peine, c'est pas le temps d'aller danser, lança Joséphine, tu ne vas pas sortir sans lui, n'est-ce pas ?

— Il ne danse pas, et ce soir, je veux m'amuser. Attendez-moi, les garçons, j'arrive. »

Elle partit, sans plus de manières. En fait, ce qu'elle voulait avant tout, c'était retrouver l'ambiance d'une salle de danse et se remémorer l'agréable soirée passée en compagnie de Phil.

Il n'en déplut pas à Morris. Il en profita simplement pour quitter la table à son tour et s'excuser auprès de ses hôtes avec l'intention d'aller saluer Charlotte pour une deuxième fois le même jour et sauter sur l'occasion pour cajoler son fils pendant que Clément était occupé à tenir le bar de la salle paroissiale.

Puis Joséphine partit également. Antoine s'allongea. Mathilde allait enfin pouvoir confier à Rosalie l'énorme secret qu'elle gardait depuis déjà trop longtemps.

« Es-tu sûre de ce que tu avances ? C'est grave, il ne faut pas jouer avec ces choses-là, Mathilde. Il y va de la vie de plusieurs êtres, de leur malheur ou de leur bonheur.

— Rosalie, j'en suis certaine, Morris Vanderstat est le père de l'enfant. Tout concorde, tu n'as qu'à aller voir toi-même et à observer.

— Nous ne pouvons laisser Marie se jeter dans un mariage qui risquerait de la démolir en quelques mois. Juste à la voir maintenant, on ne peut jurer de rien, alors imagine si nous laissons le destin lui jouer pareil mauvais tour, d'autant plus que... ma filleule n'est pas très bien ces temps-ci. Je pense qu'elle a des problèmes et ça ne me surprendrait pas que Morris en soit la cause.

— Explique-toi, voyons.

— Marie a des nausées, des frissons ! Elle dormirait à longueur de jour si on la laissait faire... et elle est susceptible. Elle jongle une bonne partie du temps et ne mange presque pas, même si elle a l'air affamé.

— Enceinte ? Tu crois qu'il est possible qu'il l'ait eue, elle aussi ?

— Je ne crois rien du tout, je m'inquiète. Je voudrais avoir une discussion franche et nette avec elle, mais je me sens mal placée pour lui parler. Depuis toujours nous évitons les sujets épineux où il est question d'amour ou de fidélité. Je ne suis pas un exemple de vertu !

— Veux-tu que j'essaie de lui parler ? Je pourrais...

— Parler à qui ? lança Antoine. Je parie que vous parliez de moi. Les femmes parlent toujours des hommes.

— Nous ne parlions de personne, rétorqua Rosalie. Sors les cartes, nous prendrons une partie, ça va te réveiller et te prouver que nous nous intéressons à autre chose qu'aux hommes. » Elle se pencha vers Mathilde. « Occupe-toi de Marie le plus tôt possible. »

Mathilde avait passé deux longs jours à se morfondre pour trouver une façon d'aborder le sujet sans choquer la pauvre Marie, qu'elle affectionnait, quand enfin elle mit au point un stratagème qu'elle n'eut aucun scrupule à utiliser. Elle se présenta au bureau du médecin vers onze heures trente. Il n'y avait qu'un seul patient, un homme gros et chauve qui lui rappela son mari, et qui tenait sur ses genoux une pile de revues et une grosse valise de cuir brun.

« Bonjour, Mathilde. Quel bon vent vous amène à cette heure ? Si vous venez pour rencontrer Morris, il est trop tard, à moins que ce soit urgent, naturellement.

— Non, non, je passais comme ça pour te donner quelques nouvelles de Doris. Je ne voudrais surtout pas te déranger. »

Elle lorgna du coin de l'œil l'homme qui se tenait raide sur sa chaise de bois et questionna Marie du regard.

« Monsieur est représentant de commerce, il attend

depuis près d'une heure. Ça ne devrait pas être long avant que Morris le reçoive. Nous pourrons jaser tranquillement en cassant la croûte, si vous voulez. »

Elle achevait sa phrase lorsque le docteur ouvrit la porte de son cabinet, dont personne ne sortit. Il avait l'air exténué, les traits tirés, et ses vêtements froissés lui donnaient une allure débraillée qu'on ne lui connaissait pas. Quand il aperçut Mathilde, il tenta de replacer son col en souriant, mais sa physionomie ne changea pas pour autant.

« Y a-t-il quelque chose de spécial, Mathilde ?

— Non, je venais voir Marie pour lui parler de Doris.

— Tant mieux, je préfère qu'il en soit ainsi pour aujourd'hui. »

Il se tourna vers le voyageur de commerce et lui fit signe de le suivre sans autre préambule.

« Regarde-moi donc un instant, Marie, mais... tu es blême. Vas-tu t'évanouir ?

— Non ! je manque d'air, c'est tout.

— Si nous sortions marcher un peu ? »

Marie se leva brusquement et se précipita jusqu'au portemanteau. Dans le temps de le dire, elle était sur le palier et Mathilde avait passé son bras autour du sien.

« Doris a une grande amie qu'il voit régulièrement, le savais-tu ? Il ne partage plus son logement avec Alfred, et pour réussir à défrayer les coûts de son loyer il s'est trouvé un emploi de soirée, dans un chic restaurant de la ville.

— Voulez-vous dire, Mathilde, que Doris n'est plus... euh... que lui et Alfred sont, comme qui dirait, séparés ?

— Voyons, ce n'était que de bons amis. Tu parles comme s'ils vivaient ensemble pour toujours. Il est normal qu'ils aient cohabité un certain temps, Doris se sentait si loin et si seul dans cette grande ville. Une chance qu'ils se sont rencontrés. Imagine un peu ce qu'il serait devenu sans son ami Alfred, n'importe quelle femme de mœurs légères aurait pu lui mettre le grappin dessus. Au moins avec ce garçon, il était bien protégé.

— Pour être bien protégé, il l'était, et c'est très étonnant qu'une fille ait pu s'en approcher.

— Enfin, je te vois rire, c'est toujours ça de gagné. Tiens, on est rendu chez les Brodeur. Si on entrait une minute voir leur beau bébé ? L'as-tu vu, toi, leur garçon ?

— Non, je ne l'ai pas vu, mais Dieu sait que j'en ai entendu parler. Morris leur rend visite à tous les jours ; un attachement sans pareil, ça sort de l'ordinaire, croyez-moi.

— Et tu n'es pas plus curieuse que ça ? »

Marie n'eut pas le temps de répondre, qu'elle se retrouva dans la boutique, à éternuer devant le mélange d'odeurs florales qui lui soulevait le cœur.

« Mon Dieu, la belle visite. Entrez, entrez. Partez pas comme ça. Venez-vous pour des fleurs ?

— Nous venions plutôt visiter Charlotte et voir son garçon. Est-ce que ça va bien de ce côté-là ? questionna Mathilde.

— La mère et l'enfant se portent bien. Quant au père, il est parti hier matin pour un contrat quelque part, je sais pas très bien où. » Fabienne fuyait les deux femmes du regard. « Suivez-moi, je vais vous conduire à madame Brodeur. »

Comme à l'habitude, Charlotte était maquillée, mais cette fois il y avait abondance de poudre et de rouge à lèvres. Une odeur de parfum flottait dans la chambre, une odeur que Marie reconnut, d'ailleurs. Elle s'en sentit nauséeuse et recula poliment vers la porte, les yeux fixés sur le joli déshabillé rose, outrageusement décolleté, que portait Charlotte. Devant le malaise de sa visiteuse, la belle fleuriste ne put s'empêcher de se montrer provocante en relevant la poitrine et en s'étirant langoureusement, comme si elle sortait d'une douce léthargie. La tête poussée vers l'arrière, elle obligea ses beaux cheveux bouclés à pendre sur sa nuque alors qu'elle se balançait de droite à gauche sous les yeux décontenancés de Mathilde qui jugea le temps venu pour passer à l'action.

« Où caches-tu ton beau poupon roux ? A-t-il gardé ses beaux yeux ? Vous l'avez bien baptisé du nom de Maurice ? »

Marie eut envie de s'enfuir tant elle savait les réponses. Elle savait aussi pourquoi elle appréhendait l'instant où elle serait confrontée à cet enfant né de l'arbre au fruit défendu. Elle releva audacieusement le menton et observa la réaction de Charlotte qui, ne pouvant soutenir son regard plus longtemps, perdit son faux sourire pour crier à Fabienne de lui amener l'enfant. Mathilde prit le bébé dans ses bras et l'approcha de Marie qui ne dit mot. Elle le regardait, absorbée par ses pensées, mais elle ne le voyait pas tant elle retenait les larmes qui ne coulèrent pas de ses beaux yeux cendrés. Seul son cœur qui battait à une vitesse folle aurait pu trahir sa souffrance, car dans sa tête se succédaient les images de son propre drame. Mathilde comprit qu'il était temps d'en finir et alla fermer la porte.

« Ton enfant, Charlotte, ressemble pas du tout à Clément.

— Laissez tomber, Mathilde, nous n'avons pas besoin de savoir, dit Marie avec calme. Comme tout le monde, nous savons ! Pas besoin de faire scandale avec ça, les choses s'arrangeront bien par elles-mêmes si la paternité n'est pas confirmée. L'enfant est plus à plaindre que les parents.

— Non, cria Charlotte, effrayée. Vous vous trompez tous. C'est bien le fils de Clément. Morris a rien à voir là-dedans. Il n'est que mon médecin.

— Pourquoi parles-tu du docteur ? dit Marie avec moquerie. Morris aurait-il été ton amant ?

— Non, ce n'est pas Morris, je peux le jurer ! Ce n'est pas lui ! Je vous en supplie, ne dites rien, laissez-moi vivre en paix. » Elle était au bord de la crise. Elle criait, en larmes devant les deux femmes qui la regardaient en silence. « Morris ! Morris ! mon amour. » L'enfant pleurait. « Maurice ! Maurice ! mon trésor, viens voir maman. Ton papa viendra bientôt, il va te soigner, te consoler. »

Mathilde lui remit son enfant dans ses bras.

« Ne crains rien, Charlotte, nous ne parlerons pas. L'enfant est bien le fils de Clément, t'inquiète pas, prends soin de ton bébé, c'est un bien beau garçon. Donne-lui le sein, tiens, tu vois... doucement ! »

Elle leva les yeux vers Marie qui acquiesçait de la tête. La mère et l'enfant se calmèrent, et les deux femmes quittèrent les lieux, secouées par leur visite.

« J'ai toujours su que c'était le fils de Morris, dit Marie d'une voix à peine audible.

— Et tu veux le marier quand même ? Tu sais à quoi tu t'exposes, tu seras la risée du village. Comment peux-tu t'assurer de la fidélité de ton mari et lui faire confiance ? »

Elles s'étaient immobilisées sur le bord du chemin et Mathilde faisait face à Marie qui restait muette.

« L'aimerais-tu au point de te rendre ridicule ?

— Je ne peux faire autrement.

— On peut toujours faire autrement. Rosalie me l'a déjà fait comprendre. Renonce au mariage.

— Ça serait désavouer Morris et tout le village devinerait sa paternité. Comment pensez-vous qu'on me regarderait ? Avec pitié, je ferais pitié ! Il n'en est pas question.

— C'est pas vrai, dis-moi que je rêve. Veux-tu me faire entendre que tu te maries par orgueil ? Mais il s'agit de ta vie, le mariage c'est sérieux ! Regarde autour de toi, quand un couple s'unit, c'est pour la vie, advienne que pourra : pour le meilleur et pour le pire.

— Justement, j'ai de beaux exemples devant moi. Mon père avec ma tante, ma mère avec...

— Ta mère avec mon mari. Ça aussi tout le monde le sait, mais parce que je suis mariée devant l'Église, je dois le supporter tandis que toi, tu as encore la possibilité de changer le cours de ta vie. Une fois mariée, t'auras plus le choix et va pas t'imaginer que la liaison de Morris et Charlotte va s'arrêter là. C'est pour cette raison, m'entends-tu, que tu dois rompre tes fiançailles. »

Elles se remirent en marche ; Mathilde passa à nouveau son bras sous celui de Marie.

« Je ne peux pas renoncer au mariage ni jeter la pierre à Charlotte ou à Morris. Moi-même, je ne suis pas irréprochable. » Elle baissa la tête. « Je suis enceinte. Il faut bien que je donne un père à mon enfant.

— C'est bien ce que pensait Rosalie, laissa échapper Mathilde, mais il y a d'autres solutions que de te lancer à pieds joints dans le mariage ! T'es pas seule avec ton secret, nous pouvons t'aider.

— Et en plus de ça, vous me dites que ma tante est au courant. Belle affaire que celle-là ! Il me semble que je suis assez grande pour diriger ma vie, alors si vous voulez bien, restons-en là et essayez toutes les deux de vous tenir à l'écart de mon chemin. Je me marierai à la Saint-Valentin comme prévu. Après, nous verrons. J'espère au moins que vous garderez le silence là-dessus.

— Tu sais bien que nous agissons dans ton intérêt, que nous t'aimons suffisamment pour souhaiter ton bonheur. Tu ne dois pas rester indifférente à mes propos. Prends le temps de bien réfléchir, nous pouvons trouver une meilleure solution à ton problème que ce mariage. Si au moins tu étais follement amoureuse de Morris ! Mais non, jamais tu parles d'amour ou dis que tu l'aimes. Ça, c'est dangereux, ma fille ! Crois-moi sur parole, c'est pas ainsi qu'on bâtit son bonheur. »

Pour Marie, la discussion était close et sa décision prise. Plus question de revenir sur sa parole, il fallait sauver la face coûte que coûte.

Quand les deux femmes se laissèrent, l'heure du dîner achevait et Morris, qui en avait terminé avec le vendeur, attendait le retour de Marie. Il se montra impatient lorsqu'elle entra. Il l'aida à ôter son manteau et alla s'adosser au mur pendant qu'elle enlevait ses bottes, impassible. Elle se mira dans la glace en replaçant ses cheveux décoiffés, prit son rouge qu'elle étendit lentement sur ses lèvres trop sèches puis brusquement se retourna.

« J'arrive de chez Charlotte. Un beau bébé, n'est-ce pas ? Sais-tu qu'il te ressemble passablement ? Il s'appelle Maurice, à part de ça ! » Elle observa son fiancé qui détourna les yeux. « Charlotte est en grande forme ! Si c'est ça l'effet que ça produit d'avoir un bébé, j'veux bien... Bon ! trêve de babillage, j'ai faim et je n'ai pas mangé. Je passe à la cuisine pour me prendre quelque chose. Veux-tu m'accompagner ? Nous pourrions parler de tout ça. »

Morris ne savait plus très bien comment réagir : devait-il prendre à la légère la désinvolture de Marie ou bien développer une stratégie mensongère afin de pallier à toute éventualité ?

« J'étais avec Mathilde Langevin, dit-elle, souriante.

— Une brave femme, cette Mathilde. Comment ça va chez les Brodeur ? questionna gauchement Morris.

— Charlotte et l'enfant se portent bien alors que le mari est parti à l'extérieur... et Fabienne semble être à la hauteur de la situation.

— C'est tout ?

— Oui, c'est tout. Le sujet " MAU... RI... CE " est clos. Passons maintenant à nous, à notre mariage. »

Quand elle décortiqua le prénom de l'enfant, Morris sursauta et se mit à trembler, incapable de tenir sans bruit la tasse et la soucoupe qu'elle venait de lui tendre. Il les replaça sur la table et se tira maladroitement une chaise qu'il retourna, s'asseyant à califourchon, les bras appuyés sur le dossier. Il ne parlait pas ; il se contentait de hocher la tête, l'air plus abattu que jamais.

Marie avait la situation bien en main. Elle allait et venait pendant qu'elle se préparait un sandwich où elle insérait n'importe quoi en plus de garnir son assiette de fromage, de carottes, de tomates, d'oignons et de confiture qu'elle étendit sur le tout. Il regarda l'assiettée, ahuri par cette nouvelle habitude alimentaire qu'il ne lui connaissait pas, tandis qu'elle sortait le lait pour en verser deux verres.

« Je ne bois pas de lait, finit-il par dire.

— Ce n'est pas pour toi, non plus. Je bois pour deux et je mange pour deux. Pas question que j'arrive au matin de mes noces blême et épuisée. J'espère que tu comprends de quoi je parle, car je suis enceinte, docteur. »

Il resta bouche bée. Il battit des paupières à quelques reprises avant de bafouiller et d'émettre un grognement.

« Eh bien ! le moins qu'on puisse dire, c'est que cette révélation te laisse interloqué.

— Oh Marie ! tu fais de moi un homme comblé. Je me doutais bien que tu avais quelque chose, mais jamais l'idée que tu puisses porter mon enfant ne m'a effleuré l'esprit, aussi bête que ça paraisse. Nous allons te trouver une remplaçante dès maintenant. Tu verras, mon amour, comme je veillerai sur toi. »

Il ajouta à voix basse : « Que le ciel soit béni, mon fils conçu pour sauver mon âme. »

Puis il déposa sur son front un doux baiser, qu'elle accueillit les yeux fermés, et profita de ce tendre instant pour laisser courir ses mains sur sa poitrine éveillée et défaire les premiers boutons de son chemisier. Il la désirait plus que jamais et l'aurait bien portée jusqu'au lit si le téléphone n'avait pas sonné. Ils sursautèrent et machinalement Marie se reboutonna pour aller répondre.

« Laisse, j'y vais. Mange ton bizarre de dîner, petite maman. »

Quand il revint, plusieurs minutes plus tard, il n'était plus le même. Le visage défait, il était ravagé par les doubles sentiments de haine et d'amour, et il ne parvenait plus à faire le point entre le bon et le mauvais. Laquelle des deux femmes de sa vie sortirait victorieuse de ce combat amoureux ? La lumière qui devait guider sa destinée n'avait pas la transparence voulue, ternie par la passionnée Charlotte et ce fils qu'il venait de mettre au monde quinze jours plus tôt, obscurcie par la pureté de Marie, son innocence et cet enfant qu'elle portait désormais au fond d'elle-même.

« Un malheur est arrivé ?

— Le coup de fil venait de Charlotte. Elle désire que je passe chez elle immédiatement. Elle est en pleine crise et menace de s'enlever la vie. Tu es au courant pour son fils, m'a-t-elle dit ! » Dans son désarroi, il avait cherché à parler doucement.

« N'ai-je pas dit que le sujet " Maurice " était clos ? Je parlais de Maurice Brodeur, si tu veux savoir. Je suis capable de pardonner, tu sais, seulement il faut que cette aventure cesse. Je te demande de ne plus revoir Charlotte. Jamais, jamais !

— Impossible, Marie, sa vie est en danger. J'ai le devoir de la protéger et de la soigner, il faut que tu comprennes qu'elle n'est pas dans son état normal. Laisse-moi au moins m'en occuper jusqu'à ce que son mari revienne. Je ne l'aime pas du tout, sois rassurée, elle est moins que rien en ce qui me concerne, une coureuse, une allumeuse, mais j'ai fait serment de porter secours à tout être humain, même mes ennemis. Laisse-moi y aller, je t'en conjure. »

Elle savait qu'il mentait, mais comme elle doutait du résultat qu'elle obtiendrait à tenir mordicus à ce qu'il ne revoie plus Charlotte, elle préféra acquiescer à sa requête. Quand il fut sorti, elle entendit sa conscience lui parler sévèrement : « Tu ne vaux guère mieux, ma chère. Tu te prostitues pour t'assurer un mari alors que tu en aimes un autre. Tu ne peux même pas jurer que l'enfant que tu portes est bien celui de Morris ! Belle morale que la tienne, il n'y a pas de quoi être très fière. »

Plus les jours passaient, plus approchait la date fatidique des noces, et plus Marie se faisait taciturne. Son entourage s'inquiétait. Même qu'en désespoir de cause, Mathilde avait abordé discrètement la possibilité d'un avortement, mais elle avait obtenu un refus catégorique. Rosalie, pour sa part, lui avait proposé de quitter le village et d'aller vivre chez son amie Aline, en ville, où une fois accouchée elle aurait pu laisser son enfant en adoption, mais cette tentative lui valut des injures : « Occupez-vous de vos affaires ! J'ai la nette impression qu'on tente de diriger ma destinée, qu'on se mêle d'organiser ma vie. Comprendrez-vous que j'ai besoin de cet enfant pour me pardonner mes amours, même au détriment de Morris et de Charlotte... qui n'occupent qu'un bien piètre espace dans mon univers. »

Tout semblait être rentré dans l'ordre lorsque Clément Brodeur revint après six jours d'absence. Morris espaçait ses visites chez Charlotte et se montrait plus empressé auprès de Marie qui se laissa même séduire à deux reprises par ses beaux yeux incendiaires. Elle acceptait ses avances, cela faisait partie du jeu, et elle lui donnait son corps, mais les plaisirs escomptés, elle se les imaginait en s'abandonnant dans les bras de Phil, aimée et aimante ! Ainsi, c'est en trompant son futur mari jusqu'à la limite de l'inacceptable qu'elle connaissait les jouissances espérées, enfoncée dans la fausse réalité où elle se laissait vivre.

Deux semaines avant le mariage, cependant, elle reçut une lettre. Quand elle passa au bureau de poste et qu'elle reconnut avec joie l'écriture fine d'Aline, elle était loin de s'imaginer que les quelques lignes qu'elle lirait bouleverseraient sa vie à ce point.

Ma chère amie,

Depuis que nous nous sommes revues en octobre, bien des choses se sont passées dans ma vie. Je ne resterai pas vieille fille, un ami s'occupe de moi. Quel être sensible ! Tu le connais. Nous nous voyons toutes les fins de semaine et parfois le mardi et le jeudi quand je vais au restaurant où il travaille. L'autre jour, il est venu souper chez nous. Nous avions d'autres invités, entre autres deux médecins qui travaillent avec mon père, et une bribe de leur conversation m'est venue à l'oreille. Je ne voulais pas t'en parler, mais Doris... c'est lui mon futur époux ...pense que cela pourrait t'intéresser.

Alors voilà ! Il était question d'un certain médecin étranger qui se serait fait expulser de Sainte-Bernadette pour pratique étrange et mystérieuse. Qu'est-ce que ça veut dire, je ne le sais pas très bien, mais il semblerait qu'il soit recherché par les policiers. Avant Sainte-Bernadette, il aurait été médecin à Milot, un endroit que je ne connais pas. Il n'y serait pas resté longtemps à cause d'une certaine aventure avec deux de ses patientes. Peut-être s'agit-il de quelqu'un qui serait parent avec ton fiancé ? Tu devrais en parler avec lui. Doris pense qu'il ne faut pas rire avec ça, on ne sait jamais aujourd'hui.

Bon, mon devoir est fait. Je peux me consacrer à mon avenir en toute paix. Ah oui ! je voulais aussi te dire que j'ai revu Phil et qu'il me prie de te saluer. Il voudrait que je lui donne ton adresse. Je n'ose pas, étant donné que tu es promise. Il est charmant et tellement drôle. C'est à son restaurant que Doris travaille.

Nous irons à Bellesroches pour ton mariage.

Ta bonne amie, Aline

Quand elle eut fini sa lecture, Marie ne savait plus si elle devait rire ou pleurer. Doris allait-il se sacrifier pour sauver la face et faire lui aussi un mariage de raison ? Elle connaissait bien les racines de ses amis et avait de la difficulté à concevoir cette union ! Au plus, une grande amitié, mais l'amour ? Autre chose toutefois la tracassait : comment devait-elle interpréter les informations que lui transmettait Aline sur le médecin étranger ? Elle se souvenait que Morris avait déjà fait allusion au village de Sainte-Bernadette et cela lui suffisait pour croire que le médecin en question pouvait bien être son futur époux. Tout s'écroulait autour d'elle, il lui fallait parler à quelqu'un.

Elle fit un effort extrême pour se rendre à la maison où elle voulut tout raconter à sa tante, mais sa voix se noya dans les larmes quand elle se laissa choir sur le plancher, en proie à des étourdissements. Lorsqu'elle rouvrit les yeux, elle reposait dans son lit, Rosalie près d'elle, une serviette humide entre les mains. Quelqu'un avait déposé sur sa poitrine la lettre d'Aline, bien dépliée, montrant qu'on l'avait lue. Marie, qui n'avait plus le courage de s'insurger contre cette indiscrétion, referma les yeux.

« Je suis la seule à connaître le contenu de cette lettre qui dicte ce que tu dois faire, je crois. Cesse de t'entêter à vouloir cet homme comme époux. En tant que marraine, je dois veiller sur toi, malgré ta réticence, parce que c'est à cette fin qu'on m'a choisie à ta naissance. Maintenant, tu as grandement besoin de mon aide. L'indépendance n'a plus sa place, il te faut agir vite.

— Mais je ne suis pas sûre qu'il s'agit bien de Morris.

— Moi, j'en suis certaine. Cesse de faire l'enfant, tu as assez abusé de ma patience. Si tu ne mets pas fin immédiatement à ton engagement, je dévoilerai sur la place publique tout ce que je sais sur Morris Vanderstat et tu te retrouveras avec un mari au chômage, poursuivi par les autorités ; tu devras t'exiler, fuir et ne plus revenir. Les gens de Bellesroches ne te pardonneront pas de t'être jetée dans ses bras, et Clément Brodeur voudra le tuer quand il apprendra la vérité sur son fils. Et tout ça, pour qui ? Un homme que tu n'aimes pas, qui t'a trompée, ridiculisée et qui abuse de toi. Un étranger qui n'a rien à perdre. Il s'en retournera dans son pays et tu souffriras de son comportement de dévergondé. Penses-tu vraiment qu'il n'a qu'un fils ? Si les gens prennent la peine de le poursuivre, c'est qu'il y a anguille sous roche, que dis-je, il y a enfants sous roche ! lança finalement Rosalie.

— TAISEZ-VOUS ! Ne voyez-vous pas que vous me faites mal ? Ma peine est déjà suffisamment grande comme ça, ma tante, je voudrais mourir, ne plus savoir, ne plus douter ; DORMIR ! À jamais, sans cet enfant au cœur de ma vie, sans le visage de Morris. Laissez-moi tranquille. Je veux vomir ma vie, je veux mourir, comprenez-vous ?

— Ma petite Marie, calme-toi, je vais t'aider, nous allons tous te venir en aide. Je te jure que ta vie ne s'arrêtera pas là ! Mathilde et moi savons quoi faire, aie confiance en nous, ferme tes yeux, dors, mon bel ange bleu. »

La pauvre femme caressait doucement le front de sa filleule, distinguant à peine son beau visage tant elle avait la vue obscurcie par une nuée de souvenirs. En même temps qu'elle revoyait l'enfant qu'elle avait vu naître vingt-deux ans auparavant, elle revivait la douleur de son amour impossible, ressentait les mêmes vibrations passionnées qui l'avaient fait un jour se jeter corps et âme dans les bras de son amant.

Quand Marie se réveilla, elle avait les yeux bouffis et un goût amer dans la bouche. Elle voulut se lever, mais les forces lui manquèrent et elle se laissa retomber sur le lit, les mains croisées sur sa poitrine pour prier le Dieu de son enfance. Plus elle priait, plus elle se sentait sereine. Sa bouche asséchée redevint humide, le goût âcre en disparut et les images qui s'entremêlaient à son réveil reprirent leur place. Elle revoyait maintenant le doux visage de sœur Sainte-Virginie, tout entouré de blanc, et entendait les paroles réconfortantes qu'elle prononçait lorsque au couvent, elle la voyait sombrer dans le découragement : « Son destin, Marie, on le fait soi-même, avec son courage et sa détermination. »

Un bruit de pas la sortit de sa rêverie. C'était Rosalie qui lui portait un plateau d'où s'échappait l'odeur d'une bonne soupe chaude. Contente de la voir réveillée, elle lui sourit en hochant la tête, satisfaite. Marie lui rendit son sourire.

« Tu as bien meilleure mine et quand tu auras mangé un peu, tu verras, tu seras comme neuve.

— Je ne serai plus jamais comme neuve.

— Allons, cesse de t'apitoyer sur ton sort, demain sera un jour nouveau. À chaque jour suffit sa peine.

— Vous n'avez plus à vous préoccuper de mon sort, j'ai pris une décision qui devrait vous satisfaire. » Elle avala quelques cuillerées de soupe. « Je vais parler à Morris et rompre nos fiançailles. Puis, je ferai mes bagages et je partirai pour la ville. Rendue là, je verrai. Il est possible que je me... »

Elle toisa sa marraine.

« Eh bien, continue !

— ...que je me fasse avorter.

— C'est une solution que nous avions déjà envisagée, Mathilde et moi, mais il faut la bannir maintenant, le risque est trop grand, tu as déjà plusieurs semaines. Il faut s'orienter autrement, vers l'adoption par exemple.

— Si je porte ce bébé à terme, il n'est pas question que je le donne. Je trouverai bien à me marier à un moment donné. J'en connais un qui ne demanderait pas mieux.

— Plus question de Morris Vanderstat, j'espère que tu m'as bien comprise, rugit Rosalie.

— Je pensais à quelqu'un d'autre, quelqu'un que j'aime. Peut-être pourrais-je revenir en arrière.

— Ne déterre pas les morts, Marie. Recommence plutôt à zéro. L'adoption est une solution acceptable, pleine de noblesse. Tu ne seras pas seule, nous avons déjà élaboré un certain plan. »

15

Le départ de Marie ne passa pas inaperçu, du moins pour Didier Langevin qui, tel un loup guettant sa proie, surveillait les va-et-vient de tout le monde dans le seul but d'alimenter les ragots qu'il colportait un peu partout. Ce jour-là, il était attablé à l'hôtel Carter quand le train s'arrêta juste en face pour y faire monter Marie, Rosalie et Mathilde. C'est à Joséphine qu'incomba la délicate tâche de donner des explications. Ignorante de ce qui se passait au juste, elle avait cru sa sœur quand elle lui avait annoncé qu'elle se rendait en ville avec Marie visiter sa vieille amie Pauline et compléter le trousseau de la future mariée. Il ne fut pas question de rupture de fiançailles ni de l'état de Marie.

La stratégie qu'avaient adoptée Rosalie et Mathilde consistait à faire croire à un court voyage, et Joséphine ne s'en était pas étonnée puisqu'elle avait déjà proposé elle-même à sa fille de prendre un temps d'arrêt avant le grand jour. Elle n'avait posé aucune question non plus, surtout que les discussions la fatiguaient, qu'elle avait peine à suivre le cours des conversations depuis un certain temps et qu'elle recherchait davantage la tranquillité, épuisée par une vilaine toux qui l'affaiblissait à chaque jour davantage. Tous ses efforts, elle les mettait à paraître sereine en présence de son amant. Aussi se réjouissait-elle de savoir sa sœur et sa fille absentes quelques jours, le temps qu'elle refasse ses forces.

« Mais ta fille avait beaucoup de bagages pour trois jours, avait dit Langevin, ça me paraît étrange. Quand je les ai vues monter dans le train, elles avaient plutôt l'air de fuir, surtout que Marie tenait la tête baissée, chose qui est pas coutumière.

— Elle s'est surmenée ces temps-ci et sans doute était-elle préoccupée par son mariage, répliqua Joséphine.

— Moi, je dis qu'il se passe quelque chose de louche. Surtout avec l'affaire des Brodeur, c'est comme rien si ça lui est pas venu aux oreilles. Je t'le dis, ta fille fuit, Joséphine !

— Didier, tu vas trop loin. Ne va pas me dire que tu portes attention aux calomnies qu'on se plaît à faire sur Charlotte et Morris. »

Il allait rétorquer quand elle toussa sans répit avant de se diriger vers la cuvette de la toilette cracher une partie de sa maladie. Lorsqu'elle revint, il déposa un léger baiser sur son front et se contenta de lui couvrir les jambes avec la couverture qu'il savait maintenant prévue pour la réchauffer.

« J'te laisse, avant qu'Antoine monte. J'vais sortir par-derrière, moins on se voit, mieux c'est ! J'peux plus supporter son air de faux curé, prêt à bénir notre relation ; tout sent le pourri, dans cette maison, ça sonne faux partout !

— Didier, ne te fâche pas. C'est nous qui avons voulu tout ça. Antoine m'aurait donné ma liberté si tu avais voulu qu'on parte de Bellesroches, mais tu as préféré garder ton garage, faire semblant de rien et continuer de profiter de ton pouvoir, il ne faut pas le blâmer. Nous avons pu nous voir quand même assez souvent et personne au village ne se doute de notre relation.

— Veux-tu rire ? Tout le monde se doute de quelque chose, que penses-tu ? Seulement, le monde a peur de Didier Langevin. J'les tiens parce qu'ils savent de quoi j'suis capable. Si un seul maudit vaurien du village tentait de salir ma réputation, il pourrait s'attendre à voir le diable en personne, c'est pour ça que ça paraît pas et que personne n'ose faire allusion à ma vie personnelle. Faut dire que ça sert bien du monde ! Antoine et Rosalie les premiers. Il n'y a que Marie qui est capable de se tenir debout, ta belle Marie ! Ça fait que de la voir comme tout à l'heure, j'me pose pas mal de questions. J'me disais aussi qu'un jeune médecin...

— Ne recommence pas avec ces histoires-là. Mon Dieu, que je suis fatiguée ! Il me semble que j'aurai jamais le courage de vivre toute ma vie ainsi. »

Elle aurait souhaité qu'il tourne enfin la poignée de la porte et qu'il s'engouffre dans l'escalier avant que n'apparaisse Antoine. Elle avait horreur de voir les deux hommes se fixer dans les yeux durant plusieurs secondes et de devoir trouver une phrase quelconque pour leur permettre d'échapper à leurs pensées. Elle tenta de se lever, mais dut se rasseoir en grimaçant.

« Tu devrais d'abord songer à te soigner. Une grippe pareille, c'est pas normal. Consulte donc ton futur gendre ! Partie comme ça, tu seras même pas capable de te tenir debout au mariage.

— T'as raison, je le ferai. Maintenant, laisse-moi, Antoine s'en vient. »

Même s'il blaguait sur Didier ou se permettait des taquineries, jamais Antoine ne tenait devant Joséphine de propos disgracieux, pas plus qu'il ne lui reprochait son comportement. La seule allusion à propos de leur relation fut pour exprimer sa satisfaction à savoir qu'à son tour elle pouvait retirer de la vie un certain bonheur, aussi défendu fût-il, parce qu'il y avait une sorte d'entente tacite entre les deux couples, entente qui rendait taboues toutes discussions sur les relations extraconjugales de chacun.

Il n'avait pas été prévu que Mathilde accompagnât Marie et Rosalie en voyage, mais quand Morris avait exprimé le désir d'aller aussi à la ville, avec l'intention de lui confier les soins d'urgence, elle avait allégué qu'elle préférait profiter de l'occasion pour aller voir son fils.

« Un voyage de femmes, avait-elle invoqué.

— Mathilde, je n'ai pas quitté le village depuis mon arrivée et j'ai besoin d'aller régler certaines affaires.

— Vous les réglerez à notre retour, je vous remplacerai. Nous ne serons parties que trois jours. »

Si Morris voulait être du voyage, c'était d'abord et avant tout pour échapper à l'emprise de Charlotte, qui continuait à le harceler, usant même de chantage. Il savait très bien qu'en l'absence de Marie, elle se ferait plus insistante, qu'il lui serait pratiquement impossible de ne pas succomber à sa passion trop ardente. Et ses craintes étaient fondées puisque aussitôt le train parti, le téléphone sonna.

« Je voulais te prévenir que j'arrive dans quelques instants. Notre bébé s'est endormi et je ne veux pas passer la soirée seule, avec Fabienne. Je n'ai pas mis le nez dehors depuis Noël et c'est maintenant que j'ai décidé de prendre l'air.

— Charlotte, attends ! Pas maintenant, s'il te plaît.

— Je ne peux plus attendre. »

Et elle raccrocha.

Quand il entendit frapper, il savait bien qu'il ne s'agissait pas d'une urgence et il se refusa à ouvrir, mais Charlotte faisait tellement de bruit avec ses coups de pied et de poing dans la porte qu'il dut se résigner. Comme d'habitude, elle était ravissante avec son chapeau de feutre qu'elle portait à la façon des stars américaines, emmitouflée dans un épais manteau de cachemire. Elle tenait, dans sa main gantée, un paquet enveloppé de papier brun, qu'elle tendit à Morris en souriant, alors que de l'autre, elle poussa la porte juste ce qu'il fallait pour s'infiltrer. Dès qu'elle fut entrée, elle s'appuya contre la porte et toute la pièce s'embauma de son chaud parfum qui faisait flotter dans l'air une agréable odeur d'épices. Morris ne pouvait se retenir de sourire devant l'air effronté de sa visiteuse qui lui tendait le bouquet d'œillets qu'il développa maladroitement. Quand il leva les yeux, il céda, comme à chaque fois, à la bouche colorée sur laquelle il imprégna un long baiser.

« Est-ce que je retourne à la maison, maintenant ?

— Non ! c'est trop tard. Telle une sorcière, tu m'as jeté un sort dont je ne peux me défaire. Je n'ai plus qu'une seule envie. Viens, passons de l'autre côté. »

Dépourvu du pouvoir de se raisonner, tant son corps réclamait cette femme, Morris perdit tout contrôle. Il aurait juré qu'un pacte démoniaque les unissait à jamais, conséquence irréversible de ses abus, et même si l'image de Marie lui égratignait la conscience, il était impuissant contre l'attraction qu'il subissait.

« Comment vais-je pouvoir vivre dans le même village ? Je ne suis pas capable de te résister, tu es plus forte que moi, plus forte que Marie. Réalises-tu que dans moins de trois semaines, je conduirai ma fiancée au pied de l'autel et lui jurerai fidélité ? Le réalises-tu vraiment ?

— Ce que je réalise, c'est que l'on s'aime, que notre amour est tenace. Je mourrai si tu te maries avec elle... et ton fils aussi. Loin de toi, tout m'est égal, plus rien ne compte, répondit Charlotte d'une voix calme, mais ferme.

— Tu m'aimes, moi, un lâche, un infâme ? Pour ce que j'ai fait, je mériterais la potence ! Je suis dans le pétrin jusqu'au cou : Marie d'un bord, toi et notre fils de l'autre. Ici, en principe, je devais tout recommencer, repartir à zéro, redorer mon blason et faire le bien. FAIRE LE BIEN ! sais-tu ce que ça veut dire ? »

Au bord de la crise, il frappa sur le mur, juste à la tête du lit, et le crucifix, qu'il avait lui-même demandé à Marie de faire installer, tomba sur le sol. Le corps se détacha de sa base. Pétrifié, il lâcha un long cri d'horreur dont l'intensité témoignait de son désarroi. Le visage ravagé par sa faiblesse, il se boucha les oreilles, incapable d'entendre sa propre voix, mais la honte prit le dessus et alors il cria, en martelant ses phrases avec difficulté : « JE... NE... MÉRITE... PLUS... DE... VIVRE, MON DIEU, JE... VAIS... ÉCLATER... »

Charlotte lui saisit les mains et, pour le forcer à porter son regard ailleurs qu'en lui-même, à deux reprises, le gifla brutalement.

« Cesse de t'apitoyer sur ton sort, tu n'es plus seul au monde, nous sommes là... ton fils est là ! Tu n'as fait aucun mal, tout ce qui arrive n'est qu'un vilain tour du destin. La fatalité a voulu que toi et moi soyons unis envers et contre tous, eh bien ! le temps est venu de passer aux actes, nous partirons ensemble, voilà. Il n'est pas trop tard pour agir, tu n'es pas encore marié, et une parole, ça se reprend.

— Je ne peux pas, dit péniblement Morris.

— Rien n'est impossible. Si tu m'aimes, on peut envisager un départ. Nous formerons une famille, personne ne saura. Retournons dans ton pays ! Là-bas, personne ne nous connaîtra et nous vivrons heureux.

— Je ne peux pas laisser Marie, c'est impossible.

— Ah ! ça suffit. Marie ! Marie ! Il est temps que tu cesses tes enfantillages, fais un homme de toi, bonté divine, sois conséquent avec toi-même. Marie ! Marie ! elle est jeune, elle, dans moins de temps que tu penses, elle t'aura oublié, remplacé. Crois-tu vraiment qu'elle t'aime au point de mourir de chagrin pour toi ? Tu ne ferais que lui rendre service, vous n'êtes pas faits l'un pour l'autre. Depuis vos fiançailles, elle s'est éteinte. Où elle est, la Marie combative, rieuse et opiniâtre que tous connaissaient au village ? Métamorphosée, dépouillée de son plaisir de vivre. Ne me dis pas que tu n'as rien vu, rien remarqué ! On ne penserait pas qu'elle va se marier, on croirait plutôt qu'elle va droit à l'échafaud. »

Charlotte s'était levée et se tenait raide, sûre d'elle, à côté de Morris, à genoux, la tête entre les deux mains. Il s'était calmé, mais il pleurait.

« Regarde-moi, Morris, m'aimes-tu ? Partons d'ici, amène-nous avec toi ; l'avenir nous appartient. »

Il releva la tête et tenta de résister à ce corps de femme à peine marqué par les traces de la grossesse, un corps nu et fier que les années n'avaient pas altéré. Oui, il l'aimait, malgré son âge, malgré sa condition. Il se glissa jusqu'à ses pieds et lui saisit les jambes pour se hisser doucement, en portant des baisers sur toute sa chair. Agrippé au corps chaud, dont il ne pouvait plus se défaire, il haleta : « D'accord, nous partirons. » Il manquait de courage, comme à chaque fois, et sa lâcheté l'étouffait. Il était incapable de révéler à Charlotte que Marie était enceinte, qu'en partant il fuyait encore une fois ses responsabilités et qu'il abandonnait la pauvre fille avec un enfant sur les bras. Sa plus grande douleur, c'était dans la tête qu'il la ressentait.

Quand il se retrouva seul, il prit un bain, comme s'il voulait se purifier. En un instant, sa vie défila devant ses yeux, une vie ravagée par le bien et le mal où tous les visages qui lui apparaissaient se chevauchaient, s'entremêlaient pour finalement se confondre dans celui de Marie. Une boule noire s'infiltrait dans son cerveau malade. Il se dépêcha de sortir du bain. En proie à des vertiges, il se rendit à son lit où il se laissa tomber de tout son poids pour sombrer dans un sommeil léger, bouleversé de cauchemars angoissants.

Le lendemain, il était prêt à affronter sa réalité. Aussitôt que Marie reviendrait de la ville, il lui parlerait et mettrait un terme à son calvaire. Il lui proposerait l'avortement, lui expliquerait son amour insensé, puis se sauverait tel un voleur, avec son fils et la femme d'un autre.

Il fit quelques téléphones et obtint des billets pour la Hollande. Puis il se rendit chez les Brodeur où il s'entretint plus d'une heure avec Charlotte. Mais aux questions qu'elle lui posa sur Marie, il refusa de répondre.

« Cela me concerne, je ne veux pas que tu t'en mêles. Par respect pour Marie, laisse-moi la possibilité de rompre comme il me plaira, sans jamais me poser de questions. C'est tout ce que je te demande. Après, nous vivrons heureux, comme tu le souhaites. » Il se mordit les lèvres et grimaça. « Tu es certaine que Clément ne reviendra pas avant la fin du mois ? Il faut disparaître au plus vite, sans attirer l'attention. Tu devras tout abandonner derrière toi, ma chérie, faire comme si tu ne sortais qu'un instant pour une promenade avec Maurice.

— Compte sur moi. Je t'aime au-delà de ma vie, sans toi, je n'existe plus. »

Quand le train s'immobilisa en avant de l'hôtel Carter, seules Rosalie et Mathilde en descendirent devant Didier Langevin qui attendait dans sa voiture, tandis que Morris marchait de long en large en se répétant ses belles phrases de rupture toutes préparées d'avance. Rosalie alla à sa rencontre alors que Mathilde se dirigea vers son mari.

« Conduis-moi à la maison, j'ai à te parler.

— Si c'est pour me donner des nouvelles de ta mauviette de fils, vaut mieux te taire. Si, au contraire, tu me jases de votre manigance de bonnes femmes et de Marie, là, c'est une autre affaire. Où elle va comme ça, la Rosalie ?

— Tout compte fait, je rentrerai à pied. Pas besoin de toi plus que ça, répondit-elle en refermant la portière.

— Cesse de faire ton indépendante et embarque. Tu me parleras de ce que tu voudras, dit-il enfin. Est-ce que je prends tous les bagages ? J'imagine que tu vas déposer ceux de "madame Rosalie" en passant. »

De son côté, Rosalie avait rejoint Morris et se dirigeait vers le café de l'hôtel Carter. Là non plus, la courtoisie n'était pas d'office.

« Je n'irai pas par quatre chemins, monsieur Vanderstat : MARIE NE SE MARIERA PAS. Notre voyage à la ville nous a permis de faire une petite enquête et d'apprendre bien des choses à votre sujet. Sainte-Bernadette, vous vous rappelez ? Le hasard a voulu que Marie ait une amie dont le père est médecin et il nous a mis au courant. Vous n'avez qu'un choix, maintenant, c'est de partir le plus vite possible avant que les autorités ne viennent vous chercher. Notre village a connu assez de déboires comme ça avec ses docteurs, ça ne sert à rien d'envenimer la situation.

— Et Marie, où est-elle ? Il faut absolument que je lui parle. Je ne peux pas la laisser dans l'état où elle est. Vous n'êtes pas au courant de tout, dit-il en baissant la tête.

— Je suis au courant de bien des choses, plus que vous le pensez. Vous n'avez pas à vous inquiéter pour elle, nous sommes plus en mesure de l'aider que vous ne pourriez l'être. Allez-vous-en. N'attendez pas qu'un Didier Langevin ou qu'un Clément Brodeur ne viennent eux-mêmes vous expulser.

— Le prochain train est dans trois jours, je n'y peux rien avant ce temps.

— Qu'à cela ne tienne. Vous prendrez la voiture d'Antoine pour vous rendre en ville. Vous la laisserez à l'adresse que je vous donnerai et il ira la chercher plus tard. Soyez prêt dans une heure, vous n'avez plus votre place ici. »

Quand elle le quitta, il tremblait de tous ses membres tant il ne savait par où commencer : ses effets personnels traînaient, ses dossiers aussi, et Charlotte n'était pas prévenue. Il mit du temps à réagir avant de finalement se rendre au téléphone. Le temps lui parut bien long, trop long, et quand la sonnerie se fit entendre, il raccrocha. En sortant du café, il resta quelques minutes sans bouger, le regard fixé sur la boutique de fleurs puis, tournant les talons, il partit dans la direction opposée, celle de la maison qui ne lui appartenait plus.

Au bout d'une heure, il avait tout rassemblé : son carnet noir, les dossiers compromettants, ses vêtements et un livre, un seul, dans lequel il glissa deux œillets qui s'écrasèrent entre les pages. Il avait eu le temps de griffonner un mot qu'il cacheta et identifia au nom de Charlotte. Il plaça le tout sur le bureau de Marie, à côté d'une grande enveloppe brune sur laquelle il avait écrit *À MON SUCCESSEUR*. Antoine l'attendait déjà. Sans perdre un instant, il porta ses bagages à l'auto, ouvrit la portière arrière et les y engouffra. Comme il allait prendre la place du chauffeur, il se ravisa et, à la course, revint à la maison. Les portes restèrent ouvertes pendant qu'il allait décrocher du mur la peinture que lui avaient remise les Panet à la naissance de leur fils. Il l'enveloppa dans une couverture et ressortit en verrouillant derrière lui.

Antoine lui tendit les clés sans dire un mot et fouilla dans sa poche pour en sortir des papiers et une adresse. Les deux hommes se regardèrent un moment, tous les deux aux prises avec une même pensée, celle de Marie. Morris baissa les yeux : « Pardonnez-moi ! » Puis il prit place dans la voiture alors que sur le trottoir enneigé, un père ravalait sa haine et son mépris.

Quand Antoine rentra à la maison, Joséphine dormait déjà et Rosalie prenait un thé. Il était atterré. Il avait fait tout ce que lui avait demandé Rosalie, sans poser de questions, sans réagir ni venger la réputation de sa fille. Il s'était soumis à ses exigences : « Le temps presse, Antoine. Je t'expliquerai tout en détail plus tard, mais pour l'instant, je t'en supplie, au nom de Marie, fais ce que je te dis. »

Il s'assit sans ôter ses bottes ni son manteau.

« Est-il parti ?

— Oui.

— Alors je te sers une tasse de thé. Prends le temps d'enlever ton manteau, j'apporte aussi des biscuits.

— Comment peux-tu être si sereine quand l'avenir de ma fille vient de se jouer sous mes yeux ? Des rumeurs, j'ai renvoyé mon futur gendre à partir de rumeurs. Personne ne peut être certain des calomnies qui ont été dites sur Charlotte et Morris ? Ça se prouve, ces histoires-là, tout de même ! Tu descends du train et voilà qu'en moins de deux heures la vie du village est complètement chambardée. Tu me dis : "Antoine, tu dois prêter ta voiture pour que Morris quitte le village", et à mes questions tu réponds vaguement, me disant de te faire confiance. Je t'ai écoutée au doigt et à l'œil, maintenant, parle au plus sacrant. Finis les mystères. »

Elle lui raconta tout ce qu'elle savait sur Morris, mais garda le silence au sujet de la grossesse de Marie. Pour l'instant, il n'y avait que Mathilde, Aline et elle-même qui étaient au courant. Il ne servait à rien d'ébruiter la chose ; moins il y aurait de gens qui sauraient, moins il y aurait de risques de nuire à la réputation de sa nièce.

Didier apprit de Mathilde que Morris quitterait le village. Il ne sut pas exactement pourquoi, mais présuma que Charlotte pouvait bien y être pour quelque chose. Avide d'en savoir plus, il s'était dirigé au bureau du médecin dès le lendemain matin.

Quelqu'un attendait déjà.

« Que fais-tu à cette heure sur le perron de porte, Charlotte ? T'as pas peur que ta petite fleur se fane ?

— Je suis inquiète pour le docteur. J'ai téléphoné deux fois depuis hier au soir et ça n'a jamais répondu. Il faut absolument que je lui parle... à cause du bébé.

— Ouais, le bébé ! Un beau bébé roux, y paraît. Il s'appelle Maurice, hein ? C'est un bien beau nom, ça doit plaire à ton Clément.

— Écoute, Langevin, cesse tes niaiseries. Morris ne répond pas, c'est pas normal, as-tu compris ? Je suis certaine qu'il lui est arrivé quelque chose. »

Devant le désarroi de la pauvre femme, il frappa dans la porte à son tour et essaya de tourner la poignée.

« Il n'est pas là, c'est tout. Reviens plus tard. »

Puis il rebroussa chemin pour se rendre chez Joséphine où il apprit le départ prématuré de Morris, sans toutefois en connaître la vraie cause. Tout de suite, il retourna chez le docteur avec la ferme intention d'entrer dans la maison par effraction, mais quelle ne fut pas sa surprise de voir, toujours à la même place, Charlotte qui attendait patiemment le retour de son amant.

« Il n'est pas encore revenu, dit-elle, un sanglot dans la voix.

— Eh bien, ma belle, fais-en ton deuil, il est parti. Il a levé les pieds, hier soir. Salut, la compagnie, vous me r'verrez plus ! Ha ! Ha ! Mais moi, j'suis encore là, si tu veux savoir. Est-ce que j'peux soigner les petits bobos de Madame ? »

Sans faire ni un ni deux, Charlotte se rua contre lui et martela sa grosse poitrine gonflée d'orgueil tandis qu'il accueillait ses coups en riant.

« Tu me crois pas, alors suis-moi, allons voir. »

De sa lourde épaule, il défonça la porte.

Entré le premier, il vit l'enveloppe adressée à Charlotte et s'en saisit aussitôt. Il s'amusait à la tenir au-dessus de sa tête en se régalant des larmes et des supplications de la pauvre femme, au bord de la crise d'hystérie. Et pour le plaisir, il ouvrit le document qu'il lut à haute voix : « Ma chérie, j'ai dû partir plus tôt que prévu. Je t'écrirai et tu me rejoindras avec notre fils. Je t'aime. Morris. »

Charlotte s'effondra sur le plancher. Elle geignait, toute recroquevillée sur elle-même, plongée dans un monde de noirceur.

« Oh ! là ! là ! la belle affaire ! Comme ça, tu t'es envoyée en l'air avec notre petit docteur. Belle co-chonne que voilà ! Et ce pauvre Clément qui ne se doute de rien, coureuse, tu mérites bien ce qui t'arrive. Si tu veux que je garde le secret là-dessus, t'as tout intérêt à te montrer gentille, moi aussi je peux être à la hauteur. Si on commençait maintenant ? »

Didier la souleva de terre et la serra contre lui, en appétit devant le décolleté de son chemisier alors que son désir pervers augmentait au fur et à mesure qu'il reniflait l'odeur d'épices qui s'échappait de ce corps à l'abandon, soumis et distant, retiré en lui-même. Pareille abdication dépassait ses espérances et il fouillait avec rage sous la jupe, sans voir les yeux vitreux de la pauvre Charlotte pour qui rien ne comptait plus sauf les mots, les tristes mots qui résonnaient encore à ses oreilles. Tel un jouet, elle se laissait toucher sans résister, pleurant sourdement, incapable de crier ou de s'opposer à la violence de Didier.

« Laisse-la, cria Rosalie.

— Mêle-toi pas de ça, j't'avertis.

— Mais tu es répugnant... qu'essaies-tu d'obtenir de cette pauvre femme ? Tu vois bien qu'elle est anéantie, montre-toi charitable, pour une fois ! Lâche-la. »

Rosalie couvrit Charlotte avec son manteau avant de lui tendre la lettre qui reposait encore sur le sol.

Alors, Didier se dirigea vers l'hôtel Carter où il commanda six bières, qu'il n'eut pas le temps de finir avant de tomber endormi sur la table et de noyer dans les vapeurs de l'alcool sa déconvenue.

16

La grande maison de la famille Brisson dominait un immense parc où les enfants glissaient sous le regard ennuyé des nurses qui grelottaient. De sa fenêtre, Marie les observait quand elle ne tricotait pas, inlassablement, des mailles auxquelles elle accrochait ses larmes, confinée entre les murs d'une maison qui se voulait pourtant accueillante, mais où elle traînait tout le poids de sa renonciation.

La plupart du temps, elle se retrouvait toute seule dans cette grande demeure alors que la mère d'Aline passait la majorité de son temps à travailler pour des œuvres de charité. Elle attendait donc patiemment l'heure du repas du soir, unique moment où la famille se rejoignait pour faire le bilan de la journée. Enfin, elle parlait et riait en répondant aux questions, toujours les mêmes, que lui posait à chaque jour le bon docteur Brisson.

Elle se réjouissait aussi de revoir Doris quand il venait chercher Aline ou qu'il leur consacrait une des rares soirées pendant lesquelles il ne travaillait pas, seul vrai divertissement dans sa morne vie. Elle ne sortait jamais hors des limites du terrain ; elle prenait l'air dans l'arrière-cour, en attendant de voir surgir les premiers bourgeons du printemps, et elle lisait, beaucoup, ou écrivait dans son journal intime des poèmes d'amour qu'elle colorait selon la lumière du jour. Et sur un grand calendrier, elle comptait les semaines, toujours aussi indécise quant à l'avenir de cet enfant, doublement aimé, qu'elle portait. Une seule chose la tiraillait : ne pas savoir qui, de Philibert ou de Morris, en était le père.

Depuis son départ précipité de Bellesroches, elle n'avait reçu aucune nouvelle de sa tante ou de Mathilde et elle ignorait tout du grabuge résultant de la fugue de Morris. Elle se préoccupait cependant pour Charlotte, incapable d'éprouver le moindre ressentiment à son égard : après tout, sa vie à elle n'aurait pas été mieux réussie si elle avait marié un homme qu'elle savait ne pas aimer. Elle avait eu suffisamment de temps pour y réfléchir, pour retourner voir dans sa conscience si elle pouvait analyser son comportement d'amoureuse pour lequel elle n'éprouvait aucun remords, aucun regret ; elle s'était approprié le bonheur juste un peu trop tôt ! Et si elle vivait en recluse, c'était bien par choix, car à plusieurs reprises Aline et Doris l'avaient invitée à sortir, au cinéma ou au restaurant, et à chaque fois elle avait décliné leur offre.

« Je veux qu'on ignore tout de ma présence en ville. Je n'ai encore pris aucune décision quant à l'adoption et je veux être libre de choisir l'avenir de mon enfant. J'espère que vous savez garder votre langue, parce que Phil ne doit absolument rien savoir à mon sujet. Vous ne trahirez pas ma confiance, n'est-ce pas ?

— C'est difficile de faire la taupe et de jouer au muet, rétorqua Doris. À tous les soirs, au restaurant, je le vois et il ne se passe pas une semaine sans qu'il s'informe à ton sujet, surtout depuis que je lui ai dit... par inadvertance bien sûr... que tes fiançailles étaient rompues.

— Doris, je t'avais demandé de ne rien dire, RIEN !

— Si tu penses que c'est facile de mentir, tout me paraît dans la face. En plus de ça, de te voir ainsi jongler à longueur de jour, encabanée, ton éternel tricot à la main, il y a de quoi s'inquiéter. Phil est un charmant garçon, jovial en plus, et tu aurais tout à gagner de jouer franc jeu avec lui. Il t'aime, tu sais.

— Tiens ça mort, que j'ai dit. »

Elle était catégorique sur ce point. Par contre, elle consentit à leur faire la faveur d'accepter une invitation à souper, chez Charles, le frère d'Aline, artiste par surcroît. Il connaissait bien Doris, pour être à l'origine de sa relation avec Alfred, et jamais il n'avait porté quelque jugement que ce soit, parce qu'il considérait les être libres de leurs agissements et se contentait de peindre la vie telle qu'il la voyait, avec cette simplicité qui plaisait à Marie. Il la rencontrait d'ailleurs à toutes les quinzaines alors qu'il se joignait à sa famille pour partager le repas dominical. Il passait une grande partie de l'après-midi avec elle.

Un beau jour du mois de mars, alors que la fièvre du printemps s'était emparée de lui, il avait même proposé à Marie de la peindre, dans toute sa splendeur de mère. « Un nu », avait-il dit. Comment s'offusquer quand un beau jeune homme, avec des mèches blondes pendues sur son front, désire planer au-dessus des conventions et immortaliser le poids de son erreur ? Elle déclina l'offre d'un nu, mais consentit à servir de modèle pour un buste. Et durant un mois, à tous les jours, Charles était venu à la maison paternelle. Il sortait palette et pinceaux, fumait cigarette sur cigarette et amusait la jeune femme. À peine travaillait-il une heure par jour, le reste du temps, il prenait soin de sa « fleur des neiges », comme il l'appelait. Il lui préparait une immense collation pour « trois », jouait du piano, chantait ou parfois dansait, comme ça, sur des airs qu'il dénichait lui-même dans toutes sortes de marchés aux puces. Ils pouvaient passer des heures à écouter la radio où à surveiller le

« hit parade ». De plus en plus souvent, il restait à coucher et réoccupait sa chambre laissée telle qu'à ses dix-huit ans, quand il était parti vivre avec des confrères des beaux-arts.

La présence de ce nouveau compagnon eut des effets bénéfiques sur Marie. En sa compagnie, elle parvenait à se détacher de la réalité et à reporter au moment ultime la décision concernant cet enfant qu'elle ne s'autorisait pas à chérir. D'ailleurs, jamais elle ne faisait allusion à son état, pas plus que Charles n'y portait attention. Elle fut cependant ramenée à l'évidence quand le jour de Pâques arriva et que débarqua, sans tambour ni trompette, une Rosalie au teint pâle, visiblement exténuée.

« Dans trois mois, il faudra bien que tu te sois décidée, tu n'as pas le choix, pour ton bien, j'ai pris les arrangements nécessaires. Tu n'auras qu'à faire ce que je te dirai.

— Je suis capable de décider par moi-même.

— Oui, je sais, dit Rosalie faiblement, mais passons, car autre chose me préoccupe. Ta mère ne va pas bien du tout, nous pensons tous qu'elle ne se rendra pas à l'été.

— Voulez-vous dire que maman va mourir ? Qu'est-ce qu'elle a ? Personne ne m'a jamais rien dit. Il faut la faire venir en ville ; ici, les médecins sont en mesure de la soigner.

— Elle refuse de quitter le village.

— J'irai la chercher d'abord. Elle me suivra.

— Sais-tu qu'elle ignore toujours que tu es enceinte ? Tout le monde l'ignore d'ailleurs ! Il ne serait pas bienvenu que tu apparaisses dans le décor avec ton gros ventre de fille-mère. Écris-lui si tu veux, mais garde le silence sur ton état.

— Qui cela peut-il vraiment déranger de savoir ou non que j'attends un enfant ? Le monde a vu pire. Rien qu'à penser à Charlotte Brodeur, ça devrait porter à réfléchir. La chair est faible, n'est-ce pas ?

— Je n'aime pas tes allusions, mieux vaut te taire. Pour l'instant, tu restes loin de Bellesroches. Il y a assez de remue-ménage comme ça, avec Charlotte, complètement folle, cloîtrée à l'intérieur de sa chambre à bercer son fils, gardant comme seul contact avec la réalité l'espoir que Morris revienne la chercher. Clément essaie bien de passer par-dessus tout ça, malgré les sarcasmes de Langevin toujours prêt à attaquer, mais pauvre homme, il est rongé par le déshonneur. La boutique est fermée et il fait la bonne, à quatre pattes devant sa femme. Oh, c'est le scandale de l'heure, plus personne ne s'intéresse à ton sort, alors il ne sert à rien de venir t'exposer au venin de Didier, il est déjà suffisamment occupé !

— Comment est-il avec maman ? »

Rosalie fixa le vide avant de répondre. C'était là l'ambiguïté qu'elle n'avait jamais réussi à saisir dans la personnalité de Didier Langevin. La brute qu'elle connaissait se métamorphosait lorsqu'il prenait soin de Joséphine envers qui il se montrait doux et tendre, comme si un véritable amour pouvait exister entre eux, un amour inexplicable qui dépassait les bornes de l'entendement. Dès qu'il la quittait cependant, il redevenait vil et méchant, une bête sauvage capable d'agresser n'importe qui pour satisfaire ses envies.

« Pour Joséphine, il est bon. Ta mère semble se complaire en sa présence puisque de plus en plus elle refuse notre compagnie. Elle a tellement maigri, pauvre fille. » Et comme si elle pensait à haute voix, elle murmura : « Je suis certaine qu'il l'aime au-delà de ce qu'on peut croire. »

Après avoir renoncé à se rendre à Bellesroches, Marie entreprit d'écrire très souvent à sa mère et inventa plein d'histoires au sujet d'un emploi qu'elle n'avait pas, jusqu'à dire qu'elle devait partir en voyage et que son retour n'était prévu qu'à la fin du mois de juillet. C'est tout ce qu'elle avait trouvé d'excuse valable pour justifier son absence et reprendre sa vie en main, avec l'espérance que le ciel préservât Joséphine de la mort.

Au fur et à mesure qu'approchait le terme de sa délivrance, Marie voyait ses pensées rebondir dans le temps, accompagnées de Phil, cet amoureux fougueux qu'elle aurait voulu pour époux, mais dont elle s'était jouée, et de Morris, sûrement aussi fourbe qu'elle, qui ne méritait pas qu'elle porte son enfant. Si seulement elle avait pu avoir la certitude qu'il s'agissait de l'enfant de Philibert, quel soulagement ç'aurait été ! Car s'il est vrai qu'un temps elle avait envisagé de donner son bébé en adoption, cette alternative ne lui convenait plus. Elle pourrait au moins rencontrer Phil, lui expliquer, peut-être même lui dire qu'elle portait la chair de sa chair. « Ne déterre pas les morts, Marie », avait dit sa tante Rosalie. Et si l'enfant naissait roux, comme Maurice. Pourrait-elle vivre avec la conscience en paix ? Faire semblant de rien, nier l'évidence ? Elle refusait de concevoir ainsi son bonheur, en prenant le risque de handicaper l'avenir de son enfant ou de mal aimer le fruit de sa folie. Il méritait d'entrer sans tache dans un monde déjà suffisamment souillé. Elle sortit donc son papier à lettres et griffonna les mots qu'attendait impatiemment sa marraine.

Quand Rosalie arriva en ville, deux semaines plus tard, elle s'installa chez sa bonne amie Pauline.

« As-tu bien fait ce que je t'avais demandé ?

— C'est fait. Jamais je n'aurais abandonné mon travail de bénévole pour quelqu'un d'autre que toi. À l'âge que j'ai, recommencer à élever un enfant, c'est de la folie.

— Tu ne seras pas dans la misère, j'ai de quoi compenser. Et puis tu peux compter sur Mathilde. À propos, comment se débrouille-t-elle à l'hôpital ?

— En deux mois, elle a fait ses marques, on la réclame à tous les étages. Tu pourras lui demander toi-même, elle doit terminer dans une heure.

— Et le docteur, est-il toujours d'accord ?

— Il n'aime pas beaucoup ces histoires-là, mais il m'a assurée qu'il s'arrangerait. Le docteur Brisson est très discret et c'est difficile de savoir exactement ce qu'il pense. Au moins je suis sûre d'une chose : il considère Marie comme sa fille.

— Tout ça doit rester secret jusqu'à notre mort, tu me le jures, n'est-ce pas ?

— Bien sûr, voyons.

— Je retournerai au village aussitôt que j'aurai rencontré le docteur et Mathilde ; je ne reviendrai pas pour l'accouchement, ma sœur est mourante, je dois rester à ses côtés. »

Mais le séjour de Rosalie fut écourté par un télégramme qu'elle reçut le lendemain et dans lequel Antoine lui annonçait le décès de Joséphine. Elle hésita longuement avant d'en faire part à sa nièce, même que Mathilde avait dû insister pour qu'on ne laissât pas la pauvre fille dans l'ignorance. Aussitôt, Marie avait décidé qu'elle irait aux funérailles, coûte que coûte, quoi qu'en pensent sa tante et le village en entier.

« Didier Langevin ne sera pas doux pour toi. Tu serais mieux d'y réfléchir.

— Je n'ai jamais craint de l'affronter et ce n'est pas aujourd'hui que je vais commencer. Il sait de quel bois je me chauffe. »

Même le docteur Brisson n'était pas parvenu à la faire changer d'idée, une part d'elle-même s'étant éteinte en même temps que Joséphine, et à trois semaines de la date prévue pour l'accouchement, elle monta dans le premier train, accompagnée de Charles et d'Aline. Rosalie ne pouvait faire autrement qu'être fière de celle qui redressait la tête avec assurance, sans crainte de dévoiler au vu et au su de tout le monde ses excès d'amour.

Antoine les attendait devant la gare. Visiblement, il avait pleuré et peu dormi.

« Je ne suis pas aussi fort que tu le crois, dit-il à Rosalie, qui le questionnait du regard. En fait, j'ai passé trois jours à vivre de regrets, à me reprocher des choses.

— Oui, bien tu n'es pas au bout de tes peines. Marie est venue aussi.

— Marie, mais n'était-elle pas en voyage ? Comment... »

Il demeura interloqué lorsqu'il vit descendre sa fille, dans toute sa lourdeur de femme enceinte. D'une main, elle soutenait instinctivement son ventre rond, alors que de l'autre elle se retenait à la rampe de débarquement. Elle souriait, malgré sa peine et son embarras, et il avait beau chercher des airs de ressemblance avec Joséphine, il ne voyait en sa fille que la fierté et le port de Rosalie. Elle s'approcha en marchant lentement, ôta son chapeau qu'elle donna à Charles et, à quelques pas seulement de son père, lui tendit la main. Antoine restait là, immobile, ne sachant pas très bien comment il devait réagir. Finalement, il lui prit la main et la porta à sa bouche.

« Ma petite fille, bredouilla-t-il enfin, c'est donc pour ça que...

— Plus si petite que ça si tu veux savoir, avec une pareille bedaine ! Ouf ! J'ai hâte d'être à la maison. Je veux me faire une toilette avant de passer voir maman. Je suppose qu'on l'a exposée à la salle du Conseil, comme pour le docteur Doiron.

— Oui, je croyais que c'était préférable. Rosalie et

Mathilde n'y étant pas, tes frères et moi pensions bien faire. Il y a beaucoup de monde, tu sais. Je ne crois pas que tu doives y aller, installe plutôt tes amis à la maison, nous irons ensemble après la fermeture de la salle. »

Son père venait de lui signifier qu'il n'était pas de mise de se présenter devant le cercueil de sa mère dans cet état. Il lui rappelait également les convenances en pointant discrètement ses deux compagnons de voyage.

« Tu te souviens d'Aline, ma grande amie du couvent. Je te présente son frère, Charles. Disons que de ce temps-ci, c'est plutôt mon garde du corps et mon souffre-douleur. »

Peu de gens les virent ; seulement Langevin, qui se tenait adossé à un lampadaire, une cigarette au bec, les mains dans les poches. Il ne dit rien quand Marie voulut passer devant lui, le bras accroché à celui de Charles ; il ne bougea surtout pas et le couple dut se séparer. Il haussa les épaules.

Elle ne le revit qu'au cimetière, où pour la première fois, il fit preuve de compassion quand il s'approcha d'Antoine à qui il serra la main en soupirant tristement. Étrange portrait que celui de ces deux hommes, liés par une même peine, qui se tenaient l'un à côté de l'autre, comme deux frères. Marie se demanda un instant qui, de Didier ou d'Antoine, pleurait véritablement sa mère. Et elle n'était pas seule à avoir cette pensée, même si personne n'osait regarder ouvertement les deux hommes qui se dressaient en face du curé, les mains rivées à leur chapeau, les yeux pleins d'eau. On ne voulait plus savoir, on préférait faire semblant de tout ignorer, espérant simplement que la paix et l'honnêteté ressusciteraient de la mort. Même Marie faisait partie du silence. Sa présence rétablissait les choses. Quand on la regardait, splendide malgré ses malheurs, elle imposait le respect. Marie, l'orgueil du village, était revenue sans honte et sans regret donner une leçon de courage à tout ce beau monde qui fermait les yeux sur bien des comportements inacceptables. Elle apportait les justifications qu'on attendait, les réponses aux questions demeurées suspendues dans le temps. Non, elle n'était pas lâche, la Marie, et Didier aussi le savait. À elle, on pardonnait tout et volontiers on l'aurait acceptée à Bellesroches, malgré cet enfant qu'on soupçonnait être le fils de Morris, la plus grande honte du village.

Lorsqu'on eut déposé quelques pelletées de terre sur la tombe de Joséphine, Didier s'approcha de Marie à qui il tendit les bras avant de clamer très fort : « Ta place est ici, ma belle Marie. Tu peux rester, je t'le permets. Après tout, c'est un peu à cause de moi que toute cette histoire est arrivée. Si j'avais tenu mon bout, aussi, ce vaurien de Vanderstat serait jamais resté à Bellesroches. Mais je vais tout t'arranger ça, t'inquiète pas, ma belle.

— Je n'ai pas besoin de ta permission pour rester au village. Pour qui tu te prends, tout à coup ?

— C'est pas le temps de faire ton orgueilleuse, c'est pour ton bien, voyons ! »

Il regardait autour de lui, mais les gens avaient baissé la tête et se dispersaient lentement.

« Veux-tu bien me ficher la paix, juste ta présence dans ce village est une raison suffisante pour que je n'y reste pas. Tu me donnes envie de vomir, si tu veux savoir.

— J'ai promis à ta mère que je veillerais sur toi, que je laisserais personne te faire de mal, alors aide-moi à tenir ma promesse, c'est tout ce que j'te demande.

— Tu n'es pas sincère, Didier. À la moindre occasion, tu chercherais à m'humilier, si ce n'est pas autre chose ! Je te connais ! »

Il s'assura que Rosalie suivait la marche et que

personne ne pouvait entendre ce qu'il allait dire avant de poursuivre : « Aïe ! Pour qui tu t'prends ? Regarde donc dans quel état tu es. Tu débarques ici, pleine en plus de ça, et tu refuses la charité que j'te fais en voulant te protéger et te pardonner ! »

Elle lui cracha au visage.

« Ouais ! Y a dû en avoir des petits cris dans le lit du docteur. Quand on se conduit comme une pute, faudrait pas prendre des grands airs de sainte nitouche.

— Tu vois comme je te connais. J'étais certaine que tu ne saurais pas être à la hauteur de ton engagement avec maman. Didier Langevin, c'est ça !

— C'est parce que j't'aime ! cria-t-il. J'te demande pardon, reste à Bellesroches. Tout le monde serait content, ton père aussi », continua-t-il lamentablement.

Si on avait su pardonner à Marie, c'était différent pour Charlotte Brodeur qui malheureusement devait subir les sarcasmes et s'interdire de se montrer en public. En recluse, elle avait regardé passer le cortège funèbre de derrière son rideau et avait observé sans dire un mot le va-et-vient des villageois. Elle avait aussi vu Marie marcher en compagnie d'un charmant jeune homme, avec son gros ventre et sa tête haute, faire fi de tous et entrer au café de l'hôtel Carter pour en ressortir avec une crème glacée qu'elle léchait en riant, sans pudeur, malgré son deuil, et elle n'avait pu retenir des larmes de feu que l'envie rendait encore plus douloureuses. Puis un beau matin, peu de temps après que Bellesroches se fut remis des derniers événements, quelqu'un la vit passer, une valise à la main et son bébé dans un bras, empruntant la route qui menait à la ville, sans jamais se retourner, d'un pas pressé, alors que Clément, debout dans la porte de l'ancienne boutique de fleurs, la suivait des yeux, la tête appuyée contre le chambranle.

Et le mois de juillet arriva enfin, chaud et suffocant, fébrilement attendu par Marie, prête pour l'accouchement bien qu'elle eût décidé de l'adoption. Jamais elle n'était revenue sur sa décision. Même après la proposition de mariage que Charles lui avait faite et qu'elle avait refusée.

« Il est trop tôt pour s'engager dans la vie avec un bébé. Tu m'as déjà dit que tu ne voulais pas d'enfant, ni te marier. Libre comme l'air, tu voulais rester libre, Charles, et voilà que maintenant, par compassion, tu voudrais me marier, sachant que tu aurais à élever le fils ou la fille d'un autre. J'apprécie ta grandeur d'âme, mais je préfère prendre mes responsabilités et les assumer moi-même. Si tu veux me faire plaisir, restons-en là, tu es l'ami le plus précieux que j'ai.

— Après la naissance du bébé, y a-t-il espoir pour nous deux ? Recommencer à zéro, partir en voyage, vivre d'amour et d'eau fraîche, faire les pires folies ! »

Dans ces moments d'emportement, Charles était fougueux, il s'envolait, et dans sa folie Marie se laissait emporter aussi, en mal de vivre ses vingt-deux ans. Et c'est avec l'espérance d'une vie nouvelle que le jour venu elle prit un taxi pour l'hôpital où Pauline et Mathilde, incognito, avaient déjà réglé tous les arrangements, la sachant résignée au fait que jamais elle ne verrait le fruit de ses entrailles. Elle avait elle-même demandé qu'à son réveil il lui soit impossible de revenir en arrière, qu'on lui refuse toute tentative de sa part pour voir, ne serait-ce qu'un bref instant, cet enfant venu bouleverser sa vie.

« Ne soyez pas inquiète, ce n'est pas dans les politiques de l'hôpital de faire quelque faveur que ce soit aux filles-mères, dit avec sévérité la religieuse sombre et peu avenante qui l'accompagnait dans la salle d'accouchement. Votre enfant sera envoyé à la crèche comme les autres et vous pourrez repartir ni vue ni connue.

— Mais vous êtes méchante ! Ne me touchez pas, comment pouvez-vous être si cruelle ? Vous ne savez absolument rien des tiraillements que j'ai, là... »

Marie ne pouvait plus parler, engourdie par l'anesthésie qui la fit sombrer dans le sommeil de la libération jusqu'à son réveil où une dame bénévole, une gentille petite femme d'une cinquantaine d'années, lui souriait, une serviette humide à la main.

« C'est fini maintenant. Ne pleurez pas comme ça, voyons. Tout s'est bien passé, vous avez eu une belle fille, en santé.

— Que je ne verrai jamais, n'est-ce pas ?

— Oui, dit la brave femme en baissant les yeux, mais elle sera bien traitée par ses parents adoptifs. Je suis certaine qu'ils l'aimeront comme leur propre fille. Cessez de vous inquiéter, elle a un ange gardien qui veillera sur elle. Détendez-vous, maintenant, c'est fini.

— Êtes-vous infirmière ? Avez-vous vu ma fille ?

— Je suis ici en tant que bénévole et je m'appelle Pauline. Nous n'avons aucun lien avec la maternité, mais si parfois j'entends parler de votre bébé, je vous le dirai. »

Ce fut là le seul contact que Marie eut avec la bonne amie de sa tante Rosalie, sans se douter un seul instant qu'elle était en présence de celle qui élèverait sa fille, avec l'amour et la patience d'une grand-mère.

Aussitôt remise de son accouchement, Marie sentit que sa présence chez les Brisson devenait gênante, d'autant plus que le docteur Brisson évitait de la rencontrer. À quelques reprises elle avait cherché à lui tirer les vers du nez, mais à chaque fois elle avait reçu la même réponse : « Marie, je suis tenu au secret professionnel. Je ne peux rien te dire concernant ta fille, oublie ça. » Toute la famille avait adopté la même attitude et on détournait la conversation lorsqu'il était question d'enfants. Même Charles refusait d'en entendre parler.

« Je me retrouverais dans une cloche de verre que ce serait pareil. Vous refusez tous de parler de ma fille, comme si je n'avais jamais été enceinte, comme si je n'avais jamais eu cette enfant, dit-elle un soir à Charles.

— C'est toi-même qui nous as fait promettre de ne plus jamais en discuter, que tu voulais recommencer à neuf, effacer le souvenir. Nous avons promis et nous tenons parole, c'est tout. Pour nous, le sujet est clos. Tu devrais plutôt songer à te reprendre en main et à envisager ton avenir différemment.

— Je ne sais plus par où commencer. Il faudrait que je me trouve d'abord un emploi, je ne veux pas retourner au village.

— J'ai quelque chose pour toi, dit Charles. Je t'ai trouvé du travail à l'école de musique, ils ont besoin d'un professeur de piano. Ils pourront aussi te donner des noms pour de l'enseignement à domicile.

— Charles, tu es plus qu'un simple ami pour moi, tu es... un père, ajouta-t-elle en riant.

— Ouais ! pas très flatteur, j'aurais préféré t'entendre dire autre chose. Tu connais mes sentiments, mon offre tient toujours.

— Oui, je sais et j'y pense sérieusement, moi aussi.

— Alors, fêtons ça comme il se doit. Je t'invite au restaurant. Aline pourra venir aussi, nous irons à La Chamade. Doris travaille jusqu'à huit heures, mais ensuite il pourra se joindre à nous. »

Marie sentit ses tempes se resserrer comme un étau. Juste le fait d'entendre prononcer le nom du restaurant dont Phil était propriétaire et son cœur s'emballait, sautait des battements. Elle voulut refuser, mais se ressaisit : un jour ou l'autre il lui faudrait affronter la vie. Ce jour-là était venu.

Quand elle arriva au restaurant au bras de Charles, elle feignit avec désinvolture de ne pas connaître les lieux, mais d'un coup sa bouche s'assécha : Phil venait de passer à quelques pas d'elle, sans la remarquer. Emportée par l'émotion, tout son corps tremblait de l'intérieur.

« Ça ne va pas, Marie ? Tu te sens mal ?

— Non, c'est passé. »

Un placier les conduisit enfin jusqu'à leur table, près de la grande baie vitrée, et Marie eut l'impression que le hasard jouait avec elle : on les aurait dit placés sur un piédestal. Elle serrait les lèvres et regardait de gauche à droite, allumant cigarette sur cigarette et tapotant sur la table. Ainsi en évidence, il était certain qu'elle n'échapperait pas une seconde fois à la vue de Phil.

« Comme tu es nerveuse, ça ne te réussit pas de sortir au restaurant, ma grande foi ! lui lança Aline.

— Non, ça ne me réussit pas. Excusez-moi, je vais à la salle des toilettes. »

Comme elle tournait le coin, Phil l'attendait.

« Marie, Marie Richer. Tu as le don pour les surprises, toi. Ça fait près d'un an... te rends-tu compte ? »

Il était là, avec ses grands yeux bruns pleins d'amour, à lui tenir les mains, toujours aussi exalté, alors qu'il lançait un clin d'œil à Doris, immobilisé près d'eux.

« Ah ! belle dame, votre présence à La Chamade n'est qu'honneur pour nous. Faites-moi la grâce de m'accompagner un instant, s'il vous plaît. »

Il lui prit le bras et, sans qu'elle opposât de résistance, il la conduisit vers l'arrière du restaurant, dans un petit bureau. Marie reconnaissait bien le gars exubérant qui l'avait fascinée onze mois plus tôt. Pour une première fois depuis ce temps, elle se sentait enveloppée d'un bien-être intense, identique à celui de cette fameuse nuit d'octobre, décidée par le bonheur lui-même.

Phil avait tout prévu et manigancé avec Doris : le champagne refroidissait, la musique attendait. Il referma la porte derrière eux et, avec des yeux d'amoureux qui se languit de l'avenir, l'observa un long moment.

« Je ne te laisserai plus partir.

— Il y a beaucoup de choses que... »

Elle n'eut pas le temps de finir qu'il l'embrassait avec l'ardeur du passé, comme si par magie le brouillard dans lequel ils s'étaient perdus venait de se dissiper.

DISTRIBUTEURS EXCLUSIFS

Distributeur pour le Canada et les États-Unis
LES MESSAGERIES ADP
MONTRÉAL (Canada)
Téléphone: (514) 523-1182 ou 1 800 361-4806
Télécopieur: (514) 521-4434

Distributeur pour la Suisse
TRANSAT S.A.
GENÈVE
Téléphone: 022/342 77 40
Télécopieur: 022/343 46 46

Distributeur pour la France et les autres pays européens
HISTOIRE ET DOCUMENTS
CHENNEVIÈRES-SUR-MARNE (France)
Téléphone: (01) 45 76 77 41
Télécopieur: (01) 45 93 34 70

Dépôts légaux
3ᵉ trimestre 1999
Bibliothèque nationale du Canada
Bibliothèque nationale du Québec